KB023169

그
모
퉁
이
집

# 그 모퉁이 집

**제1판 1쇄** 2023년 5월 31일

**지은이** 이영희
**펴낸이** 이경재

**펴낸곳** 도서출판 델피노
**등록** 2016년 8월 11일 제2020-000082호
**주소** 서울시 양천구 신정중앙로 86, 덕산빌딩 5층
**전화** 070-8095-2425
**팩스** 0505-947-5494
**이메일** delpinobooks@naver.com
**ISBN** 979-11-91459-59-3 (03810)

책값은 뒤표지에 있습니다.
파본은 구입하신 서점에서 교환해드립니다.

# 그 모퉁이 집

이영희 장편소설

델피노

일생의 스승이신 이민혜 선생님께
이 글을 드립니다.

# 목차

누구는 꽃, 누구는 담
(박태기나무)

1944년 12월, 짓밟혀 누운 경성 위로 눈발이 흩날렸다. 차디찬 싸리꽃 송이들이 목조건물을 스쳐 날리는 밤 풍경은 동화 같았다. 하지만 상복을 입은 나라는 눈이 동화와 직결된다는 것이 서글펐다. 혀가 잘려 버린 말(語)이나 겁탈을 당한 인간의 존엄은 서글프다는 말 한마디 하지 못했다.

　윤송은 조선 총독부 관리들과 함께 <매화실>에 앉아 있었다. <매화관>은 경성의 기생집 중에서도 가장 격조가 있는 곳으로 매일 예인(藝人)들의 공연이 펼쳐졌다.

　그중에서도 매화실은 최고의 접대실이었다.

　"오늘 나리들께 재주를 올릴 예인은 아쟁을 연주하는 악사입니다."

　어느 정도 술기운이 돌았다. 매화관의 총관리인이 일행을 향해 고개를 숙였다. 소리 없이 드나들며 살피는 그의 시중도 다른 손님들은 꿈도 못 꿀 일이었다.

　들어선 이는 촘촘히 빗어 올린 머리와 둥근 이마를 지닌 여인이었다. 고개를 숙였지만, 눈썹부터 콧날을 지나 입술까지 흐르는 선이 참으로 처연한 미색이었다. 자수가 놓인 하얀 단색으로 맞추어 입은 한복의 소박함도 오히려 미색을 돋보이게 하였다. 하지만 미색의 여인을 질리도록 품어온 매화실의 남자들 중 어느 누구도 여인의 외모에는 관심이 없었다.

여인은 곧바로 연주를 시작하지 않았다. 대신 여전히 열려있던 방문으로 창포꽃이 심긴 토분 몇 개가 따라 들어왔다. 봉오리만 맺힌 꽃대들이었다. 비록 꽃을 피우지는 않았지만 12월에 창포꽃을 본다는 것 자체가 기이하였다. 이어 활대를 잡아 쥐는 여인의 손가락은 창포 꽃대처럼 길고도 희었다. 그제야 관리들과 윤송의 눈에 이채가 돌았다.

여인이 첫 번째 음을 만들어냈다. 눈 오는 밤에 어울리는 시리고도 가녀린 <사의 찬미> 음색이었다. 그러자 놀랍게도 창포꽃의 봉오리들이 움찔거리기 시작했다.

곧이어 한 송이, 한 송이, 또 한 송이. 봉오리들이 차례로 꽃잎을 펼쳤다. 창포꽃 향기가 넘실넘실 술상을 넘어왔다.

"これは幻術か? (고레와 겐쥬츠까? - 이것은 환술인가?)"

3대 7 가르마의 경무부 부국장은 발음을 제대로 만들어내지 못했다. 다른 이들은 차마 말을 할 엄두도 못 냈다. 움직임이 멎기는 윤송이 제일 먼저였다. 윤송은 창포꽃을 제일 좋아하였다. 그래서 진주군의 제집 마당에는 온통 창포꽃만 심어 두었다. 그래서 첫 번째 창포 꽃잎이 펼쳐지는 순간 여인의 아쟁 활이 윤송의 심장 위를 지나갔다. 얼마나 세게 내리눌렀는지 숨을 들이쉬고 내쉬는 데에 통증이 얼얼하였다. 새삼 여인의 얼굴을 훑어보았다. 여인은 대

그 모퉁이 집

한제국도 일본도 아닌 그 어느 먼 나라에서 온 듯했다. 인공적으로 만들어낸 것이 아닌 붉은 볼과 입술에 머리카락 색도 검은색과는 다른 오묘한 색이었다.

"すごいね! 美しい音楽と女性だよ! (스고이네! 우츠쿠시이 옹가쿠또 조세다요. - 대단하군! 아름다운 음악과 여인이야!)"

윤송이 하고 싶은 말을 회계국(會計局) 제 1과장이 하였다. 기이한 재주라면 질리도록 보아 온 그들이었다. 하지만 이런 재주는 처음이었다. 모두의 시선과 함께 윤송의 시선 또한 여인에게 달라붙어서 떨어질 줄을 몰랐다. 통증은 이제 심장을 지나 목울대까지 침입해 왔고 내색하지 않으려 술잔을 잡는 윤송의 손은 여인의 선율 한 자락 한 자락마다에 요동을 하였다.

시간이 어떻게 얼마나 흘렀는지도 모르게 여인의 아쟁 선율은 끝나 버렸다. 숨소리 하나 없는 침묵 가운데 여인은 인사 후 방을 나갔다.

"じつに 信じられない。(지쯔니 신지라레나이. - 참으로 믿을 수가 없어.)"

이번에도 제일 먼저 말을 한 사람은 경무부의 부국장이었다.

"一体何を見て何を聞いたの? (잇빠이 나니오 미테 나니오 키이타노? - 도대체 뭘 보고 뭘 들은 거지?)"

회계국(會計局) 제 1과장의 말이 또 뒤를 따랐다. 이윽고 실내가 소란스러울 정도로 서로가 말을 내뱉었다.

"こんなのではなく、女性を再び求めてみましょう (곤나노데와나쿠, 죠세오 후타다비 모토메테미마쇼! - 이럴 게 아니라, 여인을 다시 청해봅시다.)"

누가 내놓은 의견인지는 모르겠다. 곧 총관리인이 불려왔다. 경무부 부국장이 여인을 다시 보고 싶다 청하였다. 하지만 총관리인의 답은 '저희 매화관의 예인들은 손님 접대는 하지 않습니다. 게다가 그 여 악사는 이미 저희 매화관을 떠났습니다'였다. 안타까운 탄식이 여기저기에서 터져 나왔다.

윤송이 밖으로 나오자 까만 포드 리무진 옆에 서 있던 정구가 차 색깔과 같은 우산을 받쳐 들고 다가왔다. 정구가 덮혀 놓은 차 안은 적당하게 따스하였다.

"나리, 눈발이 점점 거세어지는 것 같습니다. 혹여 경성에서 1박을 하도록 숙소를 알아볼까요?"

정구는 와이퍼가 왔다 갔다 하는 사이로 하늘을 살펴보았다.

"자네가 곤한 것인가?"

"아닙니다. 저야 원체 강골(强骨)이라서 운전하는 데에 아무 걱정이 없습니다."

"하면 나도 상관없네. 올 때마다 느끼는 거지만 경성은 너무도 삭막하군."

윤송은 바깥 날씨가 아니라 이미 없는 어느 여인을 생각하였다.

"인심 좋아 살기 좋기로 치자면 우리 진주군(郡)만한 곳이 없죠. 알겠습니다. 하면 밤을 도와 달려가도록 합지요."

포드의 바퀴가 굴러가기 시작했다. 윤송의 시선은 계속 바깥에 있었다. 경성 거리를 홀로 흩날려 쌓인 눈사태는 그 여인의 앉은 치마폭이었다. 눈과 바퀴가 만나서 마찰하는 소리는 윤송이 생각하는 여인의 아쟁 선율이었다. 눈과 함께 하늘에 사는 달의 완만한 곡선은 먼 나라 사람 같던 그 여인의 이마였다.

그 모퉁이 집

'한눈에 반하기라도 한 것인가? 이 천하의 고윤송이?'

천하의 고윤송. 그렇게 말할 만도 했다.

마한, 진한, 변한의 삼한시대부터 견직물(絹織物)을 생산해 온 진주군 지역은 견직 산업의 제일 앞자리에 있었다. 산청과 함양의 고품질 누에고치와 더불어 채색을 곱게 하고 변색을 막아주는 남강의 일급수 강물 덕분이었다. 이것들을 사용하여 <동아염직소>는 일본의 최신식 염직기로 질 좋은 비단을 생산했다. 경성 뿐 아니라 일본에까지 거래가 왕성하였다. 이 동아염직소의 사장인 윤송은 막대한 부와 함께 일왕(日王)이 준 백작이라는 작위까지 손에 넣었다. 경성의 총독부 관리들과도 인연이 깊으니 진주군에서는 진주경찰서장보다 더 높은 대우를 받았다.

이런 생각 끝에 윤송은 스스로를 비웃었다. 지금까지 내로라하는 가문의 줄기찬 청혼에도 눈 하나 깜짝하지 않았다. 윤송이 지닌 고귀한 뜻과 의지에 여인과 나눌 수 있는 분량은 없었다.

'덧없는 일이지. 부질없는 일인 게야!'

윤송이 막 고개를 저을 때였다. 바퀴의 마찰음과 함께 포드 리무진이 급정거를 하였다. 정구의 노련한 운전 실력에도 윤송의 몸은 앞뒤로 서너 번 흔들리고 말았다.

"대체 무슨 일인가?"

윤송은 강제로 상념에서 끌려 나왔다.

"죄송합니다, 나리. 갑자기 여인 하나가 차 앞으로 뛰어들었습니다. 골목에서 뛰어나오는 통에 미처 살필 수가 없었습니다."

윤송은 차 앞쪽으로 시선을 던졌다. 싸리 눈꽃이 점점 분분해져 와이퍼의 열심에 비해 시야는 흐리기만 했다. 정말 전조등 불빛을 받으면서 여인 하나가 엎어져 있다. 동그마한 이마가 누군가를 닮았다. 그걸 느낀 순간 윤송의 입가가 경련을 하였다.

'혹시?'

윤송의 심장이 포드처럼 공회전을 시작하였다.

"잠시만 기다리게."

윤송은 급히 뒷좌석의 문을 열었다. 정구가 "나리, 조심하십시오."라면서 뒤따라 내리는 것도 무시했다. 공회전하던 차가 급발진을 한 것처럼 윤송은 여인에게로 다가갔다. 점점 여인의 모습이 뚜렷해졌다. 이제 윤송은 자신의 짐작을 확신으로 바꿀 수 있었다.

"도와주세요!"

말을 먼저 건네기는 여인이었다. 눈과 함께 퍼붓는 추위에 여인의 코끝이 빨갰다.

윤송은 제 온몸이 빨갛게 얼어오는 느낌이라 선뜻 입이 떨어지지 않았다.

"부탁입니다. 제발 도와주세요."

고개를 숙여 부탁하는 모습조차 처연하여 우아하였다. 윤송은 여인의 앞에 한쪽 무릎을 꿇고 앉았다. 여인을 향해서 이렇게 해보기도 처음이었다.

"우선 일어나세요. 경성의 시린 눈발에 몸이 상할까 걱정입니다."

윤송은 다가오는 정구를 저지하고 제 손을 내밀었다. 여인이 일어났고 윤송은 여인의 치맛자락을 털어주었다. 싸리눈꽃 송이가 떨어져 내려 윤송의 마음에 쌓였다.

"저는 경남 진주군으로 돌아가는 길입니다. 그래도 괜찮으시다

그 모퉁이 집

면 저의 차에 동승하시겠습니까?"

윤송은 왜 그런 말을 했는지 모르겠다.

"실례가 되지 않는다면, 그리고 저에 대해 아무것도 묻지 않겠다고 하시면, 기꺼이요."

기이한 여인은 더 기이한 다짐을 윤송에게 요구하였다.

"묻고 싶은 말은 적이 많으나 대답은 할 수도 들을 수도 없는 시절입니다. 허니 걱정 말고 차에 오르세요."

윤송은 아무것도 상관이 없었다. 그 여인이라면 뭐래도 다 좋았다.

"나리, 어찌 알고 초면의 사람을 함부로."

정구의 인상이 구겨졌다. 하지만 윤송은 선뜻 여인의 손을 잡고 뒷좌석의 문을 열었다. 곧 정구도 운전석에 올라서 핸들을 잡았다. 하고 싶은 많은 말들은 시동 소리에 묻혔다.

따스하기만 하던 차 안이 창포꽃 향기로 가득 찼다. 환술로 창포 향기까지 만들어 낼 수는 없을 텐데 분명 여인이 풍겨내는 향이었다. 윤송은 창포 향기에 어지러운 저를 간신히 붙들었다.

"딱 한 가지만. 저 또한 실례가 되지 않는다면, 이름은 물어봐도 되겠습니까?"

윤송은 여인의 이름조차 알 수 없을까 봐 겁이 났다. 그러는 것도 천하의 고윤송과는 어울리지 않았다.

"제 이름은, 제 이름은 은조예요. 강은조."

은조는 더 이상의 물음도 대답도 허용하지 않겠다는 듯 차창 밖으로 고개를 돌려버렸다. 윤송도 눈을 감아 은조의 모습을 제게서 차단하였다. 싸리꽃 눈발을 헤치며 포드 리무진이 진주군의 모퉁이 집을 향해 달렸다. 검정도 아닌 회색도 아닌 매캐한 연기를 경성 거리에다가 구토하였다.

    지금까지 모퉁이 집은 부스러진 담과 타다 남은 대문 조금으로 존재하고 있었다. 일제 강점기의 마지막 해인 1945년 큰 화제가 있었다고 들었다. 원래는 2층짜리 대저택이었다는 전설 같은 이야기만 품은 채 주인이 누군지도 모르고 오랫동안 방치되었다. 그러던 것이 석 달 전부터 공사를 시작해 지금 마디의 눈앞에 완공된 모습을 드러내었다. 어둠에 잠식되어 있긴 했지만, 전체적으로 하얗게 마무리가 되었다는 것만은 알겠다. 집 위로 어렸던 달빛이 창백하게 질려서 도로 달아나는 중이었다.

    “꼭 붉은 꽃잎에 둘러싸인 상아의 무덤 같아.”

    중얼거린 끝에 마디의 눈에 들어온 문패에는 <모도유>라는 이름이 걸려 있었다. ‘모퉁이 집의 모도유!’ 무심결에 또 중얼거렸는데 순간 거대한 모서리에 찔린 것처럼 따끔한 느낌이 들었다. 그래도 시선은 거둘 수가 없었다.

    “지금 남의 집 앞에서 뭘 하시는 겁니까?”

    결국 마디를 돌려세운 것은 목소리 하나였다. 다가오는 발걸음 소리도 듣지 못했다. 그런데 마디의 바로 옆으로 남자 한 명이 서 있었다.

    “안녕하세요? 여기 모퉁이 집에 이사를 들어오신 분인가 봐요?”

    낯선 남자. 구태여 자기 집이라고 밝히지 않아도 모퉁이 집의 사람이었다.

    “그렇습니다만.”

    남자는 어둠에다가 후드 티에까지 가려 눈동자밖에 보이지 않았다. 하지만 눈빛이 얼마나 강렬한지 밤의 장막이 찢어질 정도였다.

　　　　　　　　　　　　　　　　　그 모퉁이 집

"저는 이상한 사람이 아니에요. 여기 위쪽 박태기나무 집에 살고 있거든요."

마디는 제집 쪽을 손가락으로 가리켰다. 좁은 골목길, 홀로 떨어진 모퉁이 집과 같은 편에 자리한 마디의 집은 세 집 건너였다.

"내가 그런 걸 물었던가요?"

남자의 목소리에는 아직도 한겨울이 끝나지 않았다.

"초면이라 인사는 해야 할 것 같아서요."

마디의 손가락은 무안해졌고 알맞게 거두어들일 타이밍조차 놓쳐 버렸다.

"그러는 그쪽이야말로 초면에 제집에 들어가는 길을 방해하고 있습니다."

그만 비켜나라는 뜻이었다. 마디는 그 말에 떠밀려 홍가시나무 담장 옆으로까지 물러섰다.

"멋대로 들여다봐서 죄송합니다. 완공된 모퉁이 집의 모습이 너무 궁금해서요."

순간 남자의 눈동자에 빗금 서너 개가 내려앉았다.

"별로 상관은 없습니다만."

하지만 남자는 고개만 까딱해 보인 후에 지문 인식 형 대문을 열었다.

"좋은 우리 현지마을의 주민이 되신 것을 축하드려요."

마디의 환영은 남자의 어깨에 안착하지 못하고 떨어져 버렸다. 돌아오는 답이 없었다. 어쩌나? 천연기념물 새 이웃에게 나쁜 첫인상을 안겨준 모양이었다. 마디의 발걸음이 하릴없이 놓였고 곧 모퉁이를 돌아 사라졌다. 그러자 잠시 후 남자는 도로 모습을 보였다. 마당을 가로질러 홍가시나무 담장으로까지 곧장 다가왔다.

"우리 집안을 들여다보고 있었다고? 한마디, 무슨 말이야?"

남자는 마디는 말해준 적도 이름을 정확하게 알고 있었다.

"설마? 정말로? 하지만 혹시라도, 그렇다고 하기에는, 내도록 저만 쳐다보고 서 있는 그대는 알아차리지도 못하고 있으면서?"

남자의 물음이 어둠 속으로 던져졌다.

<내가 분명 그럴 거라고 했잖아.>

기이한 음색, 사람의 것과는 확연히 구분되는 것이 어둠 속에서 답을 했다.

"뭐, 그래봤자 나와는 별로 상관은 없지만."

<모 대표에게도 곧 상관이 생길걸.>

"내 상관은 모퉁이 집으로까지 나를 끌고 온 그대 하나로 충분하거든!"

남자가 코웃음을 쳤다. 동시에 홍가시나무들이 가지를 치렁치렁 늘이기 시작했다. 살아 움직이는 동물처럼 팔짱을 낀 남자의 손을 감싸 안았다. 남자는 홍가시나무 가지들을 토닥여 주면서 마디가 사라진 쪽을 한동안 더 응시하였다.

가족들은 저녁도 먹지 않고 마디를 기다리고 있었다. 식탁 위 일용할 양식들은 아직 온기를 품고 있었고 마디는 그 냄새에 비로소 집에 돌아왔다는 생각이 들었다. 엄마표 집밥의 또 다른 이름은 소속감과 평안이었다.

"그래, 공연은 어땠니?"

동우가 생선에서 살을 발라내어 두 딸의 숟가락 위에 차례로 놓아주었다.

"당연히 좋았죠. 전 몇 곡 하지도 않았지만, 아직도 가슴 속에서 아쟁 현이 전율을 하고 있어요."

"정말 팔이랑 손목은 괜찮은 거지? 내일 엄마랑 같이 병원에 가 볼까?"

용남은 마디가 많이 야위었다면서 걱정을 놓질 못했다.

"끄떡없어요. 오히려 오랜만의 연주라서 팔도 손목도 다 새 힘을 얻고 돌아온걸요."

"그럼 다행이지만 무조건 조심 또 조심해야 한다."

동우도 걱정스럽게 마디의 팔을 쳐다보았다.

마디는 국내에서도 손꼽히는 예술대학교에서 아쟁을 전공하였다. 밤을 새우는 노력파에 타고난 실력까지 있어서 졸업 후 바로 국립부산국악원에 입단을 했다. 동우나 용남이나 딸이 자랑스러웠다. 하지만 작년 9월, 마디는 고속도로에서의 충돌사고로 팔에 심각한 부상을 입었다. 역시나 순회공연을 가던 길이었다. 철심을 여섯 군데에나 박는 대수술을 했고 12월에야 겨우 철심을 뺐다. 완전히 재활에 성공하려면 1년 정도가 더 걸릴 예정이었다. 그러다 사고 후 처음으로, 지난 2주일간 국악원의 객원연주자로 순회공연을 다녀왔던 것이었다.

"우리 언니 인기녀! 언니가 오늘 언제쯤 돌아오느냐고 내가 얼마나 많은 전화를 받았는 줄 알아?"

마린이 갑자기 엄지 대신 숟가락을 척 들어 보였다.

"누가 그렇게 전화를 했는데?"

"제일 먼저 아서 오빠. 그다음에는 외할머니."

"왜 나한테 직접 안 하시고?"

"내 말이! 괜히 돌아오는 걸음이 바빠질 거라고 나한테 전화를 하셨다나 뭐라나. 마룬이까지 일과를 마치자마자 바로 전화를 했다니까."

"우리 마린이가 언니 때문에 고생이 많았네."

"아, 참! 배달 나가던 새벽에 만난 계성이 오빠도 물어봤었어."

"넌, 엄마가 혼자 있을 때 계성일 만나면 아는 척 말고 피해 가라고 했잖아?"

용남은 계성이라는 이름에 오만상을 찌푸렸다.

"계성 오빠가 나한텐 잘 대해 주는데, 왜?"

"말대꾸할래?"

"알았네요. 알았어. 그리고 언니는 내 수고를 진심 안다면 용돈을 접수해 줄게. 답 전화는 언니가 돌리고."

"고맙네. 두둑이 챙겨 줄 테니 기다려 봐."

"넌 언니를 보자마자 용돈 타령이야?"

말은 그렇게 해도 용남은 두 자매의 우애가 감사하였다. 꽃집 일이 너무 바빠서 세 남매의 기저귀도 제 손으로 제대로 갈아주지 못했었다.

"참, 그나저나 모퉁이 집은 완공이 다 되었던데요."

"지난주에 새 주인이 이사까지 들어왔지."

"어떤 사람들이에요? 그 집 사람들?"

마디는 내도록 궁금했던 질문을 식탁 위에 슬그머니 올려놓았다.

"남자만 둘이 산다는데 우리는 잘 몰라. 도통 바깥출입도 안 하고 동네 사람들과 왕래도 안 한다고 하던걸."

"아빠도 얼굴 한 번 못 봤어."

사실상 용남이나 동우는 잠잘 때 말고는 집에 머무는 시간이 거의 없기도 했다.

"언니! 안 그래도 밥을 먹고 나면 내가 얘기를 해 주려고 했었어. 내가 서휘 오빠랑은 진심 친해지게 됐거든. 그 오빠만은 친화력이 우주 정복 수준이라고."

"서휘 오빠? 그 사람이 누군데?"

마린이 말하는 서휘 오빠를 다른 사람이 들으면 제 친오빠라도 되는 줄 알겠다.

"모퉁이 집의 친절하고 상냥한 작은 주인."

"그럼 혹시 그 집 문패의 모도유라는 사람도 젊은 남자야?"

"언니가 그 사람을 어떻게 알아? 그럴 리야 없겠지만 혹시 오다가 인사라도 나눴어?"

"아니. 그냥 잠시 스친 것 같아서."

"그럴 줄 알았지. 내가 일주일간 그 집을 오가고 있는데 나도 아직 제대로 된 인사를 못 했으니까."

"응?" 마린의 말이 마디에게는 뜬금이 없었다.

"무슨 말이냐 하면 매일 아침 그 집에서 우리 꽃집에다가 절화 꽃다발을 주문하고 있다고."

마린은 그동안 꽃다발 배달을 마디를 대신해서 제가 해 주었다고 또 생색을 덧붙였다.

"절화를요?"

마디의 시선은 마린을 쳐다보면서 질문은 용남을 향해서 나아갔다.

"아니, 날마다 3만 원 짜리 꽃다발을 배달해 달라는데 거절할 수야 없잖니?"

미안한 마음에 용남의 말꼬리가 얇아졌다.

"싫어도 할 수 없어. 내일부터 택배 사원은 다시 언니의 몫인 거야. 새벽 배달을 하고 들어와서 나도 잠을 좀 자야 된단 말이야."

마린의 속셈은 아침잠이 아니라 다른 데에 있었지만 일단 지금은 비밀이었다.

"알았어. 원래 언니의 일이니까 당연히 그렇게 해야지."

"정말 괜찮겠어?"

동우와 용남은 마디의 오랜 외출 끝의 피로가 걱정이었다.

"오늘 밤만 잘 자고 나면 끄떡없어요."

마디는 이미 계산을 마쳤다. 도유와의 첫 만남은 절대 유쾌하다고 할 수가 없었다. 절화 꽃다발이라는 것은 마음에 걸렸지만 매일 아침 배달을 하다 보면 분명 만회할 기회가 있을 것이었다.

"그런데 아빠! 모퉁이 집에서는 매일 그 꽃다발로 뭘 하는 걸까요?"

"넌 왜 자꾸 그게 궁금한데?"

"나만 궁금한가요?"

"아빠도 계속 말했지. 꽃으로는 어떤 악한 일도 할 수 없으니 고객의 사정에 대해서는 궁금증을 가지지 않는다!"

풍부하다 못해 차고 넘치는 마린의 상상력이 이번에는 모퉁이 집에다가 레이더를 세운 모양이었다. 하지만 동우의 신념에 더 이상 묻지는 못하고 혀를 날름거렸다. 그런 마린의 등 뒤로는 화물로 먼저 보낸 마디의 악기가 서 있었다. 80년 가까이나 살아낸 그녀의 아쟁이.


마디가 박태기나무 아래를 지날 때 발끝에 공이 하나 채였다. 건너

그 모퉁이 집

편 테니스장의 펜스를 넘어서 날아온 공이었다. 가끔씩 집 앞을 굴러 다니는 테니스공은 그 누구도 다시 찾아가지 않았다. 마디는 이른 저녁 시간에만 분주한 테니스장 쪽으로 공을 던져 넣어주었다.

앵두나무 집 앞쪽으로 내놓은 평상에는 마을 어른들이 앉아 있었다. 이른 새벽에 하우스 일을 나갔다가 마을회관으로 가기 전 잠시 쉬는 틈일 것이었다.

"저리 집을 잘 지었응께 앞으로 몇 백 년은 까딱없다 케도."

모퉁이 집 쪽을 바라보는 골김댁 할아버지는 젊은 시절 건축 일에 종사를 하였다.

"암만 글케도 불 난 집터 위에다가 새집을 진는 건 말이 안 된데이."

시집을 와서 현지마을의 주민이 된 옥이 할머니는 눈을 흘기며 혀를 찼다.

"내사 마을의 흉물거리가 하나 없어지게 되었으이 좋기만 하구만은."

지 씨 할아버지는 골김댁 할아버지 편이었다. 성이 한 씨인 할아버지가 지 씨로 불리는 이유는 젊은 시절 농사일과 겸해서 종이 공장엘 다녔던 전적 때문이었다.

"맞다. 맞다. 저기 요즘이사 방치가 돼 가 동네의 골칫거리였지만서도 그 당시는 완전히 초호화 대저택이었당께."

"그라믄 뭐 하노? 틀림없이 일제 앞잽이 놈의 집이었을 것인디. 거다가 대문도 없는 집이 있는 우리 마을에 저리 높은 담장을 세우고 들어와서는 무신 유세인지 내는 모리겠다."

"모퉁이 집의 주인은 일본의 신식 문물도 전해 주고 동리 사람들어려운 형편도 돌바주고 참말 좋은 사람이었다니께. 기억이 희미하기는 혀도 다들 나리 나리 하믄서 올매나 따랐는디. 덕분에 우리들도 허리가 마이 피지고 일본 덕도 꽤나 봤단 말이라. 근디 와 인자 담 높은 것도 시비를 하는 기고?"

"미쳤나베! 우째 일본한티 우리덜이 덕을 본단 말이고?"

"고만들 하라꼬! 지금이사 왜정 시대도 아이고 우리헌티 피해만 안 주면 고마이제."

지 씨 할아버지는 아침 후의 간식거리인 감 말랭이를 질겅댔다.

"도디체 새로 이사를 들어온 그 젊은 아아(사람)들은 그 앞잽이 놈과는 우떤 관계일 꺼나?"

옥이 할머니의 중얼거림 끝에 마디가 그들 쪽으로 다가갔다. 세 사람의 얼굴에서 잠시 주름이 펴졌다.

"오데 먼 디 갔다고 하더만 운제 돌아왔더노?"

"연주회 때문에 나갔다가 어젯밤에 돌아왔어요."

"그람 지금은 꽃집에 나가는 길이가?"

마디는 현재 꽃집 일을 도우면서 중학생 여자아이 은영과 영빈에게 아쟁 사사도 해 주고 있었다.

"며칠 더 쉬지 그랬노? 인자 팔은 괜찮은 기가?"

"아무 걱정 없어요."

"그라믄 우리한티도 조만간 쫌 들려줄 끼라?"

"이미 그러려고 계획하고 있어요."

"참말 좋구만은! 우쨌든간에 차 조심허고 길도 조심허고. 알았제, 잉?"

현지마을은 오랫동안 한씨 집성촌이었다. 촌수를 따져 들고 보면 모두가 이리저리 일가친척이었고 태어날 때부터 마디를 봐 온 어른들은 27살인 마디를 아직까지 어린아이 취급이었다. 잠시 후, 모퉁이 집 앞을 지나칠 때는 일부러 외면해 가면서 걸음을 빨리했다. 정식으로 배달을 오기 전에 혹시나 어젯밤 같은 일을 또 반복할 필요는 없었다.

동우와 용남은 하대동의 구 35번 종점 우체국 건너편에서 <하나꽃집>을 운영하고 있었다. 용남은 서울까지 강습을 다니면서 끊임없이 화훼에 관한 공부를 했고 동우도 현지마을 근처에 농장을 가지고 식물에 대한 공부를 많이 하였다. 용남이 앉아서 일하는 작업대 위에 절화(뿌리가 잘린 꽃) 꽃다발이 하나 놓여 있었다.

"이거예요?"

마디는 인사 후 곧장 꽃다발을 쳐다보았다. 모퉁이 집으로 갈 꽃다발이냐고 묻는 것이었다. 용남은 미안한 표정으로 고개를 끄덕였다. 마디는 이상하리만치 절화(뿌리가 잘린 꽃)을 싫어했다. 그래서 하나꽃집에서는 주로 화분과 뿌리째로 심은 꽃바구니를 취급하였다.

"마디야. 일찍 나왔구나. 잠은 잘 잤어?"

마침 동우가 화환 배달을 마치고 들어섰다. 절화를 사용하는 화환만은 외부 제작으로 주문을 받았다.

"아빠! 오늘은 어디어디엘 다녀오신 거예요?"

"제일 병원이랑 우리들 산부인과."

병원은 장례 조문용 화환이었고 산부인과는 탄생 축하용 화분이었다. 울음을 터뜨린다는 것은 같았지만 누군가의 눈물은 죽음의 색이었고 누군가의 눈물은 생명의 색이었다. 삶과 죽음의 반복되는 채색을 통해 우리의 인생은 까맣게 소멸해 가는 법이다.

"아빠, 그럼 저는 모퉁이 집에 다녀올게요."

"조심히 다녀와. 인사도 제대로 나누고."

그렇게 다시 마디는 모퉁이 집 앞에 섰다. 이제야 제대로 마당의 풍경을 들여다볼 수 있게 되었다. 첫눈에 감탄사를 막을 수가 없었다. 이건 마당이 아니라 작은 식물원이라고 예의를 갖춰서 불러줘야겠다. 봄날 설레는 꽃빛, 여름의 정열로 물이 오른 잎사귀, 가을의 여물어짐으로 튼실한 꽃대, 겨울날 난롯가처럼 옹기종기 잘 둘러앉은 배치까지, 예쁜 정원 콘테스트에 나간다면 만상일치 대상감이었다. 이 정도의 수준이라면 분명 전용 정원사가 따로 있다고 믿어도 되겠다. 용남은 왜 아무런 언급이 없었을까?

사실 어젯밤의 호기심은 마디만의 것은 아니었다. 그동안 현지마을 사람들은 누구도 폐가에 발을 들이지 않았다. 모두 팽이 할머니의 영향이었다. 동네에서 나이가 제일 많은 팽이 할머니는 팽이를 기가 막히게 살리는 실력을 가졌다. 팽이는 할머니의 채찍질에 따라 평평한 잔돌 위에서도 엎어놓은 장독 뚜껑 위에서도 회전을 멈추지 않았다. 신기에 가까운 솜씨에 모두가 넋을 놓고 시선을 빼앗겼다. 하지만 팽이가 멈춘 후에 팽이 할머니는 꼭 이런 말을 덧붙였다.

"너거들, 절때로 모퉁이 집에는 발을 들여서는 안 된데이. 피로 이루어진 터 위에 발을 들이는 거는 죄 받을 짓이니께. 알것제?"

그럴 때의 표정이 꼭 헨젤과 그레텔을 꼬여 낸 마귀할멈 같았다.

"피 위에 잠든 이가 너거들을 지키보고 있는 기다!"

팽이를 살리던 채찍으로 금방 내리칠 것 같기도 했다. 그러니 한 번도 발을 들여 보지 못한 궁금증을 참을 수 없었던 것이 마디의 탓만도 아니었다. 마디는 숨을 고른 후 초인종을 눌렀다. 인터폰을 통해서 남자의 목소리가 흘러나왔는데 도유의 목소리인지 아닌지는 분간이 되지 않았다.

"안녕하세요? 꽃의 마음은 하나, 하나 꽃집에서 나왔습니다."

'꽃의 마음은 하나', <하나 꽃집>의 모토였다. 곧 한 남자가 제 손으로 직접 대문을 열고 나왔다. 키로 보나 분위기로 보나 분명 도유는 아니었다.

"안녕하세요? 혹시, 한마디 씨?"

부드러운 억양도 도유와는 상반되게 하늬바람이었다.

"고객님이 제 이름을 어떻게 아세요?"

처음 보는 남자라는 것만 도유와 같았다.

"마린이가 아쟁을 잘 타는 언니 자랑을 엄청 하더라고요."

"그럼 혹시 서휘 오빠라는 분이?"

마디는 제 앞에 선 남자가 어제저녁 마린이 말했던 '친화력 우주 정복' 수준의 서휘 오빠임을 알아차렸다.

"마디 씨가 제 이름을 아는 것도 마린이의 덕분이겠죠?"

서휘는 크지도 작지도 않은 키와 쌍꺼풀이 크게 진 동그란 눈에 입술도 도톰해서 예쁘다는 말이 어울렸다.

"네. 마린이 천년 만에 이사를 들어온 새 이웃이 아주 친절하고 상냥하다고 하더라고요."

"나랑 나이도 동갑이라던데. 우리, 그럼 정식으로 다시 인사할까요? 반가워요. 내 이름은 성서휘라고 해요."

"네. 한마디입니다. 저도 반가워요. 좋은 우리 현지마을의 주민이 되신 것도 진심으로 환영합니다."

서휘와 마디는 악수도 나누었다. 둘 다 서로의 손이 따스했다.

"이건 마디 씨의 배달과 환영 인사에 대한 보답. 내가 직접 구운 쿠키예요."

서휘는 현관을 나설 때부터 상자 하나를 안고 있었다. 꽃다발을 건네받더니 물물교환이라도 하듯 마디에게는 상자를 안겨주었다. 마린이 서휘를 괜히 '친화력 우주 정복'이라고 평가를 한 것이 아니었다.

꽃집으로 돌아가는 버스는 금방 도착하지 않았다. 정류장의 의자에 앉은 마디는 쿠키 상자를 열어보았다. 잘게 자른 한지 보충제 위에 나란히 줄을 지어 쿠키가 누웠다. 하나같이 붉은 상미 꽃잎 모양이었다. 마디가 표현만 그렇게 한 것이 아니라 정말 모양이나 색깔이 진짜 장미 꽃잎과 똑같았다.

"아가씨, 그게 뭐야?"

옆에서 함께 버스를 기다리고 있던 중년 여자가 상체를 기울였다. 현지마을 사람은 아니었다. 아마도 건너편 아파트 단지의 주민이거나 도로변에 있는 <미소가정의학과>에 들른 환자이리라.

"장미 꽃잎에서 어떻게 이렇게 고소한 향이 나지?"

여자도 마디와 똑같은 생각을 하는 모양이었다.

"아니에요. 쿠키예요. 저도 방금 선물로 받은 건데, 진짜 장미 꽃잎이랑 똑같죠?"

"말도 안 돼. 쿠키라면 오븐이나 렌지에 구웠을 텐데 이런 색깔과 모양이 나온다고?"

"하나 드셔 보실래요?"

고개가 갸우뚱한 채로 여자는 마디가 내민 쿠키를 베어 먹었다. 믿을 수 없다는 표정이 더 진해졌다. 순간 마디는 서휘가 혹시나 전용 정원사일지도 모르겠다는 생각을 했다. 종이상자는 여전히 아래가 따끈따끈하였다.

서휘가 실내로 들어섰을 때, 도유는 근식과 통화를 하고 있었다. 어제저녁 여동생 도나가 보내온 메일에 관한 건이었다. 메일 속에는 예림건설과의 제휴가 성공적으로 결정되었으며 거기에 동반될 회사 차원의 미래 이윤 창출 내용까지 일목요연하게 정리가 되어 있었다.

"할아버지! 정말 탁월한 선택이셨어요. 예림건설은 신용 등급이나 재무제표도 계속 상승하고 있고 주식 시장에서도 호평을 받고 있는 중입니다. 레버리지(빚)도 거의 없는 상태이고요. 향후 몇십 년간은 무서운 상승세로 주식 시장도 치고 올라갈 것입니다."

도유의 앞에 놓인 노트북은 조도가 알맞게 설정된 화면에 그래프들이 늘어서 있었다.

– 이게 어디 내 공로로 돌릴 일이냐? 다 네가 기획해서 추진까지 마치지 않았니?

예림건설이 시공하는 모든 건물의 조경을 도유의 회사에서 전담하게 되었다. 최종 승인은 근식이 내렸지만 진주로 내려오기 전까지 도유가 담당을 했던 건이었다.

"중요한 시기에 지방으로 내려오게 되어서 그저 면목이 없습니다."

– 너 없이 우리 회사가 굴러가더냐? 여기에 있으나 거기에 있으나 넌 제 몫을 다 해내고 있어.

"그렇게 말씀해 주셔서 감사해요."

– 어쨌든 건강이 최고야. 일보다는 무조건 몸을 회복하는 데에 신경을 쓰도록 해.

"조만간 서휘랑 같이 올라가서 뵙도록 할게요."

– 아서라. 일부러 공기 좋은 곳을 찾아내려 간 네가 뭐 하러 올라와? 꽃이나 사람이나 모두 땅에 뿌리를 두고 사는 존재들이야. 물 좋고 공기 좋은 곳이 휴양에는 그만인 게지.

근식의 말은 화훼 기업의 회장님다웠다.

– 참! 한마디 양은 만나 보았니? 돌아올 때가 된 것 같은데.

"어제 돌아왔습니다."

– 인사는 제대로 나눴고?

"저녁 시간이라서 인사를 나누고 그럴 겨를이 없었습니다."

– 참 이상도 하지. 내는 마디 양을 처음 보았을 때부터 얼굴도 모르는 내 어머니가 그리도 떠오르더구나.

"할아버지의 당부는 잘 기억하고 있어요."

도유는 할아버지의 말을 잘 못 들은 척하였다. 제게 능력을 물려주었다는, 할아버지의 어머니, 제 증조할머니에 대한 이야기는 듣고 싶지가 않았다.

– 그래. 그 일도 네가 알아서 잘할 테지.

"도나는요? 건강히 잘 지내고 있는 거죠?"

– 통화 안 했니? 집에서나 회사에서나 나라고 도나의 얼굴을 보는 게 쉬우냐?

예림 건설과의 정식 제휴 체결 날짜는 5월 초로 잡혔다. 그 일만 끝나면 도나와 함께 진주에 다니러 오겠다는 근식의 말을 끝으로 도유는 휴대폰을 내려놓았다.

"오늘부터는 이제 마디 씨가 왔어."

서휘는 그제야 도유 쪽으로 꽃다발을 들어 보였다.

"꽃집은? 갔어?"

"당연히 갔지. 그런데 한마디라는 예쁜 이름을 놔두고 꽃집이 다 뭐야? 할아버지의 당부를 잘 기억하고 있다고? 그럴 리가! 또, 뭐, 인사할 겨를이 없었다고? 인사할 겨를이 아니라 마음이 없었던 거겠지."

서휘는 도유의 눈치를 살펴면서도 불평을 멈추지 않았다.

"됐어. 난 그 꽃집이랑 얽히고 싶은 생각이 전혀 없네."

도유는 노트북 속의 그래프들에다가 시선을 고정시켰다.

"이제 우리도 현지마을의 사람이야. 마디 씨가 아니라도 동네 분들과 친분도 나누고 해야지."

"싫다고 분명히 이야기를 했다."

"형이 뭐래든 난 마디 씨가 마음에 들었어. 마린이도 그렇고 마디 씨와도 좋은 친구가 될 거야."

서휘는 맞잡은 마디의 손이, 저를 환영한다던 마디의 말투가 얼마나 따스하고 다정했는지 한참이나 설명을 덧붙였다.

"난 느낌이 왔어. 마디 씨라면 꼭 동화를 믿어줄 거라는 것."

"성서휘! 너 거기에서 한마디만 더 해!"

더 이상 말을 시켜서 저를 방해하지 말라는 도유의 엄포였다.

"한마디 씨 얘기는 방금 형이 했거든."

"성서휘, 잘 들어. 아이는 반드시 나이가 들기 마련이고 나이가 들어 어른이 된 아이에게 동화는 그냥 공포물이야. 물론 어쩌다 코미디 장르까지는 양보해 줄 수도 있겠지만."

"형의 그 말은 너무 비관적이야."

"너도 애초에 괜한 기대는 마. 꽃집이 제가 들고 간 쿠키가 정말로 우리 집 온실에서 솎아낸 장미 꽃잎이라는 걸 알게 되면 뭐라 그럴 것 같은데?"

도유의 말투는 신랄하기 그지없었다.

"그거야 ……."

분했지만 서휘는 반박을 마무리할 수가 없었다. 도유는 이제 키보드를 두들기며 그런 서휘를 외면했다. 어쩔 수 없이 주먹을 푼 서휘는 주방으로 갔다. 꽃다발을 싱크대에 내려놓은 후에 꽃송이만 따로 떼어내었다. 목 잘린 꽃송이를 흐르는 물에다 몇 번씩 헹구어 내기도 했다.

"두고 봐! 형이 그렇게 나온다면 나도 다 생각이 있다고!"

입속에서 중얼거리는 서휘의 말은 물소리에 제 정체를 감추었다.

은영과 영빈의 아쟁 사사는 매주 한 번씩 오후 4시에 하고 있었다. 마디는 선점 이모의 상가 지하실 중 한 칸을 빌려서 보증금 없이 월세만으로 20만 원을 지불했다. 아쟁은 새벽에 동우가 먼저 가지고 나갔고 마디는 악보를 챙기는 중이었다. 문에서 노크 소리가 나서 쳐다보니 마린이 고개만 들이밀고 있었다. 할 말이 많은 표정이었다.

"언니! 내가 아무한테도 말을 안 하고 진심 비밀로 하려고 했는데 말이야."

마린은 쌍둥이인 마룬과 함께 포항에 있는 대학에 진학했다. 마룬이 1학년을 마치고 군대엘 갔는데 쌍둥이들은 졸업도 꼭 같이해야 한다며 덩달아 휴학을 했다. 그래도 제 학비는 벌어 쓰겠다며 새벽에는 우유 배달, 오후에는 한식당에서 설거지와 서빙을 하고 있었다. 우유 배달을 하고 와서는 잠에 곯아떨어지기가 일쑤인데 이 시간에 깨어 마디를 찾아온 것이 이미 긴요한 이야기라는 표시였다.

그 모퉁이 집

"언니야, 내 꿈이 방송작가라는 것은 언니도 잘 알고 있잖아?"

그건 유치원에 다니고 있는 앵두나무 집의 도윤이도 알고 있었다.

"그래서 내가 이번에 모퉁이 집을 배경으로 드라마 극본을 써 볼까 해."

"모퉁이 집을? 왜?"

아쟁 악보를 챙기는 마디의 손길은 여전히 부산했다.

"언니야! 잘 들어봐. 일제강점기 말에 불에 탔던 집이 80년 가까이 비어 있다가 새로 건축이 됐어. 그리고 그 집에 신비한 분위기의 두 남자가 이사를 들어온 거야. 어때? 벌써 흥미진진하지 않아?"

비로소 마디의 움직임이 멈추었다. 항상 뚱딴지같은 마린이긴 했지만, 이번 것은 나가도 너무 많이 나갔다. 더 나가기 전에 말려야 할 일이었다.

"매일 아침 꽃다발을 주문하고 꽃잎 모양의 쿠키를 구워내는 남자. 스토리가 진심 신비하지?"

"신비할 것도 많다."

"그건 언니가 서휘 오빠가 구운 쿠키를 못 먹어 봐서 그래."

"나도 먹어 봤는데."

장미 꽃잎 같은 쿠키였지만 장미 꽃잎은 아니니 마디에게는 그저 신선한 정도였다.

"그럼 모도유라는 사람의 얼굴은 제대로 봤어?"

"나도 순회공연 다녀왔던 저녁에 잠깐 스친 게 다야."

"봐! 우리 동네에서 아직 그 사람의 얼굴을 제대로 본 사람이 아무도 없다니까. 이사를 들어온 지 벌써 2주가 넘었는데 이상하지 않아? 그래서, 진심 이건 비밀인데, 극본의 글감을 모으느라 내가 지금 서휘 오빠랑도 친하게 지내고 있는 거거든."

"아빠의 말씀을 잊었니? 꽃으로는 어떤 악한 일도 할 수 없으니 고객의 사정에 대해서는 궁금해하지 않는다고. 게다가 사람이 다른 사람을 목적을 가지고 만나는 게 옳은 일이겠니? 또 네가 이런 목적으로 자기에게 친근히 군다는 걸 서휘 씨가 알게 되면 어떤 기분이겠어?"

"내가 꼭 목적만 가지고 서휘 오빠를 보는 건 아니니까 그건 아무 상관 없어."

마린은 들어올 때와 같은 표정으로 마디의 방을 나가 버렸다.

"마린아, 제발!"

마디는 첫날 밤 모퉁이 집을 보면서 꽃으로 둘러싸인 상아의 무덤을 떠올렸다는 말을 마린에게 하지 않기가 천만다행이라고 생각했다. 그 말 한마디가 또 얼마나 마린의 상상력에 응원가가 되어 주었을까? 하지만 크게 걱정은 없었다. 마린의 드라마 극본은 절대 완성되지 못할 것이다. 풍부하다 못해 차고 넘치는 그 상상력을 뒷받침해야 할 마린의 글솜씨는 밑이 터진 호주머니였다.

아쟁의 활대는 윗부분에 엄지를 쭉 펴서 얹고 그 양쪽 아래는 검지와 중지로 감싸듯이 말아서 쥐어야 한다. 그런데 영빈과 은영은 활대를 잡는 엄지손가락 힘이 약하였다.

"선생님! 활대가 자꾸 미끄러져요."

두 아이가 똑같이 진도가 막혔다.

"다시 한번 같이 해 볼까?"

마디는 두 아이의 손 위에다가 차례로 자기의 손을 겹쳤다. 엄지를 쭉 펴 주면서 함께 활을 그었다.

"얘들아, 지금 내는 음은 농현(줄을 누르는 압력을 바꾸어가면서 줄을 떨어주는 주법)이야. 그래서 엄지를 더 힘 있게 받쳐줘야 해. 알았지?"

"머리로는 알겠는데, 손가락이 잘 안 따라줘요."

"뭐든 마찬가지겠지만 연습만이 답이야. 습관이 잡힐 때까지는 기본 주법도 계속 반복해 보자."

두 아이의 손이 똑같은 모습으로 아쟁의 줄 위로 미끄러져 내렸다가 올라왔다. 그러던 중 마디는 은영의 아쟁에서 나는 소리가 조금 이상하다는 것을 감지했다.

"은영아, 잠시만!"

활대로 음을 고르던 은영은 마디의 부름에 손을 멈추었다. 동시에 영빈의 동작도 멎었다.

"은영이 너, 1번과 5번 줄의 음이 조금 낮은 것 같은데?"

"정말요? 제가 분명히 조현(조율)을 하고 시작했는데요."

"선생님이 어디 한 번 볼까?"

마디는 아쟁의 음을 조절하는 부들(아쟁에서 줄을 고정하는 나무대)과 안족(아쟁에서 줄을 지탱하는 A자 모양의 기둥들)을 만져보았다. 역시 줄이 조금 헐거워져 있었다.

"이건 아무래도 돌괘(아쟁의 줄감개)를 움직여 봐야겠는데."

아쟁의 음을 조율할 때 돌괘를 움직이는 것은 줄이 쉽게 끊어질 위험이 있어서 숙련된 전문가가 아니면 잘 쓰지 않는 방법이었다.

"다시 한번 골라 볼래?"

마디가 조현을 끝내자 은영은 활대를 다시 줄 위에 놓았다. 이번에는 제대로 된 소리가 났다.

"소리가 아주 깨끗해졌네. 은영이는 워낙 청음력(음을 분별하는 능력)이 뛰어나니까 조율 단계에서부터 신경을 쓰도록 해."

"선생님, 저는요? 저는 괜찮아요?"

영빈은 은근히 샘이 나는 모양이었다.

"영빈이의 소리는 괜찮아. 줄도 정확하게 잘 조현되어 있고."

"정말이죠? 야! 강은영! 선생님의 말씀 잘 들었지?"

"뭐래니, 이영빈?"

곧 두 아이의 폭소 수준의 웃음이 터져 나왔다. 마디는 두 아이의 폭소가 터지는 포인트가 무엇인지 도통 모르겠다. 이유도 없이 전조도 없이 두 아이는 그냥 항상 폭소를 터뜨렸다. 저도 모르게 마디의 입가도 같이 늘어나는데 마디의 휴대폰이 울렸다.

아서는 현지마을에서 같이 나고 자란 동네 오빠였다. 군대를 갔다오고 대학을 졸업하기까지도 현지마을에서 살았다. 두 사람은 진주의 국립대학인 경상대학교 후문에 자리한 <중동까스>로 갔다. 두툼하면서도 바삭바삭한 육감의 수제 돈가스로 유명한 패밀리 레스토랑이었다.

"순회공연은 어땠니? 오빠가 진즉 전화를 할 건데 너무 바빠서 말이야."

아서는 그나마 오늘은 건강 검진을 위해 반차를 내어서 마디에게 전화를 할 수 있었다고 했다. 그리고는 동우나 용남, 마을 어른들처럼 마디의 팔을 걱정하였다. 아무 걱정 말라며 마디는 또 팔을 흔들어 보여 주어야만 했다. 이건 무슨 무한 반복 타임 루프에 갇힌 것도 아니고!

"애들의 수업은 잘했어?"

그 모퉁이 집

아서는 제 접시의 샐러드를 마디 앞의 접시로 몽땅 옮겨 담았다.

"오랜만이라 서로 반갑게 잘했지."

"조심해서 해. 무리하지 말고."

"국악원에 있을 때는 하루에 12시간씩 넘게도 연습을 했네요."

마디는 유난히 길고 곧은 열 손가락을 펼쳐 흔들어 보였다.

"그나저나 요즘 네가 모퉁이 집에 매일 아침 꽃다발 배달을 하고 있다면서?"

"오빠가 그걸 어떻게 알았어? 이제 얼마 되지도 않았는데."

"어머니가 얘기해 주셨지. 이사를 들어온 후로 매일 아침 배달을 시킨다고도 하시던데."

"나 몰래 언제 또 엄마랑 통화를 한 거야?"

"너한테보다는 더 자주 할걸."

용남이 결정해 놓은 아서의 포지션은 '맏사윗감'이었다. 물론 마디 나 아서의 뜻과는 아무런 상관도 없는 결정이었다.

"그 집 사람들은 어떤 사람들이야?"

"나도 잘은 몰라. 꽃다발을 배달하면서 인사를 나누는 게 다라서."

"난 네가 그 집의 남자들을 조심했으면 좋겠어."

"뜬금없이 무슨 말이야?"

"모퉁이 집도 그렇고 그 집에 이사를 들어왔다는 남자들도 그렇고 난 별로 마음이 편하지가 않네. 왠지 위험한 느낌이랄까? 게다가 윤이도 전화를 해서 이상한 소리를 했고."

자신도 모르고 있지만 아서의 피를 타고 흐르는 해묵은 원한이 그런 느낌을 만들어내었다.

"이상한 소리라니?"

"그런 게 있어. 게다가 내 느낌도 그냥 그렇다니까."

아서의 눈썰미나 감각의 예리함은 진주경찰서 내에서도 소문이 자자하였다. 야구모자와 마스크를 눌러 쓴 용의자나 범인을 몸의 형태나 얼굴 윤곽만으로도 잡아내는 수준이었다. 하지만 집성촌에서 자라서 어른을 공경하고 사람도 아낄 줄 아는 아서가 보지도 않고 이런 표현을 하는 것을 마디는 처음 들어봤다.

"그냥 느낌이 그렇다니 그런 말이 어디에 있어?"

마디가 떠올렸던 단상이나 마을 어른들의 투덕거림, 마린에 아서까지 농업에 종사하는 집성촌으로 조용히 살아가던 현지마을에 도유나 서휘의 등장은 잔잔한 호수에 던져진 돌인 모양이었다. 그냥 돌멩이도 아닌 거대한 천연기념물 바윗돌.

아서는 현지마을의 입구에 마디를 내려주었다. 건너편 아파트 단지에는 불빛이 휘황찬란한데 현지마을은 9시가 다가오면서 벌써 깜깜한 전설의 고향이 되었다.

"밥 잘 챙겨 먹고 몸 돌봐 가면서 일해. 꽃집 일은 너무 많이 하지 말고, 어머니가 걱정하시더라."

아서는 창문을 연 채로 다시 출발할 생각을 하지 않았다. 마디의 취침 시간에 맞춰서 돌아온다고 서둘러 놓고는 저러고 있었다.

"아서 오빠, 걱정 마. 내 몸은 내가 지키니까."

"얼른 들어가. 모퉁이 집을 돌아갈 때까지는 보고 있을 테니."

아서는 마디의 집 바로 옆인 제집에는 들를 생각도 하지 않았다. 마디도 권하지 않았다. 대신 운전석에 앉은 아서의 옆얼굴을 재빨리 일갈했다. 아서의 오른쪽 턱에서부터 귀에 걸친 긴 상처는 아서의 피붙이가 칼을 들어 아서를 내리쳐서 생겨났다. 사이렌 소리가 벌겋게

그 모퉁이 집

돌아가면서 현지마을의 단잠을 깨뜨린 그 밤 이후, 아서는 현지마을을 떠나버렸다. 곧 그 피붙이도 현지마을을 떠났다. 하지만 아서는 돌아오려고 하지 않았다. 뺨의 상처는 딱지가 앉았다가 떨어져 나갔다. 그런데 상처의 진짜 끝자락인 아서의 심장에서는 여전히 피가 흐르고 있는 모양이었다.

"오빠! 여기서부터는 내 구역이니까 오빠야말로 먼저 가. 내가 오빠가 가는 걸 지켜봐 줄게. 이건 나한테 근사한 저녁을 선물해 준 보답이야. 대한민국 강철체력 청년경찰님. 필승!"

마디는 일부러 큰 동작으로 거수경례를 해 보였다. 저와 함께 이렇게라도 현지마을 앞에 머무는 시간이 아서에게 부디 지혈제가 되어 주기를!

"필승!"

아서는 저도 같은 손 모양을 해 보인 후에야 핸들을 돌렸다.

그 시각, 도유는 운동을 마치고 집으로 돌아오고 있었다. 매일 저녁 식사 후 규칙적으로 달리기를 했다. 월아산 뒤쪽 흥한 아파트 길을 통과해 금호지(池)를 한 바퀴 돌고 오면 딱 1시간 30분이 걸렸다. 사람들의 시선과 나비들을 함께 피할 수 있는 시간대였다.

마을 입구에 다다랐는데 앞쪽으로 차가 한 대 섰다. 마디가 조수석에서 내렸고 곧 대화 소리도 들려왔다. 마디가 부르는 이름으로 보아 차의 운전자는 아서인 모양이었다. 29세의 진주경찰서 정보관 정아서. 마디에 대한 정보를 조사하면서 함께 알게 되었다. 순간 도유의 걸음이 어둠 속에 가만히 엎드렸다.

마디는 아서의 차가 사라질 때까지 배웅했다. 그래서 제 옆쪽으로 떨어져 선 도유를 뒤늦게 발견하였다. 첫날처럼 눈밖에는 보이지 않는 모습이었다.

"아, 안녕하세요?"

절로 더듬거리는 목소리가 나오고 말았다. 도유는 다만 까딱이는 고갯짓으로 인사를 대신했다.

"저는 저녁 약속이 있어서요."

묻지도 않았고 그래서 대답할 필요는 더욱 없는 말이었다. 그러는 마디의 옆으로 도유가 스쳐 지나갔다.

"저번 날에는 정말 죄송했어요. 제가 타지엘 다녀와서 완공이 된 모퉁이 집의 모습을 처음 보는 것이었거든요. 너무 궁금해서 저도 모르게 실례를 했어요. 죄송합니다."

마디는 90도 정중한 인사까지 덧붙였다. 먼저 가느라 돌아서 있던 도유의 등은 마디의 말도 들었고 마디의 인사도 받았다. 하지만 도유는 뒤를 돌아보지 않았다. 마디와 함께 있던 아서의 차를 본 순간부터 구토처럼 치밀어 오른 언짢음이 도유의 등을 내리눌렀다. 도유 또한 제 피를 타고 흐르는 해묵은 원한이 그런 느낌을 만들어 내었음을 몰랐다. 그저 어둠 속에 서 있는, 저에게만 보이는, 누군가를 흘깃 보고 나서 걸음을 옮겼다.

마디는 한 번 더 사과를 하려다가 그만두었다. 받지도 않는 사과를 일방적으로 자꾸 던지면 사과와 마음이 같이 멍만 들 뿐이었다. 그저 도유의 뒤를 따르기 시작했다. 모퉁이 집이 현지마을의 입구 첫 집이라서 같이 걷는 걸음까지 피할 수는 없었다. 고즈넉하게 잠든 현지마을에 달빛이 내리비쳤다. 도유의 언짢은 그림자가 늘어져 마디의 풀죽은 운동화에 와서 닿았다. 그러자 텃밭 옆으로 피어 있던 엉겅퀴 새순에서 갑자기 가시가 길게 돋아나기 시작했다. 홍가시나무처럼.

그 모퉁이 집

살아있는 동물처럼.

봄비가 3월을 적시기 시작했다. 약속대로 돌아온 새봄의 첫 비였다. 마디는 마을 입구에서 버스를 내리고 나서야 비를 만났다. 저는 젖어도 패랭이 꽃다발은 젖지 않도록 팔로 우산을 만들어 씌워주었다. 홍가시나무 담장에 닿은 모퉁이 집의 대문 초인종을 누르려고 했다. 하지만 홍가시나무 담장을 채 벗어나지도 못하고 마디는 그만 얼음이 되고 말았다.

모퉁이 집 마당의 모든 꽃들과 나무들이 춤을 추고 있었기 때문이었다. 일제히 하늘을 향해 들린 꽃송이들은 제 얼굴에다 빗물을 적시고 키 작은 관목들은 가지를 들어 올려 끝마다 빗방울이 맺히게 만드는 중이었다. 쉬폰 원단이 흩날리는 듯한 움직임이었다. 찰나의 순간 마디의 머릿속에서 물음표와 느낌표 수만 개가 엉켜 들었다.

"말도 안 돼!"

말을 뱉었다. 눈을 꼭 눌러 감고 머리를 흔들었다. 한참 후에는 1부터 5까지 쉼표를 찍었다. 그런 후에야 겨우 눈꺼풀을 밀어 올릴 수 있었다. 파르르 떨림이 멎지 않았지만, 다행히 이번에는 아무런 이상이 없었다. 봄비만이 제 일을 하고 있을 뿐이었다.

"그럼 그렇지. 그럴 리가 없잖아."

모든 것이 착시였다. 그런데도 마디의 마음은 안정이 되지 않았다. 다행히도 때마침 서휘가 대문을 열고 나왔다.

"깜짝이야! 마디 씨, 멍하니 서서 뭐 하고 있는 거예요?"

서휘는 마치 대문을 열고서 마디를 처음 보기라도 한 듯이 정말 놀라는 표정이었다.

"비도 내리고 올 시간이 넘었다 싶어서 나와 본 걸음이에요. 그런데 무슨 일이 있어요? 왜 그래요, 마디 씨?"

"아, 아무것도 아니에요."

마디는 도무지 서휘와는 눈을 맞출 수가 없었다.

"안색이 안 좋아 보이는데 혹시 비를 맞아서 그래요? 자! 돌아갈 때는 이걸 써요"

서휘는 마디의 머리 위로 제가 들고나온 우산을 펼쳐 주었다.

"정말 괜찮아요. 걱정 말아요, 서휘 씨."

"아쟁 사사하랴, 매일 아침 우리 집에 꽃다발 배달을 오랴, 많이 힘들죠?"

"그럴 리가요. 저희한테야 일이고 배달비까지 충분히 받고 있는 거예요. 고마워요, 서휘 씨. 우산은 잘 챙겨서 돌려드릴게요."

아쟁 사사까지 알고 있다니, 마린이 서휘에게 별말을 다 하는 모양이었다.

도유는 거실의 통창 앞에 서서 그 모습을 다 내다보고 있었다. 서휘가 집안으로 들어서자마자 무슨 이야기가 그렇게 길었냐고 물었다.

"형의 말처럼 마디 씨가 오늘은 좀 늦는다 싶어서 내가 나가봤잖아."

"그랬는데?"

도유는 별로 궁금하지 않다는 표정 속에 제 진심을 감추었다. 도유는 담장 너머 서 있는 마디를 이미 보았다.

"그랬는데 마디 씨가 우리 집의 담장을 골똘히 쳐다보면서 멍하니 서 있는 거야."

"우리 집 담장을?"

"뭐 못 볼 거라도 본 사람처럼, 콘크리트에다가는 당장 구멍이라도 뚫어버릴 것처럼 말이야. 얼마나 골몰히 집중하고 있었는지 내가 대문을 열고 나가도록 알아차리지도 못하더라니까. 비까지 맞아 가면서."

서휘는 대문 옆으로 늘어선 모퉁이 집의 높은 콘크리트 담장을 새삼 쳐다보았다.

"그게 뭐 별일이라고?"

"걱정되잖아. 아침부터 무슨 일인가 싶기도 하고."

"꽃집이 애야? 그런 걱정은 하지 않아도 돼. 넌 꽃집한테 웬 관심이 그렇게 지대해?"

"지대하지 않은 형이 지대하게 이상한 거지, 지대한 내가 이상해? 마디 씨는 이제 돌아갔으려나?"

서휘가 주방으로 들어갔다. 그러자 도유는 아까 서휘가 새삼 쳐다보던 담장을 응시했다. 거기에 서휘의 눈에 보이는 콘크리트 담장 따위는 없었다. 도유가 보는 모퉁이 집의 담장은 윗가지는 빨갛고 아래가지는 연초록인 홍가시나무였다. 그 아래로는 마당의 모든 꽃들과 나무들이 첫 비를 맞으며 고개를 들고 몸을 흔들며 춤을 추고 있었다. 춤의 끝자락에 통창 밖의 꽃들과 나무들은 도유를 향해서 꽃잎과 가지를 흔들어보였다. 도유는 제 손을 마주 흔들어 짧게 답례를 했다. 사실 도유는 비를 맞으며 멍하니 서 있는 마디도 이미 보았다.

"한마디! 설마 아니겠지? 이제 와서야 절대로 아닌 게 좋을 텐데."

도유의 마음에 빗물이 스치면서 어지러운 무늬를 그렸다. 눈에는 우산을 쓰고 홍가시나무 담장 위로 천천히 걸어가는 마디의 상반신이 담겼다.

<뭐가? 모 대표는 뭐가 아니었으면 좋겠는데?>

어둠 속의 기이한 음색이 이번에도 도유의 옆에 있었고 나직이 물어왔다.

"기억은 잃었는데 능력은 그대로다! 기억을 잃었지만 그렇다고 그 기억을 거부하는 것은 아니다! 그대! 어쩜 그대의 말이 맞을지도 모르겠어. 하지만 27살에 이런 기억이 돌아온다? 한마디에게는 토네이도 급의 재앙이 될 걸."

<아니. 곧 우리 마디풀의 기억이 돌아올 거고 그럼 나와 같이 나처럼 기뻐할 거야.>

"분명 그대에게는 기쁜 일이겠지."

<그래도 마디풀이 기억과 마음을 열지 않는 이상 내가 할 수 있는 일은 아무것도 없어. 그런데도 여전히 나를 돕지 않을 거야?>

"내 도움은 모퉁이 집을 짓고 그대를 여기에다가 무사히 갖다 심은 데까지라고 못 박았을 텐데."

<사정이 달라졌잖아.>

도유의 어깨에 도유의 옆으로 서 있는 남자의 하얀 머리카락이 스쳤다. 남자는 바로 기이한 음색의 주인이었다. 이때 서휘도 도유의 옆으로 다가와 꽃송이가 담긴 접시를 내려놓았다. 그런 후 곧장 2층의 제 방으로 모습을 감추었다. 서휘는 모퉁이 집에서 아무것도 보아서도 안 되고 아무것도 들어서도 안 되었다. 그러니 지금처럼 도유가 혼자서 대화를 나누고 있어도 무슨 일이냐고 물어볼 수 없었다. 그건 도유의 개인 비서이자 전담 간호사 그리고 모퉁이 집의 가사도우미까지 1인 3역의 직원으로 모퉁이 집에 따라오면서 작성한 계약서의

제 1조 1항이었다.

"아니. 나한테는 그대로야."

1월 같은 대답 끝에 도유는 패랭이 꽃송이 하나를 집어 들었다. 그리고는 곧장 꽃송이를 베어 먹기 시작했다. '와삭와삭' 연붉은색의 패랭이꽃 즙이 피처럼 도유의 입술 가에 묻어났다. 도유의 인상도 즈려 밟힌 꽃잎처럼 일그러지고 말았다.

그러자 도유만이 볼 수 있고 도유만이 들을 수 있는 남자의 눈빛도 아련해졌다. 그는 온몸이 투명했고 아무 죄가 없는 눈빛은 더 투명하였다. 도유는 절대 불러주지 않는 그의 이름은 해눈이었다.

**박태기나무의 꽃말은 <우정 혹은 의혹>**

향기의 인장
(홍가시나무)

윤송은 상복을 입고 있는 땅에서 사업을 하다 보니 친일파라는 오명을 달고 살았다. 하지만 온화하고 인심이 후한 성품으로 현지 마을에서의 평판은 비단결이었다. 얼마 전에는 외양간의 지붕을 고치다가 떨어진 덕순 아범의 병원비를 전액 지원해 주기도 하였다.

　"저 나리가 말이라. 실지로는 아마도 독립운동을 하고 있을 것이여."

　"암만. 시절이 요래서 그렇제, 나리가 친일 앞잽이를 하실 분은 절대 아니니께."

　"중국의 독립꾼들헌티도 꽤 많은 군자금을 대고 있다고 하던디."

　"이 사람이, 아서라꼬. 그런 입을 함부리 놀렸다가 나리에게 무신 칼날이 날라갈 쭐 알고."

　"암만. 남들은 나리를 친일파니 앞잽이니 욕을 혀도 우리 마을이 이만큼 살아가는 기 다 누구 덕분인디."

"맞네. 맞어. 나리 아니믄 어림 반푼어치도 없는 일이제."

"두말하믄 잔소리 아이가."

현지마을 사람들 사이에서는 이런 이야기들이 맨발로 사뿐사뿐 지나다녔다.

1월도 지나고 겨울이 끝나가던 어느 날, 윤송과 은조는 1층 거실에서 같이 차를 나누고 있었다. 부엌일을 보는 순실댁이 끓여준 작설차를 옥이가 가져다주었다. 옥이는 집안일을 도우면서 은조의 잔심부름을 도맡아 하는 어린 소녀였다.

"은조, 강물이 풀리면 남강에 뱃놀이를 하러 가겠소?"

진주의 남강(南江)은 함양군 서상면(西上面)에 있는 남덕유산에서 발원하여 낙동강으로 합류하는 지류 중 하나였다. 진주시를 관통하면서 흐르는데 우기에는 상습적으로 수해가 일어나 피해가 잦았다. 하지만 진주의 사람들에게는 수원이 되는 젖줄이자 빨래터이기도 했다. 작년 12월, 윤송을 따라서 진주로 온 은조는 풀린 남강 물을 본 적이 없었다.

"저는 그런 사치스런 놀음은 하고 싶지 않아요."

은조의 말투는 부드러웠지만, 말에 담긴 뜻은 강경하였다.

"아차차! 그대가 어떤 사람인지를 모르고 내가 또 실언을 하였소."

윤송은 두 번 권하지도 않았다.

"윤송 상이야말로 오늘은 공장에 나가시지 않나 봅니다."

작설차를 들이켜는 은조의 입술은 딱 꽃빛이었다.

"새로 돌아올 봄을 준비하며 다들 집안에 돌볼 일이 많지 않겠소? 해서 오늘 하루는 염직소의 모두에게 휴가를 주었소."

순간 은조의 찻잔에서 피어오르는 차향 사이로 복잡미묘한 눈빛이 어렸다.

"그나저나 윤송 상은 참말 괜찮으신 건가요?"

"무에가 말이오?"

"제 배 속에 있는 이 아이, 다들 윤송 상의 아이로 알고 있던데."

처음부터 은조는 윤송을 윤송 상이라고 불렀다. 멀찍이 떨어뜨려 놓고 부르는 호칭이었다.

"그게 뭐 중요한 문제요?"

"아직 일가를 이루지도 않았는데, 윤송 상에게 명예롭지 못한 일이지 않나요?"

"새로 태어날 귀한 생명 앞에 내 명예가 그렇게 중요하오?"

"왜 누구의 아이냐고도 묻지 않죠?"

"그대의 아이잖소. 난 그거면 되었소."

은조의 눈빛이 한층 더 복잡해졌다. 한 편, 옥이는 신식 주방의 귀퉁이에 숨어서 둘의 모습을 훔쳐보았다. 옥이가 보기에 운송의 시선이 가 닿는 은조의 얼굴은 사랑으로 물이 들어 화사하였다.

'죽어 버리라고! 죽어 버렸으면 좋겠어!'

저고리의 고름을 물어뜯는 옥이의 입술은 그와는 반대로 흉하게 시들어 들었다. 다음 날, 옥이는 은조에게 한글을 배우면서도 어제의 장면을 떠올렸다.

"은조 아씨. 아씨는 누구에게 글을 배우셨어예? 혹시 갱성의 신여성들은 다 간다는 큰 핵교를 다니신 거라예?"

제 머릿속을 휘젓는 장면을 떨쳐버리려고 건넨 질문이었다.

"아니란다. 내도 이렇게 집에서 글을 배웠어."

"누가 가리치 주신 기라예?"

"어느 좋으신 분."

은조의 말끝에 살풋 미소가 걸렸다.

"그라믄 아씨의 아쟁도 댁에서 깨우치신 거라예?"

"응. 내가 살던 곳에서는 사람들이 노래를 좋아하고 춤을 사랑하였지."

은조의 두 눈에 그리움이 가득 담겼다. 머나먼 어딘가를 추억하는 모양새였다.

"하기사 갱성 사람들은 우리랑 달라서 음주가무도 즐기한다 들었십니더."

이렇게 곱고 좋은 향기를 풍기는 은조는 경성의 사람인 것이 확실하였다.

"옥이도 아쟁을 배워 보련?"

"지가예? 아이라예. 글자를 배우는 거로 충분하제, 지 같은 사람이 우찌 그 귀한 악기에 손을 댄데예?"

옥이는 손사래까지 내저었다.

"악기가 사람을 가린다던? 사람을 가리는 건 오직 사람들만의 병폐란다."

"그 말은 어려버서 잘 몬 알아 듣겠어예."

"아니야. 옥이가 아니면 그만인 게지. 자, 다시 한 번 써 보련?"

오늘 은조가 옥이에게 가르치는 글은 대한제국 각 도시의 이름이었다. 이제 1달 남짓 되었는데 글을 습득하는 속도가 꽤나 빨랐다.

사실 옥이에게는 은조와 친근하게 지내는 속내가 따로 있었다. 옥이는 홀몸도 아닌 은조가 가끔씩 은밀한 외출을 한다는 것을 알

그 모퉁이 집

고 있었다. 수상한 은조를 주목하여 보다 보니 저절로 알게 되었다. 느낌이 좋지 않은 외출이었다. 누군가를 만나고 돌아오는 것이 분명하였다.

"그리고 보니 옥이가 쓰는 펜은 못 보던 건데?"

옥이는 새 펜을 가지고 글자를 쓰고 있었다.

"지가 글자를 배운다꼬 혔더니 나리께서 선물해 주셨어예."

"그래? 윤송 상이 참 고마운 분이로구나."

"그라지예? 우리 나리는 참말로 좋은 분이시라예."

"헌데 옥이야, 어찌 공부를 하면서도 빗자루를 쥐고 있는 게야?"

"항상 청결해야지예."

청소에 대한 옥이의 열심은 거의 집착에 가까웠다.

"그기 사람이믄 더욱 더예."

옥이의 입술이 삐뚜룸 돌아갔다. 그때, 모퉁이 집의 현관문이 열렸다. 마당에다가 포드 차를 주차하고 있는 정구를 배경으로 윤송이 들어서고 있었다.

"나리, 다녀오싰십니꺼?"

옥이는 화들짝 일어나며 인사를 하였다. 일본식 정장을 입은 윤송은 대답 대신 고개만 끄덕였다. 그런 윤송은 혼자가 아니었다. 윤송의 뒤로 역시나 일본식 정장을 입은 남자가 한 명 더 들어섰다. 진주경찰서의 형사부장 다카키였다.

"나리도 오셨네예. 안녕하십니꺼?"

"오냐. 옥이로구나. 내는 고 상과 나눌 이야기가 있어서 들렀구나."

다카키는 다른 마을에 있는 옥이의 본가에서 하숙을 하고 있었는데 은조가 온 이후로 부쩍 모퉁이 집에 출입이 잦아졌다.

1945년도의 진주에서 가장 강력한 권력을 가지고 있는 두 남자. 다리 없는 안경을 쓰고 부드럽게 눈웃음을 짓는 따스한 인상의 윤송. 깎아지른 듯 날카로운 눈매와 콧날을 지닌 차가운 인상의 다카키.

정반대의 분위기를 풍기는 두 사람을 바라보는 옥이의 얼굴이 확 붉어졌다. 물론 인사 대신 내리깐 은조의 속눈썹이 파르르하니 떨리는 것도 놓치지 않았다.

그날 밤, 모퉁이 집은 모두가 잠이 들어서 하나의 요람이 되었다. 은밀한 발소리가 2층 윤송의 서재 문을 열었다. 곧 그림자 하나가 서재 안으로 들어섰다. 그림자는 곡선으로 멋을 낸 책상 쪽으로 가더니 서랍들을 열어 보았다. 잠긴 곳은 없었고 특별한 물건은 더욱 없었다. 이번에는 벽면을 더듬어 보았다. 액자나 틈새 부분은 더 세심하게 살펴보았다. 아마도 비밀 금고나 밀폐된 공간을 찾아보려는 손짓 같았다. 별 성과가 없자 이번에는 마룻바닥을 빈틈없이 눌러보았다. 하지만 성과가 없기는 마찬가지였다.

그때, 서재로 이어지는 마루 복도를 걸어오는 또 다른 발소리가 났다. 은밀한 발걸음이 아니었다. 그림자는 한쪽 벽면에 세워진 병풍 뒤로 재빨리 몸을 숨겼다. 마지막 옷자락까지 숨기고 나자 아슬아슬하게 서재의 문이 열렸다.

들어온 사람은 윤송이었다. 윤송은 자가발전기로 생성되는 전기로 움직이는 스탠드에 불을 밝혔다. 온통 깜깜하기만 하던 어둠의 영토에 빛이 스며들었다. 그런 후 창가로 다가가 마당을 내다보았다. 드넓은 마당에는 뿌리만 남은 창포꽃들이 겨울을 인내하면서 봄을 기다리고 있었다. 한참 동안이나 무슨 생각에 잠겼다.

똑똑, 서재의 문에서 노크 소리가 났다.

"나리, 들어가도 되겠습니까?"

"잠도 자지 않고 어인 일인가?"

허락을 구하고 서재로 들어서는 정구를 보는 윤송의 눈빛이 따스했다.

"나리의 기척이 들리는 듯해서 말입니다."

정구는 윤송의 발소리에 잠이 깨었다.

"내가 자네의 잠을 방해한 모양이군."

"어째 잠자리에 드시지 않고 서재에 올라와 계시는 겁니까?"

"글쎄. 왠지 잠이 오지가 않아서 말이네."

"혹여…… 은조 아씨 때문에…… 그러십니까?"

조심스럽게 물어오는 정구는 뒷머리를 연신 만지작거렸다.

"그것도 글쎄. 왜? 자네 눈에 내가 그래 보이는가?"

"이제 그만 내보내는 게 좋지 않을까요? 저희 모퉁이 집에 든 지도 벌써 두 달이 넘었습니다."

은조라는 목적어는 생략된 채였다.

"집에서 부리는 이들 사이에서도 이런저런 말이 나오고."

"이런저런 말이라니?"

"그것이 나리와……."

뒷말을 생략해도 윤송은 정구가 하고자 하는 말을 알아들었다.

"오갈 데가 없어 피할 곳을 찾아 내 차로 뛰어든 사람이네. 사람 된 도리로야 차마 그럴 수는 없네."

"제가 백방으로 수소문을 해 보았지만, 아씨의 과거 행적에 대해 한 톨의 정보도 건져 낸 것이 없습니다."

"그만큼 착한 사람으로 살았다는 뜻이 아니겠나?"

윤송은 창문을 바라보는 채로 뒷짐을 졌다.

"아무리 어수선한 시대라고는 하나, 과거의 행적을 한 톨도 밝힐 수 없는 사람이 몇이나 되겠습니까?"

"자네 말대로 어수선한 시대이네. 이 모두 시절의 탓인 게지."

나라를 뺏기고 말의 혀를 잘리고 내 목숨마저 내 마음대로 할 수 없는 시절이었다.

"아씨는 주로 무엇을 하며 소일을 하시는가?"

윤송은 염직소 일로 낮 시간에는 늘 집을 비웠다.

"아쟁을 타실 때가 아니면 항상 꽃 그림을 그리신답니다. 옥이에게 한글도 가르치고요."

"꽃 그림이라? 딱 은조랑 어울리는 일을 하는군."

"그림 실력도 퍽 있는 듯합니다만."

"물감이든 채색필(색연필)이든 뭐가 됐든 필요하다 하면 즉각 조달해 드리게나. 한데 아쟁은 주로 어떤 곡을 타다던가?"

"나리가 뭐 하나 부족함 없이 보살펴 주는데도 항상 서글픈 곡조만 울려댄다지요. 무엇을 감추고 있는지 도통 그 속내를 알 수가 없습니다."

"불쌍한 여인이야. 말을 가려서 하게."

윤송은 뒷짐을 풀고 파이프 담배를 꺼내 들었다.

"전 자꾸만 나리를 염탐하러 왔다는 의심을 떨칠 수가 없습니다. 친일 사업가로 알려진 나리가 실상은 본국을 위해서 은밀히 일하고 있다는 것이 드러나기라도 한다면…….”

정구는 불만의 기색을 감추지 않았다.

“그만하면 되었네. 은조는 그저 꽃을 부리고 아쟁을 타는 마음 고운 여인일 뿐이라니까.”

윤송의 파이프 담배가 연기를 피워 올렸다.

“주무실 밤에 파이프 연(담배)은 왜 꺼내 물으십니까?”

“갑자기 속이 허하네.”

병풍 뒤에 숨은 그림자는 담배 연기에 기침이 치밀자 제 입을 틀어막았다.

“나리는……, 은조 아씨를 연모하시지요?”

이번에 정구의 말은 조심스러웠다. 윤송은 답이 없었다.

“하면 왜 곁에만 두고서 품지를 않으십니까?”

윤송은 계속해서 침묵으로 답을 대신했다. 은조가 모퉁이 집에 온 이후에 윤송은 그 손 한 번도 잡지를 않았다.

“혹여, 나리도 아시는 거지요? 은조 아씨가, 은조 아씨가 홑몸이 아니라는 것을요.”

윤송은 창에서 몸을 돌려 정구를 바라보려고 했다. 그러다가 병풍 옆이 살짝 들려 있는 것을 발견하였다. 그리고 그 뒤에 누군가가 숨어있다는 것도.

“그만 자리에 드세나. 자네에게나 나에게나 이 겨울밤이 너무 길지 않은가?”

윤송은 병풍 뒤에 숨은 누군가의 정체도 알았다. 하지만 아무런 내색도 없이 먼저 서재를 나섰다. 그 뒤를 정구도 곧 따라갔다. 기침을 참느라 얼굴이 새빨개진 은조를 뒤에 남겨 두고서.

10살의 마디는 양 갈래로 땋은 머리를 하고 산길을 오르고 있었다. 외가가 있는 천녀도의 뒷산이었다. 곧 만나게 된 숲길은 햇살 사이사이 아지랑이 같은 연기가 피어오르고 있었다. 가지와 가지가 만나는 끝과 잎맥과 잎맥이 만나는 줄기마다 물기가 맺혀서 반짝거렸다. 그것은 공기 중에도 가득 맴돌고 있었는데 안개도 아니고 이슬도 아니었다. 색깔은 전부 파스텔 톤이어서 바람이 불 때마다 색이 섞이면서 이리저리 몰려다녔다. 누군가를 찾아서 두리번거리던 마디는 한 나무 옆으로 다가갔다.

  "찾았다. 너로구나!"

  "어! 너, 내가 보여?"

  남자아이 하나가 나무 둥치 뒤에 무릎을 세우고 앉아있었다.

  "나무 뒤에 숨어 있다고 안 보일까 봐? 네가 하도 심심하다고 중얼거려서 내가 찾아온 거잖아."

  마디는 계속 심심해! 심심해! 중얼거리는 소리를 듣고서 산길을 올라온 것이었다.

  "정말? 너, 내 말소리도 들었어?"

  풀이 죽어 있던 남자아이의 얼굴에 금방 햇살이 감돌았다. 마디도 친구가 없었고 남자아이도 친구가 없었다. 두 아이는 금방 세상에 없는 '서로'가 되었다.

  "마디풀! 마디풀!"

  마디의 이름은 외할머니 한옥이 여사가 마디풀에서 따 와서 지어준 것이었다. 그 이야기를 해 주자 남자아이는 마디를 마디풀이라고 불러댔다. 마디도 남자아이의 이름을 알고 싶었다. 그런데 남자아이는 이름이 따로 없다고 했다.

그 모퉁이 집

"그럼, 내가 너의 이름을 지어줄게. ○○, 어때?"

"○○?"

"넌 온몸이 반짝반짝하잖아. 꼭 해가 떠 있는데도 내리는 눈 같아. 그러니까 넌 ○○이야."

"진짜 그런 눈이 있어?"

"마디풀이랑 ○○이 사는 나라에는 그런 눈이 내리지롱."

마디는 원피스 자락을 잡고 빙그르르 돌았다. 덩굴별꽃의 넝쿨을 스치면서 이리저리 주름이 졌다. 사내아이는 치마 끝자락에 매달려 덩굴별꽃보다 환하게 웃었다.

"난 내 이름이 너무 좋아. 마디풀이 나에게 지어준 이름!"

남자아이는 제 이름을 몇 번이나 소리쳐 불렀다. 목소리에도 색깔이 있다면 그 목소리는 물의 색이었다.

"○○, 그런데 여기의 꽃들은 왜 시들지 않아?"

마디는 꽃집의 딸이었다. 꽃에 대한 지식의 백과사전은 제 나이보다 10배쯤은 두꺼웠다. 배경은 여름이었다. 그런데 파스텔 톤의 숲은 사계절의 꽃이 모인 꽃마을이었다.

"나랑 같이 있으면 꽃들의 생명은 영원불멸이야."

"그게 무슨 말이야?"

어린 남자아이는 가끔씩 마디가 알아듣지 못할 어려운 말을 했다.

"영원히 시들지 않는다고."

"거짓부렁! 세상에 시들지 않는 꽃이 어디에 있어?"

"있지. 당연히 있고말고. 그리고 난 꽃비도 내릴 수 있어."

"꽃비? 정말?"

"기다려 봐"

남자아이는 하늘을 향해서 제 손을 내저었다. 그러자 하늘에서 색색의 꽃잎들이 쏟아져 내리기 시작했다. 꽃대에서 떨어져 내린 꽃잎들이 상처 하나 없이 공기를 타고 흩날렸다. 닿은 얼굴과 목, 손등이 온통 간지러웠다.

"우와! 진짜 꽃비가 내려."

마디는 꽃잎을 잡으려고 뛰어다녔다. 그러다 그만 돌부리에 걸려 넘어지고 말았다.

"마디풀, 괜찮아?"

남자아이가 달려와서 마디의 원피스를 털어 주었다.

"응. 안 아파. ○○이 있어서 하나도 안 아파. 마디풀은 ○○만 있으면 너무 좋다구!"

꿈은 자궁 속에서 부유하는 것처럼 편안하고 행복했다. 사내아이의 손은 꿈을 뚫고 나와서 침대에 누운 마디의 손을 잡았다. 그리고 그때 모퉁이 집 마당의 제일 안쪽에서는 백단심 무궁화나무가 환하게 빛을 발하고 있었다. 하얀 꽃잎의 가운데만 피같이 붉게 물이 든 꽃잎 사이사이에 백색의 전등을 걸어둔 듯했다. 하지만 아무도 그 나무를 볼 수는 없었다. 나무의 몸체는 해눈과 같아서 완전히 투명하였다.

마디는 커튼 사이를 비집고 들어온 아침 햇살에 잠에서 깨어났다. 기지개를 켜며 몸을 일으키는데 제 온몸에서 꽃향기가 났다. 꽃향기가 꿈에서부터 따라 나온 모양이었다. 마디는 양치만 한 후에 곧장 한옥이 여사에게 전화를 걸었다.

- 우리 강생이(강아지) 선상! 이리 일찍이 우짠 일이고?

깊은 주름의 이랑 사이에 사랑만 가득 심겨있는 목소리가 마디를 반겼다.

"외할머니! 잘 지내셨어요?"

– 내사 항상 잘 있제. 너그들도 다 잘 지내제?

자주 하는 전화 통화에도 안부 인사는 언제나 길었다.

"외할머니! 뭐 하나 여쭈어보고 싶은 게 있어서요. 어릴 때 제가 천녀도에 가면 친하게 지내던 남자아이가 있었어요?"

–남자아이? 누구를 말하는 기고?

"이름은 모르겠어요. 얼굴도 모르겠고. 그냥 천녀도 뒷산 숲길에서 자주 놀았던 것 같아요."

이마저도 그저 마디의 느낌이 불러온 기억이라 확신은 없었다.

– 먼 소리고? 어른인 우리들또 잘 올라가지 않는 숲길에서 우리 강생이 선상이 누구랑 놀았따꼬?

"제가 그 애가 나오는 꿈을 꾸었어요."

확신이 없었기에 분명하다는 말은 할 수가 없었다. 게다가 시들지 않는 꽃들이나 꽃비는 분명 마디 자신의 각색이었을 것이다.

– 오데 그런 일이? 할메의 기억에 그런 일은 엄따. 와? 그 꿈을 꾸고 그리 기분이 좋더나?

"왜 그렇게 생각하시는데요?"

– 우리 강생이 선상 목소리가 촉촉항께 그랬제.

좋은 정도가 아니라는 말을 차마 할 수가 없었다.

– 참! 갑산댁이 손자가 머를 보냈띠라. 내 사천에 나가는 배팬에 택배로 보낼 텐께 그리 알고.

"또요?"

갑산댁 할머니의 손자인 현수는 제 할머니를 챙길 때 꼭 마디네 것을 같이 보내었다. 일 년에 5번 이상은 현수가 보낸 택배가 마디 네로 왔다. 그래서 한때 현수도 아서와 나란히 용남의 맏사위 후보감에 올라 있었다.

답답함이 다 풀리지 않은 마디가 다음으로 통화를 한 사람은 아서였다.

─ 천녀도에? 아니. 오빠는 전혀 모르는 일인데.

바빠서인지 아서의 목소리에 속도가 붙었다.

"분명히 꿈인데 꿈같지 않아서 그래."

─ 나도 그런 꿈을 꿀 때가 있어.

"분명 내가 그 애의 이름도 불렀단 말이야. 너무도 생생하게. 그런데 그 이름이 도통 생각이 나질 않는다고."

─ 오빠가 듣기에는 그냥 딱 꿈인데, 넌 그 꿈을 꾸고 기분이 그렇게 좋은 거니?

"왜?"

─ 네 목소리가 아직도 꿈속에 있는 것처럼 들떠 있잖아.

"아닌데. 오빠한테도 그렇게 들렸어?"

─ 그럼 얼른 깨고 출근하셔. 오빠는 지금 현장에 출동하는 중이라 나중에 다시 통화해도 되는 거지?

아서의 단정은 너무나 견고하였다. 그 단정에 파묻힌 마디의 들뜬 꿈은 곧 질식해 버렸다.


마디가 모퉁이 집에 배달하러 다닌 지도 3주째에 접어들었다. 버스가 마디를 두고 떠나자마자 마을의 입구에서는 보람이 도윤의 손을 잡고 나타났다.

"아쟁 누나!"

도윤이 7살의 달리기로 마디를 향해 뛰어왔다. 마디는 제 면티 끝에 매달리는 도윤과 눈을 맞춘 후에 볼 뽀뽀를 했다.

"보람 언니! 오늘은 도윤이 어린이집엘 안 갔나 봐요."

"어젯밤부터 기침을 심하게 해서 병원에 가는 길이야."

뒤늦게 마디 쪽으로 다가오는 보람은 도윤의 유치원 가방을 메고 있었다.

"우리 도윤이, 기침을 했어? 많이 아팠겠구나."

"응. 많이 아팠어. 누나가 호 해 줘."

마디는 도윤의 볼 뽀뽀 위에다가 제 입김을 불어 주었다.

"모퉁이 집에 배달을 온 모양이네. 예쁘다!"

보람이 꽃다발의 끝을 쓰다듬었다. 그러자 도윤은 재빨리 마디의 고개가 제 쪽으로 숙여지게 잡아당겼다.

"누나! 내가 비밀을 하나 알려줄게. 저어기 모퉁이 집에 사는 삼촌 말이야, 사람이 아니다아!"

"으응?"

"나비 있지? 우리 유치원의 선생님이 나비는 꽃의 꿀을 빨아 먹고 산다고 했거든. 그런데 나비들이 있잖아, 팔랑팔랑! 팔랑팔랑! 요렇게 요렇게 그 삼촌한테 가서 다 달라붙었어. 그러니까 그 삼촌은 사람이 아니고 사실은 꽃이야."

도윤의 양손이 날갯짓을 흉내 내느라 높이 들렸다.

"우리 삼촌한테도 전화해서 얘기를 했는데, 다음부터는 얼른 도망을 가 버리래."

마디가 생각해도 분명히 그렇게 대답을 했을 것이었다.

"도윤이 너, 못써. 엄마가 억지를 부리는 건 나쁘다고 했지?"

보람이 나비의 날갯짓을 끄집어 내렸다.

"거짓말 아니야. 진짜라니까."

도윤이 단박에 풀이 죽었다. 마디는 보람과 시선을 교환했다.

"아니, 모퉁이 집이 이사를 들어온 바로 뒷날, 내가 알림장을 빼놓고 와서 도윤이를 잠깐 모퉁이 집 앞에 세워두고 집에 혼자 들어갔다 나왔거든. 그때 그 집 남자의 그러고 있는 모습을 봤다면서 도윤이가 자꾸 억지를 쓰는 거야."

"엄마, 내가 정말 다 봤다니까아."

"그런 일이 있었구나. 도윤아, 그건 그 삼촌의 마음이 꽃처럼 예뻐서 그래. 나비들은 우리가 볼 수 없는 사람의 마음도 볼 수가 있거든."

마디는 도윤의 편을 들어주었다. 아마도 예쁜 얼굴을 가진 서휘의 따뜻한 성품이 도윤에게는 그렇게 보였나 보았다. 보람은 자신도 동화를 먹고 자라던 아이 시절이 있었음을 잊은 모양이었다. 마디는 보람에게 한쪽 눈을 찡긋해 보였고 보람은 이마를 짚었다. 도윤의 얼굴에는 철 이른 해바라기 웃음이 걸렸다.

모퉁이 집의 초인종을 누르자 언제나처럼 인터폰을 드는 기색이 들렸다. 마디도 언제나처럼 하나꽃집의 모토를 말하려고 하였다. 하지만 아무런 대꾸도 없이 대문이 열렸다. 설마 들어오라는 말인가? 서휘는 몰라도 도유가 절대 허락할 리가 없었다. 하지만 인터폰에 대고 아무리 불러도 서휘의 대답은 마중 나올 기미가 없었다.

할 수 없이 대문 안으로 발을 들였다. 현지마을이 시골 동네이다 보니 공기가 워낙에 맑고 깨끗했다. 그런데 모퉁이 집 마당의 공기

그 모퉁이 집

는 그런 말로는 표현이 안 되었다. 열대 우림의 우거진 꽃 사태 같은 향기. 고갱이 그린 타히티의 열대림 한복판, 진붉은 꽃무늬의 파레오(타히티 섬의 전통 의상)을 입고 제 얼굴보다 큰 열대 꽃 옆에 서 있는 여인. 마디는 저도 그 여인과 나란히 서 있는 듯한 착각이 들었다.

현관문도 제 손으로 열었다. 실내는 더 놀라웠다. 집 내부는 현관을 기점으로 ㄷ자로 꺾어졌는데 그 중간에 통유리를 해 넣은 실내정원이 있었다. 높은 천장에도 유리 통창을 설치해서 실내정원에는 햇살이 가득 쏟아져 들어오는 중이었다. 온갖 꽃들이 그리고 키가 큰 한국 토종의 활엽수들이 그 햇살을 받아서 윤슬처럼 반짝였다. 열대의 공기와 향은 더욱 진해졌다.

햇살 속에는 남자도 한 명 서 있었다. 마디는 서휘가 아닌 도유라는 것을 바로 알아차렸다. 또 책망당할 일을 할 수는 없는 노릇이라 얼른 꽃다발을 앞으로 내밀려 했다. 하지만 그보다 먼저 햇살에 익숙해진 시선에 처음으로 제대로 도유의 얼굴이 들어왔다. 전체적으로 선이 굵은 남자였다, 도유는. 하지만 사람이라기보다는 꽃에 가깝다는 느낌. 만개한 꽃술처럼 풍성한 속눈썹. 꽃봉오리가 감아 올라오듯 깊은 심연의 눈동자. 벼려놓은 꽃대처럼 날카로운 콧날. 붉다 붉다 못해 타오르는 흑장미의 빛깔인 입술. 남자가 저렇게 생겨도 되는 건가?

"꽃다발, 안 줍니까?"

도유는 이제 저를 처음 보는 사람들이 짓는 이런 표정에도 무덤덤할 수 있는 경지에 이르렀다.

"아, 죄송합니다."

마디는 도유에게 또 마이너스 점수를 플러스 시키고 만 저의 시선이 염치가 없었다.

　후다닥 꽃바구니를 내밀었고 도유는 손을 내밀었다. 그러면서 건네는 마디의 손가락과 받아드는 도유의 손가락이 서로를 스쳤다. 순간 마디는 강렬한 전기를 느꼈다. 발가락 끝에서부터 머리 꼭대기까지 온몸의 세포 하나하나를 전율하게 만드는 강렬한 전기. 마치 맨발로 전기뱀장어의 서식지에 들어선 느낌이었다. 마디는 당연히 몸을 비틀거릴 수밖에 없었다. 몸의 중심을 잃었고 도유 쪽으로 쓰러졌다. 뜻밖에도 도유가 손을 내밀어서 마디를 받아 안아 주었다. 둘이 하나가 된 채로 두 개의 시곗바늘만이 한참 움직여 갔다.

　얼마나 그러고 있었을까? 전기뱀장어가 한 마리씩 한 마리씩 마디에게서 멀어지기 시작했다. 따라서 전기의 느낌도 약해졌고 마디는 겨우 정신을 차릴 수가 있었다.

　"방, 방금, 이, 이것, 뭐, 뭐예요?"

　마디의 목소리도 감전되어 스파크가 튀는 것 같았다.

　"뭐가 말입니까?"

　도유의 표정은 마디와는 달리 평온하기 그지없었다.

　"분명히, 방금, 나만 느낀 것, 아니죠?"

　"내가 뭘 느껴야 합니까? 난 무슨 말을 하는지 모르겠습니다만?"

　"그러니까 지금 분명히……."

　"그보다는 먼저 몸을 일으켜 주면 좋겠습니다만."

　마디는 그제야 제가 볼썽사납게 도유에게 안겨 있다는 것을 깨달았다. 후다닥 몸을 일으켰다. 그러면서 데구루루 굴러떨어진 것은 "죄송합니다." 또, 사과였다.

　"오늘 그 말만 벌써 두 번째입니다. 볼일이 끝났으면 이만 나가 주시죠."

도유는 안 그래도 멍이 든 사과를 발로 걷어차 버렸다. 그 사과에 얻어맞은 채로 마디는 모퉁이 집을 나올 수밖에 없었다.

<모 대표! 왜 그래? 마디풀이 정말 많이 놀란 것 같은데.>

해눈은 저를 볼 수도 없는 마디를 따라서 대문까지 갔다가 돌아왔다.

"아무것도 아니야."

<아무것도 아닌 게 아닌데. 모 대표도 손이 이렇게 떨리고 있잖아.>

도유의 열 손가락이 자석 옆에 놓인 쇳가루처럼 요동을 치고 있다.

<마디풀과 손가락이 닿았을 때 두 사람 다 뭔가를 느낀 거지?>

"그런 것 없어. 절대. 왜 다들 나한테 뭔가를 느끼라고 하는 거지?"

도유는 대답을 회피하면서 팔짱을 끼었다. 사실은 꽃의 기운을 정확하게 느꼈다.

<그럼 마디풀을 안았을 때도 아무렇지도 않았어?>

"그대! 말은 정확하게 해야지. 그건 안긴 것도 안은 것도 아니야. 그냥 쓰러지는 사람에 대한 무조건반사."

<모 대표도 다친 발목이 힘들었을 텐데 끝까지 붙들어 주었잖아.>

"그건 그냥 인간이 인간에게 가지는 기본 예의."

<그래서 인간이 아닌 나는 참견하지 말아 달라?>

해눈의 죄 없는 눈동자가 흐려졌지만 도유는 끝내 외면을 해 버렸다. 그렇게 서휘가 돌아올 때까지 도유는 소파에 앉은 채였다. 꼬인 팔도 여전했고 머리 뒤로는 진회색 오로라가 걸렸다. 서휘는 소리죽여 신발을 벗었다. 손에 잔뜩 들린 검은 봉지들이 흔들렸다.

"성 비서!"

서휘는 무사히 주방에 안착하나 싶었지만 도유의 부름이 덜미를 잡아챘다.

"발목을 다쳐서 움직이지도 못하는 나를 혼자 두고 어디엘 다녀오는 길인지 내가 물어봐도 될까?"

"그게 말이야."

서휘는 뻣뻣이 몸을 돌려세웠다. 입가에는 가식적인 웃음을 마스크처럼 덮어썼다.

"발목이 삔 데에 싱싱한 회가 좋거든. 그래서 내가 시내의 제일 큰 시장의 새벽 거리에 갔는데 누가 삼천포 수산 시장의 회가 그렇게 싱싱하다고 또 말을 해 주더라고. 그래서 길을 나섰는데 삼천포는 생각보다 멀었고 그래서 금방 갔다 온다는 게 시간이 이렇게 걸리고 말았다나 뭐라나. 아마 잘 가다 삼천포로 빠진다는 속담이 이래서 나왔나 봐."

누가 들어도 정성 들여 준비한 게 표가 나는 답변이었다.

"성 비서. 똑바로 들어 둬. 한 번만 더 내 손으로 하나 꽃집의 꽃다발을 받아들게 했다가는 대전으로 도로 올라가는 사태까지도 각오해야 할 거야."

근식이 이룬 화훼 기업 ㈜키움은 대전에 자리 잡고 있었다.

"대표님은 뭘 그렇게 살벌하게 말을 하고 그러십니까? 나 아니면 누가 이렇게 대표님의 비서 일을 잘 수행할 수 있다고 그런 큰일 날 말씀을 하세요?"

서휘는 짐짓 억울하다는 표정까지 지었다.

"어디 어깨라도 좀 주물러 드릴까요?"

"저리 치워."

도유는 막 제 어깨로 다가온 서휘의 손을 쳐냈다.

"한 번만 더 말하는 것이고 마지막으로 말하는 거야. 앞으로 절대 하나 꽃집의."

"네, 네, 대표님. 꽃다발 셔틀은 똑바로 수행하도록 하겠습니다."

서휘는 안마를 하려던 손으로 거수경례를 갖다 붙였다.

"점심에는 살아 날뛰는 활어회랑 하나도 안 매운 매운탕을 준비할 테니까 많이 기대하시고, 그 전에 싱싱한 꽃 접시부터 대령할 테니 그건 기다리시고요."

사실 서휘가 작정하고 들면 도유는 절대 서휘를 이기지 못했다.

마디가 들어서는 하나꽃집의 안쪽에서는 용남이 쌍으로 맞춘 화분 두 개에 달 축하 리본을 준비하고 있었다. 키가 똑같은 두 그루의 홍콩야자가 우산처럼 펼친 잎이 가지런하였다. 홍콩야자는 사실 중국과 대만이 원산지인 데다 심지어는 야자나무도 아니었다. 우리나라의 역사 중 나라와 이름을 잃었던 어느 시대를 닮았다.

"엄마! 내가 뭐 하나 물어보고 싶은 일이 있는데요. 혹시 사람이 정전기 때문에 쓰러질 수도 있을까요?"

마디는 인쇄가 끝난 리본 하나를 집어 들었다. 용남과 다른 쪽의 홍콩야자에 이파리가 다치지 않도록 조심히 손을 움직이며 달기 시작하였다.

"당연하지. 정전기 때문에 화상을 입은 사람도 있고 불에 타서 죽은 사람도 있는데."

리본을 단 후에 전지가위로 가지와 이파리를 손질하는 용남의 손놀림은 다른 사람보다 두 배는 더 빨랐다.

"그건 <신비한 TV 서프라이즈>에서 나온 거죠?"

돌아오는 버스 안에서 마디도 이미 검색해서 동일한 답변을 보았다. 그럼 아까 도유와의 사이에서 일어났던 것도 정전기의 일종인 걸까? 하긴 그게 아니라면 절대로 느낌표가 될 수 없는 물음표였다.

"엄마! 그럼 엄마가 하나 꽃집을 한 것은 올해로 몇 년째이지요?"

"네가 3살 때부터니까 올해로 25년째네. 갑자기 그건 왜?"

"진짜 그냥, 그냥, 지인짜 그냥, 물어보는 건데 엄마는 혹시 꽃들이 움직이는 걸 본 적이 있어요?"

마디는 아까부터 첫 봄비가 내리던 날 모퉁이 집 담장 너머로 보았던 풍경도 자꾸 떠올랐었다. 그냥을 몇 번이나 강조했던 마디는 제 물음이 불러올 엄청난 파장을 상상하지 못했다. 용남이 외마디 비명을 내지르며 전지가위로 손바닥 옆을 베어버리고 말았다.

"엄마, 어떡해요?"

마디의 놀란 외침이 선혈과 함께 떨어져 내렸다.

"엄마는 괜찮으니까 가서 구급상자를 내와."

"피가 이렇게 많이 나는데 무슨 소리예요? 빨리 병원으로 가야죠."

마디는 제 손에 든 가위로 용남의 손을 베어버린 것 같았다.

"소독 잘하고 지혈제만 뿌리면 끄떡없어. 일감이 산더미인데 가기는 어딜 가?"

"엄마!"

"얼른!"

용남이 눈에다 힘까지 주었다. 마디는 할 수 없이 휴게실로도 사용하는 안쪽 방으로 갔다. 식사도 하고 낮잠을 자기도 하는 방은 꽃집의 제일 왼쪽 구석이었다. 용남은 다친 손을 다른 손으로 내리누르면서 마디의 뒷모습을 응시했다. 그 얼굴이 순식간에 새까맣게 날이 저물었다. 하지만 마디가 구급상자를 들고나왔을 때는 아무런 내색도 없이 제시간의 얼굴로 돌아왔다.

"엄마, 손 이리 줘 봐요."

마디는 솜에 소독약을 적셔서 상처를 닦아낸 후에 지혈제의 뚜껑을 열었다. 용남의 상처는 깊지도 크지도 않았지만, 가윗날에 베여서 꽤나 쓰릴 터였다.

"마디야! 조금 전에 엄마한테 정확하게 뭐라고 물은 거야?"

용남의 말투는 15살 첫사랑처럼 조심스러웠다.

"별말 아니었어요. 그냥, 봄비가 온 날, 꽃들이랑 나무들이 꼭 살아 움직이던 것 같아서 해 본 말인데 내가 표현을 이상하게 했죠?"

"그치? 그런 거지? 그것도 모르고 엄마는 괜히 놀랐잖아. 그럼 이제 됐으니까 화분이나 마저 마무리하자. 아빠가 곧 돌아오실 거야."

용남은 아무래도 자라를 보고 놀란 가슴이 솥뚜껑을 보고도 놀란 모양이었다고 안도의 한숨을 내쉬었다. 사실 여전히 그 착시에 사로잡혀 있는 마디는 알아차리지도 못한 채로.


마린은 서휘와 함께 현지마을의 마을회관으로 향하는 중이었다. 삼천포 수산 시장표 싱싱한 회를 마을 어른들께 대접해 드리고 싶다고 서휘가 전화를 걸어왔다.

"마린아, 아무리 봐도 참 신기해. 저쪽은 완전한 초현대식 아파트 촌인데 건너편 도로 안으로는 이런 시골 마을이 존재하고 있다니!"

"맞아요. 내 친구들도 우리 집에 놀러 오면 다들 그런 반응이죠. 어떻게 마을 안에 사람 한 명 지나다니는 법이 없냐면서 진심 놀란다는!"

두 사람이 걸어가는 보도블록 옆은 이 차선 버스 도로였다. 그리고 그 도로를 경계로 시간이 30년 정도쯤 차이가 날 듯한 두 개의 거주 환경이 공존하고 있었다.

'사실 그래서 우리가 이 마을을 선택한 거긴 하지!'

그 후에 이어진 서휘의 속말은 서휘만이 들을 수 있었다.

"그런데 서휘 오빠! 그 모도유라는 분은 왜 도통 밖에 나오지를 않아요?"

"왜 우리 대표님이 궁금한데?"

"내가 먹고 싶은 게 많거든요. 그래서 궁금한 것도 많나 봐. 혹시나 그 대표님, 낮에는 자고 밤에 돌아다니면서 집안에는 진심 관 같은 게 놓여 있고 그런 건 아니겠죠?"

처음부터 묻고 싶었지만 마린 딴에는 그래도 예의를 차리느라 지금까지 많이 참은 거였다.

"관뿐이겠니? 빈소도 마련돼 있고 영구차도 세 대쯤은 있지."

"에이, 오빠는! 그럼 그분은 집에서 주로 무슨 일을 하고 지내요?"

"빈소에 흰 국화도 꽂고 영구차 세차도 하지."

"에이! 무슨 대답에 진심, 진심이 없네. 그럼 오빠가 만드는 쿠키는 어떤 밀가루를 사용해요?"

"드라큘라의 피를 말려서 만든 가루?"

"에이! 하여간 오빠는!"

결국 마린의 드라마 극본 글감 탐방은 A에서 알파벳 하나도 더 나아가지를 못했다.

서휘는 모퉁이 집에 이사를 들어왔던 다음 날을 떠올렸다. 아침 시간, 두 사람이 집을 나서는데 한 무더기의 나비 떼가 도유에게로 날아와 달라붙었다. 도유의 진청색 재킷이 나비 날개가루투성이로 변했다. 그 모습을 유치원 가방을 메고 서 있던 꼬마 아이까지 보고 말았다. 투 블럭으로 자른 서휘의 머리카락 어디쯤이 서늘하였었다.

현지마을을 나와서 도로를 따라 1분 정도 거리에 있는 마을회관은 어른들의 낮 시간을 담당하고 있었다. 스무 개 가까운 눈동자가 옹기종기 사이좋게 모여 앉았다.

"쩌번 날에 해다 준 해물찌지미도 참말 잘 묵었는디 또 횟감을 요래 떠 온 거여? 아이고마! 젊은 총각이 우짠다고 이리 싹싹하더노?"

옥이 할머니의 작은 눈이 서휘를 담은 채 처녀의 교태를 품고 가늘어졌다. 모퉁이 집을 흘겨보던 눈은 도대체 누구의 눈이었는지 모르겠다.

"음료수까지 넉넉히 챙겨 넣었으니 점심 식사 시간에 맞추어 드세요."

"참말 잘 나눠 묵겠구만은. 고마베."

"맛있게 드셔 주시니 제가 감사하죠. 그릇은 회관 문 앞에 내놓으시면 나중에 제가 찾아갈게요."

"오데! 우리가 난주 마을로 돌아가믄서 누가 됐든 대문 앞에 두고 종을 누를 낀께 걱정 말더라꼬."

골김댁 할아버지는 횟감이 담긴 가방을 서휘에게서 건네받았다.

"골김댁 할아버지! 그릇은 제가라도 찾아갈 테니 그냥 두세요."

"니는 집 가서 잠이라도 쬐께 더 자기라. 얼라(아기)가 신새벽부터 배달을 뛰어 댕기믄 올매나 피곤하겠노?"

그러는 골김댁 할아버지야말로 마린이 우유배달을 나가는 시간보다 더 일찍 하우스 일을 보러 다녔다.

"그란디 말이라. 암만 캐도 이상타. 내가 젊은 총각 니를 아무래도 봤던 것 같단 말이라."

앉아서 지켜만 보던 지 씨 할아버지가 갑자기 서휘의 옆으로 얼굴을 들이밀었다.

"저를요. 할아버지?"

빈손으로 홀가분하게 돌아서던 서휘는 순간 싸한 느낌이 들었다.

"암만! 니 혹시 모퉁이 집에 이사를 들어오기 전에 우리 현지마을에 오지 않았더나? 니 막 뭘 물어보고 그랬던 것 같은디."

"아닙니다. 저는 이사를 오면서 현지마을에 처음 와 봤습니다."

다행히 그 물어본 대상이 마디라는 것까지는 기억이 안 나는 모양이었다. 거짓말을 하는 서휘의 뒷머리가 아까 도윤을 생각하던 때와는 또 다른 느낌으로 일어섰다.

"서휘 오빠! 다음 달 알바비를 받으면 진심 내가 밥을 한 번 살게요."

"밥을 사도 내가 사야지."

마을로 돌아오는 길은 도로 쪽이 아닌 산자락 아래를 택했다. 서휘가 받는 월급의 5분의 1도 못 버는 마린이 턱없는 제안을 했다.

"입이 열려야 마음도 열리는 법. 같이 밥을 먹다 보면 좀 더 깊고 진솔한 얘기도 나누고 그러지 않겠어요?"

그래야 내 드라마 극본도 빨리 완성이 될 것이고.

"나랑 무슨 깊고 진솔한 이야기를 나누고 싶은데?"

"이렇고 저런 얘기. 알파벳 A에서 조금 더 발전할 수 있는 그런 이야기."

"알파벳 A?"

그 모퉁이 집

"그런 게 있어요."

마린은 서휘와 함께 밥을 먹으면서 부디 '에이!'에서 '오!'라는 감탄사를 연발할 수 있기를 기도했다. 모퉁이 집 높은 담장 너머의 일을 들려줄 사람은 오직 서휘밖에 없었으니까. 서휘는 제 딴에는 감춘다고 해도 줄줄 새어 나오는 마린의 호기심과 상상력이 그저 귀여웠다. 제가 투탑 체재로 등장하는 드라마 극본의 주인공이 되고 있다는 것은 상상도 못했으니까.

마디는 아쟁 사사가 있는 날은 꽃집으로 돌아가지 않고 집으로 곧장 왔다. 저녁 식사를 차려놓고 한식당 아르바이트를 마치고 오는 마린을 기다렸다. 그런데 오늘은 시간이 많이 늦고 말았다. 월세를 수금하러 온 선점 이모의 부탁 때문이었다. 부동산 중개인 없이 점포를 보러 오는 사람이 있으니 기다렸다가 문단속을 해 달라고 부탁했다. 금방 올 줄 알았던 그 사람은 8시가 넘어서야 겨우 얼굴을 볼 수 있었다.

마디의 서두르는 걸음이 마을 골목을 들어서고 모퉁이 집에 가까워질 즈음이었다. 어둠 속에서 불쑥 역한 냄새 하나가 튀어나왔다.

"어이! 우리 마디구나! 어디엘 갔다가 이 늦은 밤에 돌아오는 걸까나?"

냄새의 뒤를 따른 것은 잔뜩 취하여 몸을 가누지 못하는 음성이었다.

"계성이 오빠!"

화들짝 놀란 마디의 걸음이 뒤로 물러났다. 현지마을의 구정물! '계성'과 같은 음이라서 조롱을 숨길 수 있는 '개성'이라고 불리는 버찌집의 한계성. 계성은 술독 세 개쯤은 머리에 뒤집어쓴 것처럼 비틀거리고 있었다.

"봄이 돌아왔다고 우리 마디의 엉덩이도 실룩실룩 봄바람이 났구나야."

나이답지 않은 저질스러운 입담은 동네 어른들에게도 대거리를 하는 수준이었다. 제 늙은 아버지 일관이 불에 타서 죽은 후로 더 심해졌다.

"오빠! 많이 취하셨나 봐요. 얼른 집으로 돌아가세요."

"이리 오랜만에 올록볼록한 우리 마디를 만났는데 그냥 돌아가기는 아쉽지."

오랜만이긴 하다. 매일 밤 계성이 술독에서 기어 나와 집으로 돌아오는 시간은 신데렐라도 감히 상대가 못 됐으니까.

"저는 집에서 마린이가 기다리고 있어서요."

그저 무시하는 것이 답이었다. 마디는 계성을 어둠 속에 놓아두고 다시 발걸음을 옮기려고 했다. 하지만 계성이 마디의 한쪽 손목을 휘어잡아 버렸다.

"오빠, 왜 이러세요?"

"너는 이 오빠가 반갑지도 않냐? 오빠랑 같이 술 한 잔만 더 하고 돌아가자니까."

"지금도 충분히 늦었어요."

"늦기는? 우리 같은 청춘들에게야 아직 불타는 시간이지."

마디는 계성의 손을 뿌리치려고 힘을 주었다. 하지만 술에 취한 남자의 약력을 이기기란 불가능하였다.

"뭡니까?"

도유의 뾰족한 음성이 들려온 것은 마디가 몸까지 비틀었을 때였다. 뒤이어 계성의 손이 떨어져 나갔다. 계성의 손목을 도유가 낚아

채서 붙들었다.

"어라! 이게 누구신가? 혹시 모퉁이 집에 숨어들었다는 현상수배범?"

계성이 단번에 이죽거렸다. 도유에 대한 소문은 거기까지 부풀어 오른 모양이었다.

"그쪽이야말로 현상수배범이 되고 싶은 모양인데."

도유에게서는 마디를 대할 때보다 훨씬 더 시린 겨울바람이 불고 있었다.

"흉갓집에 숨어들어온 주제가 할 말은 아니……."

으아악! 계성은 이죽거림을 마무리하지 못한 채로 비명을 내질렀다. 도유가 잡고 있던 계성의 손목을 한쪽으로 비틀어버린 탓이었다.

"더 할 말이라도 있나?"

도유의 말소리가 잇새에서 사납게 밀려 나왔다. 계성은 가슴을 벌렁거리면서 화를 참는 모양이었지만 도유와는 상대가 되지 않을 거라는 걸 알았다. 도유의 손을 제가 먼저 뿌리친 후에 마을 밖으로 사라졌다. 다시 술독 안으로 기어들 모양이었다.

마디는 계성이 잡아챘던 제 손목을 어루만졌다. 술 냄새가 더럽게 묻어버렸다.

"고객님! 감사합니다. 정말 고맙습니다."

불쾌감과는 별개로 도유 쪽으로 고개를 숙였다. 하지만 도유는 말없이 마디를 내려다보았다. 그 눈빛이 깎은 쇠꼬챙이 끝처럼 따끔거린다. 꼭 행동을 어떻게 하고 다니기에 이런 일을 당하냐고 책망하는 것만 같았다. 억울했지만 그래도 다시 한번 고개를 숙여 감사를 전했다. 하지만 도유는 언짢은 표정을 풀지 않은 채 그대로 뒤돌아서 버렸다. 혀 차는 소리도 덤으로 들렸던 것 같았다.

"언니야! 여기에 서서 뭘 하고 있어? 하도 안 와서 피곤한 21살이 진심 마중을 다 나왔잖아."

마디가 다시 움직일 수 있었던 것은 마린이 저를 향해 달려오고 나서였다.

이번에는 12살의 마디가 꿈속에 있었다. 사계절 꽃들이 함께 모여 핀 숲길에는 마디와 남자아이 단 둘뿐이었다.

"○○! 코스모스가 시원한 물이 마시고 싶다고 말을 했어. ○○도 들었지?"

마디는 여전히 양 갈래머리였는데 한옥이 여사가 할 줄 아는 머리 모양이 그것밖에 없었다.

"당연히 들었지."

"내가 저기 내려가서 물을 좀 떠 올까?"

마디는 한여름에 피어난 단국화의 이파리를 만지작거리고 있었다.

"같이 가야지. 혼자 가면 위험해. 저래 봬도 돌길이 꽤 험난하다고."

두 아이는 함께 손을 잡고 파스텔 톤의 안개도 아니고 이슬도 아닌 것을 뚫고 계곡 쪽으로 향했다. 남자아이의 말처럼 바윗길은 꽤나 가팔랐다. 남자아이는 앞서가며 마디의 팔을 붙들어 주었다.

<물이 너무 시원해. 고마워, 마디풀.>

상냥한 인사. 마디는 꿈을 꾸면서 단국화도 저를 마디풀이라고 부른다는 것을 알 수 있었다.

"○○! 내가 춤춰 줄까?"

"좋아!"

남자아이는 키가 큰 나무등치에 기대어 앉았다. 마디는 원피스 자락을 흔들며 학교에서 배운 무용을 선보이기 시작했다. 남자아이가 저를 더 많이 좋아해 줬으면 좋겠다. 그 애는 어린 마디의 첫사랑이었다. 춤이 끝나자 남자아이는 박수를 쳤다. 그 소리에 마디의 귀뿐만이 아니라 전 세계가 울렸다.

"마디풀!"

박수를 치던 손이 이번에는 마디의 손을 잡았다. 마디는 제 다른 손까지 포개려고 맞잡은 손을 내려다보았다. 순간 화들짝 놀라고 말았다. 선명한 형체를 지녔지만, 물처럼 투명한 손. 저를 잡고 있는 것은 사람의 손이 아니었다.

다음 순간, 꿈의 배경은 순식간에 모퉁이 집으로 바뀌었다. 27살 현재의 마디가 모퉁이 집 앞에 우두커니 서 있었다. 오늘 밤도 모퉁이 집은 역시나 상아의 무덤이었다. 농촌 주택 개량 사업으로 일괄적으로 붉은 벽돌집으로 변신한 현지마을의 집들 속에서 혼자만 하얗게 솟아 있는 모퉁이 집. 그래서 첫날부터 마디는 붉은 꽃잎에 둘러싸인 상아의 무덤을 떠올렸었다. 코끼리가 제 마지막을 예감하면 찾아와서 죽음과 동무한다는 장소. 코끼리의 모든 몸체는 세월에 날려 풍화되고 오직 상아만이 남아서 하얗게 자리를 지킨다는 곳. 마디는 지금 한 마리의 코끼리. 모퉁이 집 전체가 하나의 흰 손이 되어 저를 손짓해서 부르고 있는 느낌. 무얼까? 그립다. 너무 그립다. 가슴이 아리도록 보고프다. 대상이 무엇인지도 모른 채 덮어 내리는 그리움에 마디의 전신이 켜다 놓은 아쟁의 현처럼 전율을 하였다.

한 편, 도유는 1층의 제 방 책상에 앉아있었다. 4월과 함께 화훼 사업에는 본격적인 봄 시즌이 시작되었다. 회사의 대표로서 처리해야 할 서류들이 도유의 옆으로 쌓여있었다. 10시 전에는 꼭 잠자리에 들라는 서휘의 잔소리가 환청이 되어 들렸지만 가볍게 무시하였다.

&lt;모 대표! 모 대표!&gt;

해눈이 잔기침 소리를 낸 후에 닫혀있는 방문을 통과해서 도유에게로 다가왔다. 어떠한 벽이나 문도 해눈의 출입을 막을 수는 없었다.

"그대, 이 시간에 내 방에는 어쩐 일이야? 무슨 일이라도 생겼어?"

저녁이면 꽃 속에서 잠이 드는 해눈이 이 시간에 도유를 다급하게 두 번이나 거푸 부르는 것이 이미 무슨 일이었다.

&lt;큰일 났어. 지금 밖에 우리 마디풀이 와 있는데 말이야.&gt;

해눈의 말끝에 도유가 바로 거실로 나왔다. 통창 너머 도유와 마디에게만 보이는 홍가시나무 울타리 너머 마디가 멍하니 서 있었다. 벽시계의 바늘은 1과 12에 30° 간격으로 걸려 있었다.

마디는 연필 깎는 소리처럼 사각대는 제 심장을 내리누르고 있었다. 분명 꿈인데 어깨에 와 닿는 밤의 감촉이 너무나 생생하였다. 막 어깨를 쓸어내리려는데 모퉁이 집의 대문이 열렸다. 밤손님처럼 느닷없이 도유가 모습을 드러내었다.

"이봐요, 꽃집."

마디는 도유가 부르는 것이 저라는 것을 한참 만에야 알아차렸다.

"왜, 왜 여기에서 고객님이 등장해요?"

도유가 나오는 꿈을 꾸다니, 꿈속에서도 마디는 정신이 바짝 들었다.

"그건 내가 묻고 싶은 말입니다. 빨리 이쪽으로 들어와요."

도유는 대문간에 선 채로 손을 내밀어 마디를 재촉했다.

"왜 제가 이 밤중에 모퉁이 집엘 들어가요?"

꿈인데도 장면 하나하나가 마디는 너무나 생생하였다.

"정신 차려요. 혹시 몽유병이라도 있는 겁니까?"

도유의 재촉이 마디의 팔을 잡아당겼지만, 마디는 꼼짝도 안 했다. 도유의 심연 깊은 눈이 살풋 일그러졌다. 성큼 몇 걸음 만에 가뿐히 가까워지더니 마디를 안아 올리기는 더 가뿐히 하였다.

"어, 어, 지, 지금 뭐 하시는 거예요?"

그 순간에야 마디는 자각을 했다. 이건 꿈이 아니었다. 12살의 마디는 꿈속의 천녀도에 있었지만 지금 27살의 마디는 모퉁이 집에 와서 있는 것이었다.

"내려 주세요. 가, 갑자기 왜 이러시는 거예요?"

도유의 품속에서 마디의 숨결이 지그재그로 무늬를 그리며 흩어졌다. 도유는 아랑곳없이 마디를 안은 채로 모퉁이 집 대문 안으로 들어섰다. 그때 마디의 팔뚝에서 빛살 하나가 반짝이다가 소멸하였다.

"그러는 꽃집이야말로 이 시간에 넋을 빼고 남의 집 앞에서 뭘 하는 겁니까?"

도유는 안아 올릴 때와 같이 마디를 사뿐히 내려놓았다. 다급하게 움직인 걸음인데도 도유는 숨결 하나도 흐트러지지 않았다.

"제가 먼저 물었잖아요."

도유가 여러 번 저를 도왔다고 해서 도유의 무례함까지 용납할 이유는 전혀 없었다.

"아니, 물릴 뻔했겠지요."

도유는 검지를 들어서 열린 대문 밖을 가리켰다. 마디는 손가락을 따라 시선을 옮겼다. 어둠 속에 가느다란 나뭇가지 하나가 꿈틀거리고 있었다. 다시 한번 집중해 보았다. 다음 순간, 마디의 두 손이 마디의 입을 가렸다. 붉은 머리 까치독사. 웬만한 산짐승은 다 물어 죽일 수 있는 치명적인 독니를 품은 뱀. 조금 전까지 딱 마디가 서 있던 그 자리로 까치독사는 구불구불 지나가는 중이었다.

"이봐요, 꽃집. 난 괜히 이상한 소문에 휩싸이고 싶지 않아요. 이 마을처럼 고요히 지내고 싶은 사람이니까, 이만 나가 주시죠."

대문 끝을 잡은 도유는 당장이라도 다시 닫아버릴 기세였다. 말투와 시선은 철제 대문의 모서리보다 더 뾰족하였다.

"감사해요. 정말 고맙습니다."

마디는 하지만 그런 것에 개의치 않고 숙인 고개에 제 진심을 담아서 전하였다.

"고객님께서 벌써 세 번이나 저를 도와주셨네요. 심지어 이번에는 저의 목숨까지."

사람인 이상에야 죄가 없을 수는 없겠다. 하지만 순간 도유는 숙였다 드는 마디의 눈동자가 꼭 해눈을 닮았다고 생각을 하였다.

"별로. 그저 이른 아침 우리 집의 대문 앞에서 싸늘하게 식은 시체를 마주하고 싶은 생각이 전혀 없을 뿐입니다."

그걸 부인하고 싶어서일까? 도유의 음성이 한층 더 한겨울 쪽으로 갔다.

"일부러 나와서까지 저를 구해 주신 거잖아요. 그러니까 정말 감사합니다."

"누가 일부러 나옵니까? 잠이 안 와서 잠시 산책을 하려던 것뿐인데. 일부러 챙기고 그럴 만큼 꽃집이 나한테 중요한 사람이라고 생각

그 모퉁이 집

해요?"

턱도 없는 시비였다.

"중요하든 중요하지 않든 이제 고객님은 제 생명의 은인이 되셨어요. 정말 많이 감사해요. 그러니까 정식으로 인사도 할게요. 안녕하세요? 제 이름은 꽃집이 아니고 한마디라고 해요."

도유의 심연 깊은 눈동자가 흔들렸다. 저는 지금까지 단 한 번도 마디에게 동글동글했던 적이 없었다. 아니, 일부러 더 위악을 떨었다. 그런데도 마디는 입술 한 번 비트는 법이 없다. 여전히 동글동글한 감사와 미소의 연속이다. 도유는 마디가 얼마나 따뜻한 사람이며 그러니 동화도 믿을 거라고 장황하게 늘어놓던 서휘의 말이 문득 떠올랐다.

용남은 요즘 갱년기였다. 늦은 밤중에 화장실에 가는 일이 늘었다. 아무 생각 없이 걸음을 움직여 화장실에 갔는데 도로 나올 때는 설핏 잠이 깨었다. 어쩐 일인지 마디의 방문이 활짝 열려 있었다.

"얘가 왜 방문을 열어둔 채 잠을 자고 있담?"

4월이라고 해도 산이 둘러싼 현지마을의 밤은 서늘하였다.

"얘가 자다가 깨어서 물이라도 마시고 있나?"

침대 위에 없는 마디를 찾아 주방에도 가 보았다. 인기척이 없다. 현관을 열고 마당까지 내다보았다. 그 어디에도 큰딸은 없다. 시계는 이미 1시를 넘겼다. 전에 없던 일이었다. 아니, 전에는 있었지만 요즘 들어서는 없는 일이었다. 순간 용남의 심장 끝에 쇠 추가 달려서 심장을 끌어내렸다. 연속해서 얼마 전 마디가 물었던 말도 스쳐 갔다. 용남은 이 밤이 시커먼 손으로 변하여 자신의 입을 틀어막는 것 같았다.

"여보! 여보! 마린아! 마린아! 다들 얼른 일어나 봐! 어서! 얼른!"

먼저 안방 문을 열어서 동우를 깨우고 마린의 방문마저 활짝 열어젖혔다.

"뭐야? 무슨 일이야? 왜 그래?"

"엄마, 왜? 왜? 도둑이라도 들었어요?"

동우는 잠옷 위에 점퍼를 걸쳤고 마린은 침대 옆에 세워 둔 야구방망이를 집어 들고 거실로 뛰어나왔다. 두 사람 다 머리가 위로 뻗쳐 있었다.

"여보, 마린아! 마디가 없어요. 우리 마디가 사라졌다고요!"

"뭔 소리야? 당신, 자다 말고 꿈이라도 꿨어?"

"엄마는 진심 멀쩡하게 잠든 언니를 보고 뭐라는 거예요?"

동우와 마린이 동시에 마디의 방 쪽으로 갔다. 그런데 진짜 큰딸이, 제 언니가 없었다.

"얘가 이 밤중에 어딜 간 거야? 마당은 내다봤어?"

"언니야!"

"없어요. 어디에도 우리 마디가 없다고요. 여보! 마디가 얼마 전에 나한테 어릴 때 하던 말을 다시 했단 말이야."

울먹이는 용남의 목소리가 거실을 울렸다. 마린은 무슨 소린지 몰라 병한 표정을 지었다. 하지만 동우는 용남의 말을 알아듣고는 두 번 묻지도 않고 현관 쪽으로 달려 나갔다.

"마린아! 아빠는 산길 쪽으로 가 볼 테니까 넌 모퉁이 집 쪽으로 가봐. 당신은 동네 텃밭이나 테니스장 쪽으로 가 보고."

"알았어."

용남도 달리기를 시작했다. 마린은 영문도 모른 채 제 부모의 뒤를 따랐다. 하지만 세 사람이 대문을 밀치고 막 박태기나무 밑으로 나왔을 때였다. 모퉁이 집을 등지고 마디가 걸어 올라오고 있었다.

"마디야!"

"너!"

"언니야!"

세 사람은 동시에 마디 쪽으로 달려갔다. 용남은 신발 한쪽이 벗겨져 버렸다.

"너, 괜찮아?"

눈물이 고인 용남의 손이 마디의 손을 잡았다.

"자다 말고 어딜 갔다 오는 거야?"

동우는 제 걱정이 표나지 않게 점퍼 주머니 속에 구겨 넣었다

"언니야! 왜 안 하던 짓을 하고 그래? 우리가 다 놀랐잖아."

마린도 반은 울상이었다.

"잠이 안 와서 잠시 산책을 했어요."

마디는 달리 변명거리가 없었다.

"오밤중에 이러고 무슨 산책을 해? 내가 언니 때문에 진심 못 살아."

마린이 제 카디건을 벗어서 마디의 어깨에 걸쳐 주었다. 그제야 마디는 제가 잠옷 바람이라는 것을 알아차렸다. 분명 천녀도까지는 꿈이었다. 도대체 언제 일어나 언제 걸어서 모퉁이 집에 가 닿은 것일까? 게다가 이런 차림으로 모퉁이 집까지 갔고 도유에게 안기기까지 했다니. 확! 마디의 얼굴에 봉숭아 물이 들고 말았다.

"됐다. 그만하고 일단 집으로 들어가자. 동네 사람들까지 다 깨겠어."

동우가 분위기를 정리하자 용남은 마디의 어깨를 안고 집으로 데리고 들어갔다. 마디가 침대에 누워서 다시 잠드는 것까지 보고 세 사람은 마디의 방을 나왔다.

"엄마! 아까 언니가 어릴 때 했다던 말이 뭔데요?"

마린은 내도록 품고 있던 물음표를 그제야 용남에게 건넸다.

"무슨 소리야? 엄마가 언제 그런 말을 했어?"

"아까 엄마가 언니를 찾아보라고 하면서 그랬잖아요."

"엄마가 언제 그런 소리를 했다고 그래? 쓸데없는 소리 말고 너도 얼른 다시 자. 우유 배달 나갈 시간이 얼마 안 남았잖아."

"내가 분명히 그렇게 들었는데."

"어허!"

더 캐묻다가는 마디에게 날리지 못한 용남의 등짝 스매싱이 제 차지였다. 게다가 지금 다시 잠들어도 4시간도 채 못 잘 터. 마린은 기지개를 켠 채로 제 방으로 들어갔다.

안방을 들어가기는 용남이 먼저였고 동우가 뒤를 따라갔다. 용남은 이부자리 대신 아랫목 경대 앞으로 가서 주저앉았다.

"당신, 아까 그 말이 내가 생각하는 그 말, 맞아?"

동우는 점퍼를 옷걸이에 걸어둔 후에 용남의 옆으로 왔다.

"며칠 전에 마디가 뜬금없이 묻더라고. 진짜, 그냥 물어보는 건데 엄마는 혹시 꽃들이 움직이는 걸 본 적이 있냐고?"

"정말이야?"

걸어놓은 동우의 점퍼 속에 구겨 넣었던 걱정이 튀어나와 버렸다.

"그래. 그 바람에 얼마나 놀랐는지 내가 손을 다 베었잖아."

"그럼 당신의 손이?"

"맞아. 그 말을 듣고 너무 놀라서 전지가위를 헛놀렸던 거야."

용남의 손바닥 옆으로는 아직도 밴드 두 개가 붙어 있었다.

"여보, 아니겠지? 설마 다시 또 아니겠지? 또 그러면 어떡해? 그럼 난 못 살아. 난 정말 못 산다고."

제발 아니라고 답을 해 달라는 용남의 눈빛이 간절하였다.

"앞서서 걱정하지 마. 벌써 15년째 아무 일도 없었잖아."

"예전에도 그렇고 지금도 그렇고 이게 다 저 모퉁이 집 때문이야. 모퉁이 집에 새 사람이 들어오고 마디가 꽃다발 배달을 가면서부터 이상한 일이 일어나기 시작한 것 같단 말이야."

"왜 엄한 모퉁이 집 탓을 해? 모퉁이 집은 이 일하고는 아무 상관도 없어. 게다가 마디도 그냥 산책을 다녀온 거라고 했잖아."

"제발, 제발 그랬으면. 또 그러면 나는, 우리 마디는 어떡해?"

용남은 결국 울음을 터뜨리고 말았다. 동우가 울음의 어깨를 안고 다독여 주었다. 12살의 여름방학, 천녀도 한옥이 여사의 집에 다니러 가 있던 마디는 큰 사고를 당했다. 진주로 돌아와서도 한동안 크게 앓았는데 그 후로 다시는 꽃이 움직인다거나 꽃이 말을 건다는 소리를 하지 않았다. 용남과 동우는 다친 것이 차라리 다행이다 싶었다. 마린이나 마룬은 어린 나이라서 아무것도 몰랐다. 그것도 다행이었다.

마디는 가족들의 기척이 완전히 사라지자 다시 눈을 떴다. 도저히 다시 잠에 들 수 있을 것 같지가 않았다. 꿈이라고 생각했기에 모퉁이 집을 향해 느낀 그리움을 이해할 수 있었다. 하지만 꿈이 아닌 상태에서는 제가 느낀 그 감정이 무엇인지 도무지 이해할 수가 없다. 또 도유는 어떻게 알고 나와서 까치독사에게서 저를 구해준 것일까?

제가 가족들에게 산책을 갔다 왔다고 한 것처럼 산책하려고 대문을 나섰다는 도유의 말도 분명 거짓말이다. 첫 비를 맞고 춤을 추던 꽃과 나무들. 흰 손이 되어 저를 손짓해 부르는 것 같았던 모퉁이 집. 모퉁이 집과 관련해서는 이해가 안 되는 것투성이다. 하지만 그 무엇보다도 제일 이해가 안 되고 이상한 것은 바로 제 마음이다. 여기 제 침대에 누워서도 마디는 여전히 모퉁이 집이 그립다. 도유에게서 그런 모진 대접을 받고도 화가 나지도 불쾌하지도 않았다. 마디는 안아 올리느라 도유의 손이 감싸 안았던 제 팔뚝을 만져 보았다. 불도장이라도 찍힌 듯이 화끈거렸다. 눈을 감고 그 느낌을 가만히 음미하였다. 그래서 제 팔뚝에서 환하게 빛났다 사그라지는 빛살은 보지를 못하였다.

도유는 마디의 뒷모습이 완전히 사라진 후에야 다시 의자로 와서 앉았다. 해눈은 마디가 가족을 만나는 것까지 확인하고는 도유의 방으로 들어왔다.

<모 대표는 괜찮지?>

도유의 책상에 얹힌 해눈의 손은 시리도록 투명하였다.

"나야 안 괜찮을 게 뭐겠어?"

<마디풀을 도와줘서 고마워. 게다가 향기의 인장까지 찍어주다니.>

지금 마디의 팔뚝이 머금고 있는 빛살이 바로 향기의 인장이었다.

"혹시 그대에 대한 이끌림으로 우리 집으로 온 거라면 앞으로도 얼마든지 위험한 일은 또 발생할 수 있는 거니까."

도유의 능력으로 찍힌 향기의 인장으로 인해 앞으로 마디는 초록 생명체들의 보호를 받을 수 있게 되었다.

<그럼 이제 제대로 날 도와줄 마음이 생긴 거야?>

"내 도움은 일단 오늘 향기의 인장을 찍어준 것까지인 걸로 하지."

<모 대표가 오늘만 마디풀의 생명을 살린 것도 아니잖아.>

"뻔히 위험한 걸 알면서 돕지 않을 도리는 없잖아. 게다가 내 향기의 인장은 서휘에게도 있어. 그러니까 그대는 꽃집 앞에 먼저 모습을 드러내지는 않겠다고 했던 약속을 잘 지켜 줘."

그 인장 덕분에 서휘는 꽃잎으로 쿠키를 구워내는 능력이 생겼다.

<우리 꽃혼들은 약속을 어기지 않아.>

방문을 통과해 다시 나오는 꽃혼 해눈은 기도하듯 손을 모아 쥐었다. 모서리가 많이 깎여나간 도유의 눈빛. 날이 사라진 도유의 말투. 다행이었다. 해가 떠 있는 동안 내리는 흰 눈, 그렇게 마디가 저에게 붙여준 이름 해눈. 하지만 햇살 속에서 내리는 눈이 얼마나 오래 머물 수 있나? 곧 물기로 녹아 땅속으로 스며들 것이고 그러면 땅에서 그 흔적을 찾을 수 없을 것이다. 저의 운명도 저의 이름처럼 될 예정이었다. 그러니 도유를 위해서라도 마디의 기억은 깨어나야만 했다. 이런 제 소원은 어쩌면 곧 이루어질지도 모르겠다.


**홍가시나무의 꽃말은 <사랑을 이루는 붉은 열매>**

해바라기를 살린 밤
(해바라기)

1945년의 봄날이 깃들었다. 일본 제국주의가 햇살은 빼앗아 가지 못했고 꽃들도 짓밟지 못했다. 그래서 모퉁이 집의 마당에 봄의 소식을 실은 편지들이 하나둘 피어나기 시작했다. 그중에서도 창포꽃 소식이 제일 넓은 영토를 차지했다.

　윤송과 정구는 출근을 했고 집안일을 하는 사람들은 각자의 일에 분주하게 움직이고 있었다. 은조가 모퉁이 집의 뒤쪽으로 빠져나와 산길을 올라섰다. 숨을 죽인 채로 살며시 빠져나가는 모습이었다. 하얀 블라우스에 먹색 롱 치마를 입고서 주변을 살폈다. 따르는 이가 없는지 몇 번이나 확인하였다. 이윽고 발걸음이 멈춘 것은 사람의 몸을 가릴 만큼 오랜 수령을 지닌 소나무 앞에서였다.

　"은조, 왔소?"

　뜻밖에도 진주경찰서의 형사부장 다카키가 모습을 드러내었다.

　"오래 기다리셨어요?"

　은조는 윤송에게는 보여준 적이 없는 웃음으로 다카키를 맞이하였다.

"옷을 왜 이렇게 얇게 입은 거요? 자칫 고뿔이 들겠소."

다카키는 외투도 걸치지 않은 은조 걱정부터 하였다.

"바깥출입을 한 걸 들키면 안 돼서 집안에서 있던 옷차림 그대로 나왔어요. 금방 돌아갈 거니까 전 괜찮아요."

은조는 코끝과 볼이 발갰다.

"혹여 뭔가 발견한 것이라도 있는 거요?"

다카키의 눈빛이 처연하게 젖어 들었다.

"고윤송의 서재랑 연회실 쪽을 몇 번 조사해 봤는데 특별하게 나온 건 없어요. 침실에도 딱 필요한 가구 말고는 달리 놓여있는 게 없고요. 그가 그 방면으로 은밀히 활동하고 있다는 기색은 조금도 없네요."

"워낙에 용의주도한 인물이니까."

"계속 찾아볼게요. 아무리 그래도 뭔가 하나 정도는 흘린 게 있지 않을까요?"

"난 그대가 걱정이요. 홑몸도 아닌 사람에게 이런 위험한 일을 맡겨서."

"홑몸이 아니라 이런 일밖에 못하고 있는걸요. 허니 걱정하지 않으셨으면 해요."

"난 그대도 내 아이도 모두 걱정스럽소. 그대가 고집을 부리지만 않았다면 이런 위험한 일에 뛰어들게 하지 않았을 터인데."

놀랍게도 다카키가 바로 은조의 배 속 아이의 아버지였다.

"당신의 말처럼 혼란한 시대잖아요. 난 그냥 내 몫의 일을 담당하는 것뿐이에요."

"그런 소리 말아요. 난 언제라도 그대가 그 집에서 나오기를 원하고 있으니까. 은애하는 여인을 정탐꾼으로 이용하고 그 위험마저 홀로 지게 해야 하는 이 시대가 나는 너무 아프오."

"작정하고 들어간 길이에요. 그냥 나올 수는 없어요. 뭐든 찾아서 나와야죠."

언덕 쪽 칡넝쿨들이 치렁치렁 무성해지면서 소나무 줄기를 타고 올라갔다.

"난 알고 있소. 고윤송이 그대를 얼마나 아끼고 사랑하는지."

다카키는 괴로운 표정을 숨기지 못했다.

"덕분에 무사히 보호를 받고 있잖아요. 더불어 배 속의 내 아이까지."

"아이와 함께 힘들지는 않소? 아니, 이런 질문도 어리석은 것이구려. 그대의 힘든 처지는 말하지 않아도 응당 알 수 있는데."

"거듭 말하지만 괜찮습니다. 아이가 있는 한 그가 내게 섣불리 어떤 행동을 하지도 못할 것이고요."

은조는 다카키의 가슴에 두 손을 얹었다.

"그러니까 걱정일랑 접어 두세요."

"그대를 지키기 위해 이웃 마을로 하숙까지 얻어서 들어왔소. 하지만 눈앞에다 두고 지켜볼 수 없는 그대가 나는 너무 괴롭소."

다카키는 일부러 옥이의 본가로 하숙을 들어온 모양이었다.

"내가 말했죠? 당신이 사랑하는 나라를 위해서 나도 일하는 거라고. 그리고 이 나라는 내 조상의 나라이기도 하니까."

"오래전 떠나간 나라라고 했잖소?"

"그래도 내 피의 근원은 여기에 있어요."

은조의 나라는 삼국시대 신라의 추격을 피하여 바다로 달아난

육가야의 유민들이 세운 나라였다. 은조 또한 대한제국의 선조의
후손이었던 것이다.

"괴로워하지 말아요, 다카키 상. 제발요. 그럼 나도 아이도 힘들
어요."

"둘만 있을 때는 그렇게 부르지 말라고 했잖소. 내게는 모구헌
이라는 내 진실한 이름이 있소."

"혹여 고윤송의 앞에서 실수라도 할까 봐 그러지요."

"하긴, 도저히 고윤송 그자가 아니면 이런 일이 일어날 수가 없
는 것이 사실이오. 벌써 국내에서도 세 군데의 본진이 털렸고 중국
쪽 군사학교까지 습격을 받았으니까. 모두 그자가 관여하고 있는
곳이기도 하고. 표면상 그자는 독립운동 쪽을 도우면서 이를 숨기
기 위해 친일로 위장하고 있소. 허나 내 생각은 다르오. 그자는 분
명 일본 쪽에 서 있는 자요. 그자의 마침표는 우리 독립군 쪽이 아
니라 일본 쪽에 찍혀 있단 말이오. 난 확신하오."

구헌 또한 독립운동 쪽에 있는 제 신분을 일본 형사로 위장하고
있는 중이었다.

"저는 당신의 그 확신을 확신해요."

"이런 큰 짐을 그대에게 지우고! 부디 잊지 말아요. 그대는 나의
아내라는 것을."

구헌은 은조의 손 위에 제 한 손을 겹쳤다. 그런 후에 양복 안주
머니에서 사진을 꺼냈다. 하얀 한복에 면사포가 드리워진 화관을
쓴 은조와 하얀 두루마기에 정장 차림을 한 구헌의 결혼식 사진이
었다. 구헌은 사진을 은조의 손에 쥐어 주었다.

"내가 이 땅에 발을 딛고 사는 이유가 바로 당신이에요."

"고맙소, 은조."

구헌은 은조의 양어깨를 감싸 안았다. 은조는 그 품에 얼굴을 묻었다.

"그리고 더 많이 미안하오, 은조. 내 사랑이 자유롭기 위해서 내 나라가 먼저 자유로워야 함이 내게는 숙제요. 그리고 난 이 숙제를 꼭 마쳐야만 하고."

"그 숙제를 함께 할 수 있어서 행복하다고 말하면 당신에게 위로가 될까요?"

은조의 손은 구헌의 등을 토닥였다.

"은조."

애처롭게 부른 구헌이 은조의 입술을 찾았다. 서로의 숨결을 가두듯이 머금었다.

"그대를 너무 오래 붙들고 있었소."

한참 만에야 두 사람은 서로에게서 떨어질 수가 있었다.

"낮잠을 자겠다고 해 뒀으니 그만 들어가야 할 것 같아요."

"다음의 돌멩이를 기다리겠소."

마을 입구의 장승 옆에 돌멩이 세 개를 나란히 세워 놓는 것이 만나자는 신호였다.

은조가 소나무 등걸 사이로 늘어진 칡넝쿨을 향해 손을 휘둘렀다. 그러자 빽빽하게 늘어져서 두 사람을 숨겨주던 칡넝쿨이 옆으로 비켜나면서 길을 터 주었다. 구헌이 급한 걸음으로 먼저 사라졌고 곧 은조도 사라졌다.

산길이 텅 비는 듯했다. 하지만 잠시 후, 눈빛을 이상하게 번득이는 옥이가 고개를 내밀었다. 은조와 구헌은 알지 못했지만 그들의 뒤쪽 낮은 언덕에 옥이가 몸을 붙이고 엎드려 있었다.

"배 속의 저 아이가 그럼……?"

옥이는 엎드린 그대로 두 팔에 얼굴을 묻었다. 쥐어뜯는 손길에 새로 돋아난 봄 풀들이 뭉텅이로 뿌리가 뽑혀 버렸다.

다음 날, 은조는 일본식 욕탕에서 목욕을 하고 그 옆에서는 옥이가 시중을 들었다. 은조가 혼자 할 수 있다고 해도 옥이가 막무가내 옆을 지켰다.

"안 돼예. 나리가 아씨를 잘 돌봐 드리라꼬 신신당부를 했다니께예."

"돌봄을 받아야 하는 건 내가 아니라 너여야지."

은조는 어린 옥이가 종종거리는 모습이 늘 애처로웠다.

"지는 몸 안에 아기씨를 품고 있지 않잖아예."

"옥이가 이러면 내가 많이 불편한데."

"뜨신 물 맞차 드리고 손이 안 닿는 곳만 해 드리고 금방 나갈 끼라예."

봄이 시작되자 은조의 배는 제법 부른 태가 나기 시작했다. 윤송은 그 아이의 아버지가 자신이라고 암암리에 표를 냈고 모퉁이집의 일꾼들이나 현지마을 사람들은 모두 그렇게 믿고 있었다. 모퉁이 집에 들어온 지 얼마 되지 않은 은조가 어디에서부터 윤송과 인연을 가지게 되었는지 모두가 궁금했다. 하지만 윤송이나 은조는 가타부타 말이 없었다.

"근디 아씨, 이 어깨의 창포꽃 문신은 와 놓으신 거라예?"

옥이는 은조의 팔뚝 쪽을 문지르다가 등 쪽으로 돌아가 앉았다. 그러더니 은조의 뒤 어깨 쪽에 실제 창포꽃과 거의 흡사하게 놓여 있는 문신을 경이롭게 바라보았다.

"그냥 내가 좋아하는 꽃이라서."

"나리도 창포꽃을 제일 좋아하는디 아씨가 좋아하는 꽃이라서 그랬나 봐예."

"글쎄."

"볼 띠마다 느끼는디 우짜믄 이리 진짜 꽃이랑 똑같은지 모르겠어예. 이만한 솜씨라면 당연히 갱성에서 놓으신 거겠지예?"

은조는 대답 없이 더운물로 배 쪽을 적셨다. 은조가 살던 나라에서는 아이가 태어나고 첫돌이 되면 크게 잔치를 한다. 그리고 아이의 앞에 부모들이 열 종류의 꽃 그림을 놓아둔다. 주로 부모가 좋아하는 꽃 종류로 선별한다. 막 걸음마를 시작한 아이는 그중의 한 그림을 골라 든다. 그렇게 선택된 꽃이 아이와 평생을 함께하는 반려화이다. 세 번째 생일이 되면 문신사가 찾아와서 아이의 반려화를 오른쪽 어깨 뒤쪽에 새겨준다. 그러면 그 아이는 평생 동안 자신의 반려화의 보호를 받을 수 있었다. 은조의 반려화는 바로 창포꽃이었다.

"나리께서 목욕이 끝나믄 마당에서 차를 나누시자꼬 말씀 전하시라데예."

"마당에서 말이냐?"

"네. 돌아온 봄날의 햇살이 너무 곱다시믄서."

"이 봄날의 햇살이 모두에게 곱기만 하겠니?"

은조의 목소리는 한숨 같아서 옥이에게까지 가 닿지 못했다.

"이것만 하고 옥이 넌 그만 나가보아. 나리께는 몸단장이 끝나면 나가겠다 말씀드리고."

"알았어예."

워낙 살결이 좋은 데다가 자주 목욕을 해서인지 은조의 몸에서는 좋은 향이 났다. 옥이는 오른손으로 부지런히 은조의 등을 밀었다. 왼손은 슬그머니 은조의 목덜미로 다가갔다.

'은조 아씨! 감히 나리를 ……'

속말을 하며 산새같이 가녀린 은조의 목을 졸라서 꺾어 버리는 상상을 하였다. 그렇게 은조가 목욕을 마치고 나왔을 때, 욕탕 앞에는 쪽지 하나가 놓여 있었다.

<오늘 밤, 절대 잠들지 말고 마당을 내다보고 있을 것.>


아서는 사기 사건의 조서를 작성하는 중이었다. 건너편에 앉은 피해자의 이름은 이선영이었다. 선영은 선천적인 아토피 피부 치료를 위해 온갖 약품에서부터 민간요법까지 해 보지 않은 것이 없었다. 그러던 중 5촌 당고모가 선영을 찾아왔다. 피부병에 특효라는 미국 직수입 화장품을 소개하였다. 다단계로 방문 판매만 하는데 카드를 주면 한꺼번에 저렴하게 구매할 수 있다고 했다. 선영은 의심 없이 카드를 건넸다. 카드 한도액인 500만 원이 한꺼번에 결재되었다는 문자가 날아온 것은 1시간도 채 지나지 않아서였다. 바로 당고모의 행방은 묘연해졌는데 겨우 만날 약속을 잡은 것이 오늘이었다. 조서만 작성하고 나면 형사들과 함께 당고모를 체포하러 갈 예정이었다.

"500만 원으로는 사기죄가 성립되지 않는다는 것도 이번에 처음 알았어요. 저를 믿고 건넨 친구의 카드로 1,000만 원을 결재하지 않았다면 저는 신고도 할 수 없었죠."

"신고를 결심한 것은 잘한 일입니다. 친족 간의 이런 사건에서는

그 모퉁이 집

정에 매여 법의 개입 자체를 차단하는 경우가 허다하죠."

"당장 다음 달부터 카드 두 개의 할부 금액을 어떻게 갚아야 할지도 막막해요."

선영의 어깨에 올라앉은 1,500만 원의 무게는 족히 15억은 되어 보였다.

"이제 곧 고모를 만나게 되면 어떻게 되는 거죠? 고모는 체포가 되는 건가요?"

그러고도 제 고모를 향하는 선영의 걱정이 아서는 안타까우면서도 미련해 보였다.

"이 경우에는 형사 사건은 성립이 되지 않습니다. 저희와 동행해서서 긴급 체포하고 나면 조서를 꾸민 후 검찰 쪽으로 송치가 될 것입니다."

"그럼 감옥에 가게 되는 건가요?"

"조금 전에도 말씀드렸지만 이건 형사 사건이 아니라 민사입니다. 구치소에 수감되는 것은 형사 사건에 한해서이죠. 어쨌든 이선영 씨는 법원에 가서 한 번 더 진술서를 작성하셔야 하고 차후 처리는 담당 검사의 재량으로 진행될 겁니다."

"혹시 당고모가 제 돈을 돌려주면 어떻게 되는 건가요?"

이런 사건에 있어서 '혹시'는 '불가능'이라는 단어와 같은 뜻을 가진다는 것을 선영은 모르는 모양이었다. 나이에 비해 한참이나 어려 보이는 순진함도 이런 경우에는 어리석음과 함께 묶이는 단어라는 것도.

아서가 선영의 조서 작성을 마치고 기지개를 켜는데 준수가 들어왔다. 출동 요청을 받고 나갔던 준수의 머리칼이 빗물에 젖어 들어 있었다.

"시장의 여사님들은 왜 이렇게 날이 갈수록 드세지는지 모르겠어. 먹고 살아야 할 터전이라서 당연한 일이긴 하지만 내 제복 좀 보라고."

"어떻게 해결은 잘 됐고?"

시현이 비뚤어진 준수의 넥타이를 바로 매어 주었다.

"당연하지. 내 꽃미모가 안 통하는 여사님들이 있어?"

준수는 중앙시장의 난전 상인들 간 자리다툼을 해결하고 돌아와서는 백만 대군을 이긴 장수처럼 굴었다.

"수고했다고 뇌물까지 안겨 주시더라."

말끝에 준수는 빨갛게 잘 익은 앵두를 내려놓았다.

"시장에 벌써 앵두가 나왔어?"

시현이 감탄사를 연발했다. 곧이어 모두 침을 삼키며 중앙의 회의 탁자에 둘러섰다.

"정 경장! 빨리 와. 앵두가 금방 없어질 기세라고."

준수가 혼자만 책상을 지키고 앉은 아서를 손짓해서 불렀다.

"난 생각 없어."

"강 경장! 잊었어? 정 경장은 앵두 알러지가 있잖아."

시현이 준수의 손짓을 붙잡아 내렸다. 아서와 준수, 시현은 모두가 동갑내기 경장 계급이었다.

"아차차! 내가 깜빡 잊었네. 정 경장의 조상님 중 일본군이 쏜 앵두 알에 맞아서 세상을 떠나신 분이 있다고 했지?"

"그뿐이겠어? '앵두나무 우물가에 동네 처녀 바람났네.' 그 바람났던 처녀가 정 경장의 할머니라잖아."

29살 시현의 노래 취향은 우리 가락 만만세, 트로트 천하제일이었다.

"쓸데없는 소리들은 그만하고 앵두나 드셔. 난 탑마트의 집회 현장에 다녀올 테니까."

아서는 모자를 쓰며 순찰차 키를 집어 들었다. 는개비가 내리는 오후의 바깥 거리는 한적하였다. 비옷을 입은 청원경찰이 입구를 나서는 아서에게 거수경례를 해 보였다.

아서는 규정 속도를 준수하면서 아까 시현이 말했던 할머니라는 단어를 떠올렸다. 추억이었다.

*"에이고! 우리 강생이! 우째 이리 앵두를 잘 먹더노?"*

*"할머니! 나는 우리 집의 앵두가 세상에서 제일로 맛있어."*

*"마이 묵거라. 마이 묵어. 우리 아서 크픈은 경찰이 된다고 했제? 경찰 아저씨는 마이 묵고 키가 커서 힘도 세야 한데이."*

*"할머니도 아앙 해."*

*"아이다. 할메는 우리 강생이 묵는 거만 바도 배가 볼록하데이. 우뜷노? 앵두가 참말로 탱글탱글하제?"*

마른 몸에 특히나 배가 제일 주름진 왕 할머니는 앵두 철이 되면 항상 아서와 함께였다. 하지만 어느 밤, 잠을 깨뜨리는 섬뜩한 느낌에 눈을 떴을 때 할머니는 미저리 같은 표정으로 아서를 내려다보고 있었다. 높이 들린 할머니의 손에 있는 칼을 알아차린 것은 형사의 예리함이었다.

"할머니!"

아서는 외침과 동시에 할머니의 손을 붙잡으려고 했다. 하지만 이미 할머니의 손은 아서의 심장을 향해 휘둘려진 후였다. 이때도 형사의 예리함 덕분에 급소를 피하고 뺨 쪽을 찔릴 수 있었다. 연주홍색 이불에 피가 뚝뚝 떨어졌다. 아서의 눈에 그건 꼭 할머니와 함께 따먹던 앵두 알 같았다. 그 후 구급차가 출동했다. 왕 할머니는 선 채로 기절을 해 버렸고 희귀 혈액형인 아서도 수혈을 하는 데에 애를 먹었다. 그 후로 아서는 제집에도 제 방에도 돌아갈 수가 없었다. 앵두만 보면 울렁증이 일어난다. 더 이상 탱글탱글했던 추억은 없다. 땅에 떨어져 벌레에 파 먹히고 썩은 내를 풍기는 앵두만이 발길에 채일 뿐이었다.

방울 소리와 함께 마디 혼자 있는 꽃집의 문이 열렸다. 한 블록 건너 탑마트 옆에 자리한 중앙고등학교 교복을 입은 남학생 두 명이 들어섰다. 모의고사라도 친 모양인지 유리 출입문 앞으로 벌써 여러 무리가 지나갔었다.

"특별히 찾는 꽃이 있어요?"

그러니 시험에서 해방되자마자 바로 꽃집을 찾아왔겠지.

"우리 부모님의 결혼기념일이라서 어울릴 만한 꽃을 찾는데요."

남학생 하나가 뒷머리를 긁적였다. 피부가 보기에 안쓰러울 만큼 벌겠다.

"부모님께 드리는 거라면 빨간 카네이션이 제일 좋죠. 꽃말이 모정 혹은 존경이에요."

"아. 그, 그거 좋네요."

남학생은 안타깝게도 말까지 더듬거렸다.

"포장은 어떻게 해서 드릴까요? 리본만 달아도 되고 작은 풋말을 꽂아도 되는데."

"꽃, 꽃다발을 그냥 그렇게 만들어요?"

마디는 그제야 남학생이 절화 꽃다발을 찾는다는 것을 알았다.

"어쩌죠? 모르고 왔나 본데 우리 꽃집에서는 뿌리 잘린 꽃은 취급하지 않아요."

"네? 그, 그럼 꽃다발은 안 한다고요?"

"대신 뿌리가 있는 그대로 화분을 넣어서 꽃바구니를 저렴하게 만들어 드려요."

남학생은 한숨을 삼키더니 죄 없는 옆 친구의 허리를 찔렀다.

"그럼 다른 꽃집으로 가 봐요. 그 대신, 잠시만요."

마디는 작업대 뒤로 가서 연두색 봉지 하나를 들고나왔다.

"이, 이게 뭔데요?"

남학생은 제 손바닥 위에 얹힌 봉지를 의아해하였다.

"꽃의 수명 연장제예요. 꽃을 가지고 집에 가면 먼저 꽃병에 물을 채우고 이걸 물의 반 정도 넣어 줘요. 이게 다 녹고 꽃을 꽂으면 영양분을 공급하고 물속에 미생물이 생기는 것도 방지를 해 줘요."

"아, 아무것도 안 샀는데 받, 받아도 돼요?"

"다음에 화분이 필요하면 또 오면 되지요."

"다음에 꼭, 꼭 올게요."

남학생은 '꼭'이란 말을 엄청나게 강조하였다.

"야! 야! 야!"

꽃집을 나서자마자 수명 연장제를 든 남학생은 친구를 또 찔렀다.

"야! 여기 꽃집 누나, 너무 예쁘지 않냐?"

남학생이 꽃집 안을 흘깃거렸다. 마디는 이미 화분을 손보면서 제

할 일에 열중하는 중이었다.

"꽃집 누나인데 당근이지."

친구는 대수롭지 않게 대꾸했다.

"향기도 엄청 좋더라. 그치?"

"임마! 그게 꽃 냄새이지, 저 누나의 냄새겠냐?"

"나이가 우리보다 되게 많아 보이지는 않던데 내가 전화번호라도 물어볼까?"

"저 누나가 알려나 준대?"

"씨! 왜 안 되는데?"

"자식아, 니 얼굴을 생각해라."

친구는 입술을 한쪽으로 올리면서 빈정거렸다.

"내 얼굴이 뭐가 어때서?"

"아까 꽃집 안에서도 무슨 불타는 곰발바닥인 줄. 말은 또 왜 더, 더듬거리는데! 내, 내가 다 부끄러웠다."

친구는 얼굴을 가리며 웃었고 남학생의 손은 친구를 향해 들렸다.

"제군들, 동작 그만!"

그 동작을 저지한 것은 다름 아닌 아서였다.

"왜, 왜요?"

"누, 누구신데요? 우, 우리가 뭐 잘못했어요?"

일부러 입고 나온 아서의 경찰 제복이 두 남학생을 단번에 기죽게 했다.

"나? 나는 방금 전에 너희들이 예쁘다고 했던 저 꽃집 누나의 애인."

아서는 종이봉투를 든 채로 양손은 위엄 있게 포갰다.

"그러니까 꽃집 누나한테 작업을 걸 생각은 하지 않는다. 알겠지?"

"씨! 누가 뭐라 그랬어요?"

다시 불타는 곰발바닥이 된 남학생은 제 친구의 목을 끌어안고 뒷걸음으로 사라져갔다.

"오빠, 어쩐 일이야? 한참 근무할 시간인데."

마디는 이파리를 닦아내던 수건을 놓으며 아서를 맞았다. 하루도 거르지 않고 꽃잎과 이파리들을 일일이 닦아내 주는 것을 마디는 사명처럼 해내었다.

"여기 탑마트에 외근을 나왔던 길이야."

아서는 마디에게 종이봉투를 내밀었다. 마디가 좋아하는 중앙시장표 국화 모양의 풀빵이었다.

"왜 혼자야?"

"부모님들은 진주시 화훼 종사자 정기 모임에 갔어. 분기별로 한 번씩 일 년에 4번, 총회가 있잖아."

"어머니 표 밥 한 끼 얻어먹고 돌아가려고 했는데 아쉽네."

"다음에 꼭. 그런데 오빠는 여기까지 무슨 일로 왔어?"

"경남 학생 인권 조례 반대 집회. 나도 몇 조항 봤는데 10대 청소년들에게 임신, 출산, 낙태, 교내 동성애 행위 허용 등 정말 10대들과 나라의 미래를 망치는 조항들이 수두룩하더라고."

"나도 알아. 나도 결사반대하는 입장이니까. 그런데 경찰서 정보과에서 그런 집회 단속 같은 일도 하는 거야?"

"이번에는 규모가 좀 크거든. 비까지 내리고 있으니까."

아서는 마디가 내어주는 간이의자에 앉았다.

"어머니, 아버지는 언제 오시는 거야?"

"거의 돌아오실 시간이 되긴 했어."

"아쉽다. 계셨으면 이른 저녁을 같이 먹어도 되는데."

"그럼 나랑 같이 저녁 먹을래? 며칠 전 월급을 타서 내 주머니가 마침 두둑하거든."

"그럼 오랜만에 한마디 표 저녁을 얻어먹어 볼까?"

"기대하셔도 좋지. 참 그런데 말이야. 오빠!"

안 그래도 저번 날 밤에 모퉁이 집에 찾아갔던 일로 아서에게 물어볼 말이 있었는데 잘 되었다.

"있잖아. 누가 그러는데, 그 대상이 사람이 아닌데 뭔가 굉장히 그립고 아련한 느낌이 든대. 그건 왜일 것 같아?"

"사람이 아닌 게 그립다고? 그렇다면 추억이 깃든 물건이거나 장소이겠네."

망설임도 없이 나온 예리한 아서다운 답변이었다.

"그런 건 아닐 걸."

"그럼 혹시 그것에 대한 기억을 잃은 것일 수도 있지. 기억은 잃었지만 그리움은 흔적이 되어 남는 법이니까."

제발 아서 저도 제 할머니에 대해서 그렇게 되었으면 좋겠다.

"그럼 있잖아. 누군가 자기를 볼 때마다 한겨울처럼 군대. 손 시린 북서풍처럼. 그런데 화가 나거나 싫지가 않다네. 오히려 봄처럼 따스하게 대하고 싶대. 왜 그럴까?"

"남자야?"

국화 모양의 풀빵을 베어 물던 아서의 입이 멈추었다.

"그게 중요한 건 아니고."

"그게 왜 안 중요해? 남자라면 이유는 딱 하나뿐인데. 네가 그 남자한테 마음이 있다는 것."

"내 얘기를 하는 건 아닌데."

이건 사실 '절대 내 얘기'라는 것을 강조하는 것이었다.

"너, 오빠가 한 말 잘 기억하고 있지? 내 허락 없이 아무나 만나고 그러면 절대 안 된다고 했던 말."

"그건 귀에 못이 박히도록 들었네요. 그런데 정말 내 얘기 아니라니까."

"하긴 뭐 나 모르게 너한테 그런 사람이 절대 있을 리가 없지."

아서는 안다. 이런 순간의 절대는 '설마가 사람 잡는다'라는 속담이었다.

"어쨌든 남자는 남자가 봐야 아는 법. 앞으로 너한테 누군가 생기면 오빠한테는 숨기기 없다. 오빠 일단 복귀해야겠어."

아서는 뒤돌아서기 전, 마디의 어깨를 잡아 주는 것을 빠뜨리지 않았다.

"오빠, 잘 가고 나중에 봐."

아서의 순찰차가 떠났다. 마디는 오래오래 지켜보았다. 그리고 그 순찰차를 지켜본 것은 마디만이 아니었다. 꽃집의 건너편에 차 한 대가 임시 주차되어 있었다. 운전석에 앉아 핸들을 꼭 틀어쥔 도유의 모습은 빗물이 가려 주었다.


마린은 현지마을 건너 아파트촌 상가에 있는 비빔밥집의 단골이었다. 유기농으로 재배한 채소의 가짓수가 10개는 넘는 한 상 차림이 용남의 집밥만큼이나 좋았다. 마린의 맞은편에서 부지런히 수저를 놀리는 이는 서휘였다. 마을회관에 다녀오던 날의 약속을 지키는 중이었다.

"서휘 오빠! 정말 맛있지 않아요? 대전 같이 큰 도시에서는 이렇게 싱싱한 채소를 보기 힘들죠?"

"마린이가 사 주는 거라 그런지 더 맛있는데."

서휘는 우리 회사에서는 그런 채소를 재배하기까지 한다는 말은 구태여 하지 않았다.

"오빠는 그럼 비서학과를 전공한 거예요?"

서휘는 자신의 직업을 도유의 개인 비서라고 밝혔었다.

"아니. 간호학과."

"멋지네요. 남자 간호사라니. 그런데 왜 간호사 대신 이 일을 하는 거예요?"

"간호사는 적성에 맞지 않아서."

사실 간호학과는 순전히 제 생명의 은인인 도유를 위해서 선택하였다.

"쿠키 굽는 건 어디에서 배웠어요? 간호학과에서 그런 걸 가르치지는 않을 텐데요."

"그냥 취미로 하는 거야. 고등학생 때부터 좋아했어."

"특별한 비법 같은 게 있어요."

"그런 건 없어."

"언제 나도 가르쳐 줄 수 있어요."

"글쎄."

그런 기회는 당연히 있을 리가 없었다.

"부럽다. 오빠의 엄마는 요리를 잘하시는 분이신가 봐요. 우리 엄마는 꽃집 일로 너무 바빠서 같이 앉아 밥 먹는 것도 힘들거든요."

서휘는 시린 웃음으로 답을 대신했다. 고아원 문 앞에 버려져 고아원에서 자란 서휘에게 '엄마'는 불러볼 기회조차 없던 단어였다.

"그리고 오빠, 채소를 보니까 하는 말인데 모퉁이 집의 마당이 꽤 넓을 텐데 혹시 마당에서 채소를 키우거나 하지는 않아요?"

"우리 대표님이 꽃을 좋아하셔서 우리 마당은 다 꽃들 천지이지."

"딱 한 번만 볼 수 있었으면."

마린의 볼이 음식 때문이 아니라 호기심으로 가득 차서 볼록했다.

"마린아! 넌 그렇게 우리 집이 궁금해?"

귀엽다. 서휘의 눈에 마린은 해바라기 씨를 잔뜩 품은 햄스터 한 마리였다.

"당근 십만 개죠. 나는 오빠가 초대만 해 주면 진심 언제든 갈 수 있어요."

얼굴도 모르는 모도유 대표님만 아니라면 마린의 성격상 그냥도 쳐들어갔다.

"그래? 혹시나 모르겠네. 우리 회장님이 5월에 다니러 오신다고 했으니까 그때 기회가 생길지도."

서휘는 제가 나서서라도 진짜 그런 기회를 만들어야겠다고 결정했다.

"정말? 정말이죠? 그런데 그 회장님은 누군데요?"

햄스터의 입이 쩍 벌어졌다. 입술 밑으로 드러난 마린의 이빨마저 햄스터를 닮았다.

"우리 대표님의 할아버지."

"어쩐지? 역시나 회장님의 손자였어."

높은 담장으로도 가릴 수 없는 모퉁이 집 본체의 모습은 마린이 보기에는 성과도 같았다.

"서휘 오빠! 그럼 나도 오빠를 초대할게요. 그때쯤 우리 언니도 마을회관에서 아쟁 연주를 하거든요. 오빠도 그때 와 봐요. 밤에 하는 거니까 이왕이면 드라큘라 대표님도 함께."

"마디 씨가 우리 동네 마을회관에서도 연주회를 해?"

서휘는 어느새 현지 마을을 우리 동네라고 부르고 있었다.

"거창하게 연주회 이런 건 아니고요. 언니가 집에 다니러 올 때면 마을 어르신들을 위해서 연주를 하고는 했는데 이번에는 사고 때문에 정말 오랜만에 하게 되는 거죠."

"그렇겠네. 사고가 난 지 벌써 여러 달이 되었으니까."

서휘는 무심결에 한 말이었다.

"응? 오빠가 우리 언니 사고 났던 걸 알고 있었어요? 어떻게요?"

"그게, 어쨌든 우리 모퉁이 집이 그렇게 궁금하면 회장님이 오셨을 때 기회를 한 번 잡아볼게."

무심결에 한 말을 수습하느라 서휘는 애꿎은 젓가락을 휘둘렀다. 뜻밖에도 모퉁이 집에 입성할 기회를 얻게 된 마린은 지금 그게 중요한 것이 아니었고. 아슬아슬한 식사 시간이 그렇게 끝이 났다.


그 저녁, 도유는 마을 입구에서 달리던 걸음의 속도를 늦추었다. 아무것도 없는 어둠 속에 차 두 대가 서 있는 것 같아서였다. 아서의 자가용과 아까 낮에 보았던 순찰차. 어이없어 코웃음을 치며 좁은 골목으로 들어섰다.

"안녕하세요? 고객님."

뜻밖에도 골목 바로 앞에 서 있던 마디가 도유의 코웃음을 멈추게

그 모퉁이 집

했다.

"이 시간이면 꼭 운동하시는 것 같아서 기다리고 있었어요."

"꽃집이 나를 왜 기다립니까?"

말의 내용과는 다른 부드러운 제 말투에 도유는 숨을 삼켰다.

"제가 저번에 말씀드렸는데요. 제 이름은 꽃집이 아니고 한마디에요."

"그래서, 한마디 씨가 이 늦은 시간에 나를 왜 기다린 거죠?"

도유의 모든 것이 단번에 잔잔해져 버렸다.

"저를 구해주신 것에 대해 감사 인사를 전하고 싶어서요. 꼭 받아주세요."

마디는 제 품에 안고 있던 투명한 가방을 내밀었다. 키우기가 힘들어 시중에서는 유통이 되지 않는 개량종 하얀 장미 화분이 담겨 있었다.

"고객님이 제 생명을 구해 주셨는데 뭘 드려야 하나 오래 고민했어요. 모퉁이 집에 이미 온갖 귀한 꽃들이 가득하긴 하지만 그래도 제일 좋겠다 싶은 것이 꽃이라서요."

마디는 혹시나 또 정전기가 일어날까 봐 가방의 옆을 잡고 손잡이 부분 쪽을 내밀었다.

"일부러 한 일도 아닌데 이럴 필요까지 없어요."

"일부러 한 일이 아니니까 더 감사하죠."

"고마워요. 잘 키울게요."

무장해제. 도유가 꺼내려고 했던 날 선 말들이 전의를 상실하고 패배를 선언했다.

"이제 그만 들어가 보셔야죠. 저도 얼른 돌아가야 해요."

용남은 마디가 모퉁이 집 앞에 가서 섰던 밤 이후로, 마디의 밤 외출에 유독 신경을 곤두세우고 있었다. 도유가 걸어가는 옆으로 마디가 나란히 섰다. 앞뒤로 걸어갔던 그림자의 시선이 같은 높이가 되었다.

도유는 낮에 보았던 모습을 떠올렸다. 다정하게 마주 보던 아서와 마디의 눈길. 꽃집을 나서기 전 마디의 어깨에 머물렀던 아서의 두 손. 아서의 순찰차가 사라지기까지 문 앞에서 손을 흔들던 마디. 아서의 손이 머물렀던 마디의 어깨에 자잘하게 젖어 들던 빗줄기. 그때 도유의 팔꿈치 옆에서 붉은 나무 문양이 빛을 발하였다.

마디는 아서가 했던 말을 떠올렸다. 정말일까? 제 마음의 어느 조각이 정말 이 사람에게 가 있는 걸까? 처음에는 눈빛에 찔렸던 사람. 제대로 보니 꽃 같은 남자. 이제는 저를 도와주고 제 생명의 은인이 된 이 남자.

도유는 마디가 모퉁이를 다 돌아 사라지기까지 지켜보았다. 대문을 열고 들어서니 해눈은 백단심 무궁화 안에서 이미 잠들어 있었다. 부쩍 잠이 길어진 해눈이었다. 텃밭 옆 엉겅퀴에서는 꽃들이 벌어지기 시작했다. 밤의 정령 같은 진보라 꽃잎들이었다.


다음 날의 날씨는 전형적인 4월의 얼굴을 하고 있었다. 마디는 자전거를 타고 모퉁이 집으로 갔다. 담장 너머로 마당에 이미 나와 서 있는 사람이 들여다보였다. 홍가시나무 담장을 사이에 두고 마디와 눈길이 마주친 사람은 서휘가 아니라 뜻밖에도 도유였다.

"오늘은 자전거를 타고 왔네요."

"날씨가 좋은 날은 종종 타고 다녀요."

"서휘는 삼천포 수산 시장에 새벽 장을 보러 갔습니다."

도유는 문을 열고 나오자마자 서휘가 없는 이유를 밝혔다.

"저번에도 우리 마린이랑 같이 마을회관 어르신들에게 회를 대접했다고 하던데?"

"서휘야 워낙 친화력이 좋습니다."

어젯밤 마당에는 잠든 해눈 뿐만이 아니라 서휘도 있었다. 아무 말도 안 하고 현관으로 먼저 들어가던 서휘는 대형 치즈를 발견한 생쥐처럼 생글거리고 있었다. 오늘 아침에는 삼천포 수산 시장에 다녀오겠다며 보고가 아닌 선전포고를 하고 나가 버렸다.

"우리 마린이도 그런 서휘 씨가 참 좋다고 하더라고요."

마린은 어쩌면 모퉁이 집에 정식으로 소개를 받을지도 모르겠다면서 만세를 불러댔다. 무슨 옷을 입고 가야 할지 모르겠다면서 옷장도 몽땅 뒤집어 놓았다. 그래봐야 어느 옷이나 똑같이 달려 있는 것은 밑이 터진 글솜씨의 호주머니일 것이었다.

"두 사람이 자주 만나나 봅니다."

"마린이가 서휘 씨 이야기를 많이 하기는 하죠."

마주 선 사람은 도유와 마디인데 이야기를 나누는 것은 우습게도 서휘와 마린이었다.

"어젯밤의 흰 장미는 정말 고마웠어요."

"모퉁이 집에서 행복하겠죠."

행복한 그 흰 장미는 지금 도유의 방 창가에 놓여 있었다. 도유는 들어가서 차라도 한잔하고 가라고 할까 망설였다. 마디는 도유를 제 아쟁 연주에 초대할까 망설였다. 하지만 결국 망설임은 망설이기만 하다가 끝나고 말았다.

"그럼 고객님. 오늘도 즐겁고 건강한 하루가 되세요."

마디가 벗겨내는 자전거의 거치대 소리가 경쾌하였다.

"모도유입니다."

"네? 고객님, 지금 뭐라고?"

돌아서던 마디는 도유가 한 말을 처음에는 알아듣지를 못했다.

"이름 말입니다. 한마디 씨의 이름이 꽃집이 아닌 것처럼 내 이름도 고객님이 아니고 모도유라고요."

순간 마디에게 피에로의 얼굴보다 더한 기쁨이 넘쳤다.

"네, 모도유 씨. 그럼 내일 또 뵐게요."

국악원 단원들끼리도 서로를 부를 때는 '씨'를 붙였었다. 이제 마디의 경쾌한 청바지가 페달을 저어가기 시작했다. 자전거의 속도가 시속 2,000km로 빨라졌다.

<모 대표, 고마워. 모퉁이 집으로 온 이후로 우리 마디풀이 제일 행복해 보여.>

해눈은 마디의 자전거 속도에 맞추어 마을 입구에까지 갔다가 왔다.

"아니, 나야말로 그동안 미안했어. 그대에게나 한마디 씨에게나 옳지 않은 행동을 했어."

<이제야 우리 모 대표답네.>

"하지만 그대에 대한 이야기를 들려주는 건 또 다른 문제야. 그대나 나나 한마디 씨가 거부감 없이 받아들일 수 있는 무게는 아니잖아."

<내 이름 해눈은 마디풀이 지어준 이름이야. 기회가 된다면 내 이름만 마디풀에게 알려 줘. 그러면 분명 마디풀의 기억이 모두 깨어날 거야.>

"그래. 그대의 말처럼 기회를 찾아보지."

그 모퉁이 집

<고마워. 그럼 나도 이제 홀가분하게 떠날 수 있게 됐어.>

"무슨 말이야? 그대가 나 없이 어디를 갈 수 있다고?"

해눈의 자리는 언제나 제 옆이니 도유는 그런 건 상상조차 해 본 적이 없었다.

<그러네. 내가 생각 없는 말을 했네. 대신 나도 모 대표에게 선물을 하나 줄게.>

"그대가 나한테 무슨 선물을?"

<앞으로 더는 나비 떼들이 모 대표에게 몰려들지 않을 거야. 내가 부탁할 수 있어. 그러니까 이제 편안히 외출하도록 해.>

"그럼 그럴 수 있는 걸 지금까지 일부러 놔둔 건가?"

<마디풀이 오는 시간에 모 대표가 자리를 피해 버리면 안 되니까.>

"얼씨구! 하나같이."

해눈의 눈동자에 죄가 하나도 없다는 말은 오늘로 당장 취소다. 어이없는 도유가 바라본 제 방 창문가에서 마디가 선물한 흰 장미가 고개를 내밀고 둘을 바라보았다.

'모 대표! 내 이름도 그대가 아니고 해눈이야. 모 대표도 나에게 처음에는 그냥 도유였지. 언제부터 우리도 서로의 이름을 부르지 않게 되었지?'

해눈의 속말은 장미 꽃잎처럼 하얗게 빛이 바랬다.

금산다리를 지나자 오른쪽으로는 초전공원, 왼쪽으로는 강변 자전거 도로를 낀 긴 4차선 도로가 나타났다. 시내의 평거동에서부터 이어진 기나긴 팥죽색 도로였다. 초전공원은 원래 17년간 진주시의 쓰레기 매립장으로 사용되었던 곳이다. 그런 곳을 또 10년간의 공사 끝에 2005년, 실내 수영장과 시민체육공원 그리고 종합실내체육관을 갖춘 대규모 공원으로 조성하게 되었다. 국내에서는 쓰레기 매립지로 공원을 조성한 첫 번째 사례라서 언론의 주목을 받았었다.

마디는 지금 자전거를 저어가고 있는 것이 제 다리인지 바람인지 모르겠다. 저는 가만히 있는데도 자동 모터라도 달린 듯이 앞으로 나아갔다.

그러니까 어쩌면 사고는 당연한 일이었다. 자전거 두 대가 겨우 스쳐 지나갈 좁은 면적에 그저 가운데를 질러놓은 페인트 선이 중앙선인 자전거 도로에서 그렇게 속력을 내었으니 말이다. 어! 어! 마디의 앞쪽에서 다급한 목소리가 들려왔다. 그 목소리가 도유의 음성을 밀어내고 마디가 앞을 보게 만들었다. 바로 앞에서 마주 보고 달려오는 자전거가 있었다. 상대편의 남자는 마디가 당연히 옆으로 피해갈 거라고 생각을 했던 모양이었다. 마디는 지금 방향을 거슬러 달리고 있었다.

마디는 급히 자전거의 핸들을 꺾었다. 제 부주의였으니 남자와 부딪치지 않도록 제가 길을 비켜 주겠다는 의도에서였다. 그런데 자전거도로의 폭은 마디의 예상보다 너무나 훨씬 더 좁았다. 게다가 도로에서 강 쪽은 경사가 급한 내리막길이었다. 마디는 이대로 꼼짝없이 경사로를 굴러 고수부지로 가서 나동그라질 판이었다. 못해도 어디한 군데 이상은 확실히 부러질 예정이었다. 마디는 비명도 지르지 못하고 눈을 질끈 감아 버렸다.

"이봐요! 아가씨, 괜찮아요?"

마주 오던 자전거에서 내린 40대의 남자가 마디를 내려다보았다. 마디는 천천히 눈을 떴다. 믿을 수 없지만 아무런 일도 일어나지 않았다. 마디는 고수부지 밑으로 굴러떨어지기는커녕 매달리듯이 경사로 위로 넘어지기만 하였다.

"네, 괜찮아요."

너무나 멀쩡한 저를 마디 자신도 믿을 수가 없었다.

"좁은 길에서 조심해야죠. 앞도 제대로 보지 않고 그렇게 달려만 오면 어떡합니까?"

자전거 남자의 성격은 너그러웠다. 다른 사람 같았으면 불같이 화를 낼 일이었다.

"죄송합니다. 정말 죄송합니다."

마디는 일어서지도 못한 채 사과부터 했다.

"천만다행인 줄 알아요, 아가씨. 난 꼼짝없이 아래로 굴러서 큰 사고라도 날 줄 알았어요."

"죄송합니다."

"내가 얼마나 놀랐던지. 그나저나 일어날 수 있겠어요?"

"괜찮습니다. 저는 정말 괜찮으니 그만 가 보셔도 될 것 같아요."

마디는 사실 창피해서라도 일어설 수가 없었다.

"나중에라도 몸이 이상하면 꼭 병원에 가 봐요. 그렇게 심하게 넘어졌는데."

남자는 다시 자전거에 올라탔다.

"참 신기하네. 그렇게 빨리 달리던 자전거가 어떻게 여기에서 딱 멈출 수가 있지? 팔뚝 쪽에서 이상한 빛이 반짝인 것 같기도 하고."

남자는 고개를 갸웃거린 후 자전거를 출발시켰다. 마디의 자전거 바퀴는 벌써 회전을 멈추었다. 남자가 사라지자 그제야 마디는 일어섰다. 옷을 다 털었고 그런 후에 몸의 여기저기를 살펴보았다. 손도 뒤집어 보고 발목도 돌려 보았다, 아픈 데도 없었고 작은 상처 하나도 난 곳이 없었다.

"나야말로 진짜 신기하네."

이번에는 제 자전거를 일으키려고 했다. 하지만 자전거를 반쯤 일으키다 말고 마디의 눈이 휘둥그레졌다. 자전거가 경사로의 시작에서 딱 멈춘 이유가 있었다. 자전거의 바퀴를 무언가가 돌돌 감아쥐고서 버텨 주었다. 푸르디푸른 강둑의 앵초 꽃줄기들. 그 키 작고 여린 꽃의 줄기들이 자전거 바퀴의 아래를 돌돌 감싸고 있었다. 마디를 구해주려고 제 손을 내밀어서 감아쥔 것처럼 말이다. 마디는 그만 다시 주저앉고 말았다. 그러는 마디의 팔뚝에서 도유가 찍어 준 향기의 인장이 빛을 발했다.

마디의 네 식구는 오랜만에 함께 저녁을 먹었다. 늦은 밤, 술에 취해 습관처럼 꽃집을 찾는 단골손님 두 명이 오늘은 다 이른 귀가를 한 덕분이었다.

"엄마! 나, 엄마의 무릎을 베고 누워도 되죠?"

마린은 용남이 후식으로 내 온 과일은 거들떠보지도 않고 어리광을 피웠다.

"안 된다고 하면 안 할 테야?"

용남은 말과는 달리 자신의 허벅지를 두들겼다.

"가족 여러분! 내가 곧 모퉁이 집에 입성하게 된다네요!"

길게 늘어지던 마린이 갑자기 개선장군처럼 포크를 들어올렸다.

"그게 무슨 말이니?"

동우는 내일 아침 배달을 가야 할 화환과 꽃바구니 목록을 들여다보고 있었다.

"서휘 오빠가 나를 모퉁이 집으로 초대한다고 했거든요."

"넌 왜 잘 알지도 못하는 모퉁이 집 남자랑 계속 어울려 지내는 거야?"

마린의 이야기를 처음 들은 용남은 모퉁이 집 자체가 아예 못마땅하였다.

"알 만큼은 다 알거든요. 모퉁이 집의 모서리 아저씨는 회사의 대표. 서휘 오빠는 대표의 비서. 그리고 5월이면 회사의 회장님이 오시는데 그분이 모서리 아저씨의 할아버지. 이게 진심 그 집의 가계도예요."

"모서리는 또 누군데?"

동우는 마린과 서휘의 친분을 조금도 걱정하지 않았다.

"그 집의 모도유 아저씨. 요즘은 가끔 외출도 한다는데 사람이 어찌나 까칠한지 동네 분들이 다 그렇게 부르시더라고요."

"그렇게 까칠한 사람의 집에 넌 왜 그렇게 가고 싶은 건데?"

"아빠의 말씀이 맞아. 뭐 하러 일부러 그래?"

동유나 용남은 마린의 속셈은커녕 겉셈도 눈치채지 못하고 있었다.

"나는 그렇게 높이 솟은 담장 너머의 모퉁이 집 모습이 진심 궁금했거든요. 정원에 꽃들이 정말 많을 것 같고 또."

마린은 비밀도 많을 것 같다는 말은 덧붙이지 않았다.

"넌 나를 대신해서 일주일이나 모퉁이 집에 배달을 갔었고 또 매일 그 집 앞을 지나다니고 있으면서 정원의 모습은 한 번도 안 들여다봤었니? 그러고 보니 엄마도요?"

며칠 전의 자전거 사건으로 머리가 복잡한 마디는 그제야 대화에 끼어들었다.

"그러는 언니는 꼭 들여다본 것처럼 이야기하네."

"나야 봤지."

"언니야, 언니의 키가 얼만데?"

마린이 뚱딴지 꽃밭을 발견하기라도 한 듯한 표정으로 마디를 보았다. 동우나 용남도 마찬가지였다.

"나? 163. 너도 알잖아."

"그러니까! 키가 170인 내가 넘어다보려고 해도 안 보이는 정원을 언니가 어떻게 봤단 말이야? 말도 안 되는 소리를."

"아니, 홍가시……."

"콘크리트 담장이 높기는 또 얼마나 높아? 우리 마을에 그런 담장이 있는 집은 하나도 없는데. 하여간 특이해. 그러니까 다들 모서리라고 부르지."

"왜 모퉁이 집의 담장을 콘크리트 담장이라고 말해?"

마디는 마린이 하는 말을 하나도 이해할 수가 없었다.

"이 언니야 보게! 진심 내가 홍길동도 아닌데, 그럼, 콘크리트 담장을 콘크리트 담장이라고 부르지, 뭐라고 불러?"

"넌 그럼 그 담장이 뭔 줄 알았는데?"

"그래, 마디! 모퉁이 집에 대해서 왜 그렇게 이상한 말을 하니?"

세 쌍의 눈동자에 의아함이 담겼다. 특히나 마지막의 용남은 거의 겁에 질려있는 수준이었다. 순간 마디의 머릿속이 재빨리 회전하였다. 모퉁이 집의 담장이 높다고 하며 눈을 흘겼던 옥이 할머니. 드라마 극본을 준비한다면서 모퉁이 집 담장을 얘기했던 마린. 비가 오던 날, 담장 앞에 서 있던 저를 대문을 열고 나와서야 발견한 듯 놀랐던 서휘.

"아니요. 제가 보기에는 콘크리트보다는 벽돌에 가까워서요. 그리고 저는 배달을 가서 모퉁이 집에 한 번 들어가 본 적이 있거든요. 그때 정원도 봤고요. 마린이도 배달을 가서 그런 적이 있지 않았을까 해서 해 본 말이죠."

얼른 둘러댄 변명이 제법 그럴듯하여서 마디 자신조차 믿을 정도였다.

"그랬으면 좋게? 그 집의 모서리 아저씨가 어지간히도 나를 들어오게 했겠네."

"정말이지? 마디 너, 그 말 정말인 거지?"

용남이 모퉁이 집의 정원에 대해서 아무런 말도 하지 않은 이유가 이제야 밝혀졌다. 마디는 긍정의 뜻으로 고개를 끄덕였다.

"안 되겠다. 마린아! 그러지 말고 이제부터 모퉁이 집의 꽃다발 배달은 네가 가도록 하자."

"안 돼, 엄마."

마린이 비록 밑 터진 호주머니 글솜씨를 가지고 있지만 그나마 아침 시간에 글이 제일 잘 쓰였다.

"그럼 내일부터는 아예 꽃다발 배달을 못 하겠다고 할 거야."

용남의 질린 안색은 회복될 기색이 없었다.

"엄마, 아무것도 아닌 일로 왜 그러세요?"

마디 자신에게 이미 아무 일이었다. 며칠 전의 자전거 사건까지 더하면 말할 필요가 없었다. 하지만 마디는 가족에게까지 걱정을 끼치고 싶지 않았다.

"맞아. 당신은 왜 모퉁이 집의 이야기만 나오면 그렇게 예민해지는 거야?"

다행히도 동우가 마디의 아군이 되어 주었다. 용남은 할 말이 많았지만, 침묵을 선택했다. 자꾸 말꼬리를 이어가다가는 말실수를 하고 말 것 같아서였다.

그 후 마디는 도저히 잠에 들 수가 없었다. 휴대폰으로 시간을 몇 번이나 확인하고도 눈이 감기지 않았다. 결국 집을 나서고 말았다. 늦은 4월의 밤하늘은 별들이 가득 박힌 옷을 입었다. 어떤 보석쇼나 패션쇼에서도 본 적 없는, 어느 디자이너도 만들어 낼 수 없는, 수 세기를 이어서 반짝였던 아름다운 밤의 옷들이었다. 하릴없이 박태기나무 앞을 왔다 갔다 했다.

마디의 서성임이 멈춘 것은 갑작스러운 빛 때문이었다. 그림자도 삼켜버린 어둠을 젖히고 테니스 장 쪽에서 노란빛이 퍼져 나오고 있었다. 뭐지? 외지 사람들만 회원제로 찾아오는 테니스장은 9시면 폐장을 하였다.

가까이 다가가 보던 마디는 어느 순간 말소리도 듣게 되었다. 꽃집을 하는 마디네, 아버지가 일반 회사에 다니는 석이네, 미소가정의학과를 운영하는 진희 할머니네, 세 집을 제외하고는 모두 농사를 짓는 현지마을 사람들이었다. 벌써 2시. 내일을 위해 모두 멀고 먼 꿈의 나라로 떠났을 시간이었다.

마디는 테니스장의 펜스를 돌아섰다. 그리고는 뜻밖의 광경을 맞닥뜨렸다. 노란빛은 바로 펜스 옆에 늘어선 해바라기들에서 번져 나오고 있었다. 그냥 노란 정도가 아니라 무대용 조명이라도 단 듯이 샛노랬다. 그리고 도유는 근심에 찬 표정으로 해바라기를 들여다보고 서 있었다. 부드럽게 풀린 그의 눈빛은 다정하기도 하였다. 마디는 화들짝 펜스 옆으로 몸을 숨겼다.

그 모퉁이 집

"왜 이런 거야?"

도유는 해바라기의 꽃대를 살며시 쥐었다.

<사람들이 공을 줍는다고 우리를 함부로 헤집어 놔서요.>

대답을 하는 것은 꽃대가 꺾인 해바라기들이었다.

"지지대는 누가 세워준 거야?"

<마디 양이요.>

"누구? 하나꽃집의 한마디?"

<네. 맞아요, 꽃집 아가씨 마디 양. 마디 양은 언제나 우리 모두에게 친절하거든요.>

마디는 며칠 전 꽃대가 꺾인 해바라기들에게 지지대를 세워주었었다. 그중 두 가지 정도는 살 수가 없을 것 같아 내도록 신경이 쓰였었다.

"혹시 그래서 그런 거야? 저번 밤에 까치독사에 물릴 뻔했던 한마디를 도와 달라고 우리에게 알려준 것이?"

깊은 해눈의 잠을 깨운 것이 바로 해바라기들이었다.

<맞아요. 우리는 마디 양에게 늘 은혜를 입는데 갚을 수 있는 기회는 없잖아요.>

"한마디는 너희들에게 항상 그래?"

속삭이듯 말하는 도유의 눈빛이 잔 속의 포도주처럼 일렁였다.

<그럼요. 얼마나 정성껏 우리를 돌봐주는지 몰라요. 비가 뜸할 때면 물도 가져다주고 혹 가지가 꺾이거나 시든 아이들이 있으면 지지대를 세워주거나 가지치기도 해 주고 물이 넘칠 때면 신경 써서 고랑도 파주죠. 그나저나, 우리가 너무 크게 아프다고 소리를 질렀죠?>

그나마 꽃대가 덜 상한 해바라기가 마지막 남은 이파리들을 간들

거렸다.

"아니야. 내가 할 수 있는 일인데 당연히 해야지."

<우리는 그나마 괜찮은데 저 친구들은 저대로 두면 오늘 밤을 넘기지 못할 것 같아요.>

꽃대가 덜 상한 해바라기는 마디도 다시 살아나기가 어려울 것이라고 걱정했던 심하게 꺾인 해바라기를 가리켰다.

<이제 곧 꽃을 피울 준비도 해야 하는데 어떡하면 좋아요?>

"괜찮아. 아무 일도 없을 거야. 이제는 아무것도 걱정하지 않아도 돼."

도유는 심하게 꺾인 해바라기의 꽃대를 감쌌다. 그러자 굉장히 따스하고 사랑스러운 기운이 도유의 손에서 뿜어져 나오기 시작했다. 별만 가득한 밤을 조용히 흔들었다. 심하게 꺾인 해바라기들은 그 기운을 고스란히 흡수하였다.

<정말 감사해요.>

심하게 꺾였던 꽃대들이 점점 아물어 들기 시작하였다. 여기까지 목격한 마디는 몸을 웅크리고 주저앉고 말았다.

'왜? 왜 모도유 씨가 해바라기꽃이랑 대화를 나누고 있는 거지?'

마디의 얼굴이 달아오르고 치솟은 맥박과 심장은 미친 듯이 요동하였다.

'그리고……'

'멘붕'이라는 단어는 이럴 때 딱 적절하였다.

'난 왜 또 저 대화를 다 알아듣고 있는 거지? 도대체 뭐야, 모도유 씨? 그리고 난 또 뭐지?'

마디는 이제 거친 숨소리를 참을 수가 없게 되었다.

그런데 그때, 엎친 데 덮친 격으로 아파트 단지 쪽 비탈길에 계성이 모습을 드러냈다. 술에 취한 걸음이 어지러이 놓이며 펜스 쪽으로 다가오는 중이었다. 계성은 몸을 기댄 후 바지를 내렸다. 벌금 10만 원 이하의 경범죄인 노상 방뇨를 할 모양이었다. 현지마을의 구정물! 개성이라고 불리는 그에게 딱 어울리는 짓이었다. 마디는 당장이라도 일어나서 자리를 피하고 싶었다. 하지만 그럴 수가 없어서 대신 귀를 틀어막은 채 눈을 감았다. 계성이 도유나 저를 발견하게 될 경우는 상상조차 하기가 싫었다.

"쉿!"

하지만 그때였다. 어느새 다가왔는지 도유가 마디를 품어 안았다.

"괜찮아요. 다 괜찮을 겁니다."

해바라기로 건너가던 부드러운 속삭임이 마디의 귓가를 맴돌았다. 마디의 뒷머리를 감싸는 도유의 손길은 더 부드러웠다. 타히티의 꽃 사태 향기가 진동하며 주변은 정적에 감싸였다. 곧 들려야 할 노상 방뇨의 소리조차 들리지 않았다. 그러자 바들바들 떨리던 마디의 전신이, 거친 숨소리가 잦아들기 시작했다. 심장의 박동도 더 이상은 느껴지지 않았다. 저와 도유의 주변으로는 투명한 막 같은 것이 드리워졌다. 그 막 안에서 도유가 해바라기에 전하던 따스한 기운이 마디의 전신을 휘감았다. 안식이었다.

한참 만에야 마디는 천천히, 슬로우 모션의 화면이 움직이듯, 고개를 들었다. 도유는 마디가 고개를 들자마자 팔을 풀고 뒤로 물러나 한쪽 무릎을 세워서 앉았다. 계성은 이미 사라지고 없었다.

"내가 방금 무언가를 보고 듣고 느꼈어요. 그걸 내가 모도유 씨에게 물을 수 있어요?"

처음 나온 제 목소리가 너무 침착하여 마디 자신도 놀랐다. 계성의 일은 일단 두 번째였다.

"뜻밖의 반응이네요. 지금 한마디 씨가 보고 듣고 느낀 것들을 모두 믿는 겁니까?"

들켜서는 안 되는 모습이었다. 하지만 해바라기에 열중하느라 도유는 마디의 기척을 너무 늦게 알아차렸다.

"믿어요. 믿으니까 물을 수도 있는 거예요."

망설임 없는 대답이었다.

"그럼 물어요. 믿을 수 있게 답해 볼게요."

도유는 지금 마디의 심정이 어떨지도 이해가 되었다. 그러니 더 이상은 그 무엇도 숨기면 안 되었다.

"방금 모도유 씨, 해바라기와 이야기를 나누고 해바라기를 살린 것 맞죠?

"맞습니다."

"어떻게 그럴 수 있죠? 나는 또 어떻게 그럴 수 있었죠?"

"그 대답은 한마디 씨의 잃어버린 기억 속에 있어요."

"잃어버린 기억이요? 내게 그런 건 없어요."

"있습니다. 다만 잃어버렸다는 것을 잊었을 뿐이에요. 그러니까 한마디 씨가 품고 있는 모든 물음표를 나한테 건네요."

"지금 모도유 씨와 나를 감싸고 있는 이 막 같은 건 뭐예요?"

"이파리의 결계. 초록 이파리만 있으면 어디서든 내가 만들어 낼 수 있는 것. 이 결계를 치면 결계와 결계 바깥은 완전히 단절이 돼요. 아무도 이 결계 안을 볼 수도 들을 수도 없죠. 아까의 그 술주정뱅이처럼. 이건 홍가시나무 담장도 같은 이치예요."

그 모퉁이 집

"모퉁이 집의 홍가시나무 담장이요? 그럼 그것도 모도유 씨가?"

"그래요. 내가 만들었고 그래서 한마디 씨와 나만 볼 수 있어요."

잠시의 침묵. 하지만 꼬리는 참 길었다.

"자전거를 타고 배달을 왔던 날, 꽃집으로 돌아가던 길에 사고가 있었어요. 비탈길을 굴러 꼼짝없이 나동그라질 뻔했는데 앵초 꽃들이 자전거 바퀴를 감아서 나를 구해 주었어요. 그것도 혹시 모도유 씨 덕분이에요?"

가족에게도 털어놓지 못한 것을 이제야 말을 할 수 있었다. 도유 앞에서 도유이기에.

"덕분이라고 말을 해도 된다면, 맞아요."

"모퉁이 집에서 난 열대림의 꽃 사태 같은 향기를 느꼈어요. 돌이켜 생각해 보면 온실도 아닌 일반 정원에서는 풍길 수 없는 향이었어요."

마디는 도유의 말처럼 제 모든 물음표를 건네 볼 작정이었다.

"우리 집 뒤뜰에 온실이 있기는 하지만 그 탓은 아닐 겁니다."

모두 도유와 해눈이 함께 있기에 만들어지는 향기였다.

"모도유 씨와 손이 맞닿은 날, 강렬한 전기를 느꼈어요. 모도유 씨는 아니라고 했는데 거짓말이었죠?"

"네."

"까치독사에게서 나를 구했던 밤, 산책을 나왔다고 했던 것도 거짓말이죠?"

"네."

"나한테 자세히 설명해 주실 수 있어요?"

"그보다 먼저. 한마디 씨가 이 모든 일들을 통해 느끼는 감정은 뭡니까?"

"우리 아빠는 늘 그러셨어요. 꽃으로는 악한 일을 할 수가 없다. 내가 겪은 이 모든 일들은 꽃과 꽃들의 모퉁이 집에 관한 것이죠. 그러니까 나는 최소한 나쁜 일이라고는 생각하지 않아요."

"무섭지는 않아요?"

"'무섭다'는 나쁜 일에 속하는 감정이죠."

"혼란스럽지는 않고요?"

"잘 정리하면 좋은 일일 혼란스러움이라고 믿어요."

"그럼 내가 한마디 씨의 기억을 깨울 트리거(최면을 깨우는 신호)를 하나 드리죠."

도유의 말만으로는 절대 마디를 이해시킬 수도, 기억을 깨울 수도 없을 터였다.

"내가 아까 말했죠? 홍가시나무 담장을 보는 사람은 한마디 씨와 나뿐이라고. 사실은 한 존재가 더 있어요."

"존재요? 사람이 아니란 말이에요?"

"나는 그를 '그대'라고 부릅니다."

"그대는 지금 어디에 있는데요?"

"나와 함께 모퉁이 집에. 기억해 봐요. 그대의 이름은 해눈입니다. 한마디 씨가 지어준 이름이죠. 그대와 한마디 씨는 천녀도에서 만났어요."

"천녀도요? 우리 외가가 있는 천녀도 말이에요?"

"맞아요."

"그럼 혹시 천녀도의 숲길에서 내가 해눈이나 모도유 씨를 만났었나요?"

줄곧 제 꿈을 독차지하고 있는 천녀도의 남자아이가 떠올랐다.

"아닙니다. 한마디 씨가 만난 건 그대이고 나는 한마디 씨와 그대가 만나는 걸 지켜봤어요."

"어떻게요? 모도유 씨는 천녀도에 사는 사람도 아니잖아요."

마디는 몇 되지 않는 천녀도의 주민들을 다 알고 있었다.

"거기에 우리 별장이 있어요. 난 별장에 다니러 갔던 것이고. 그 당시의 한마디 씨는 그대를 알아보고 또 특별한 능력도 가지고 있었어요."

"어떤 능력이요?"

"안타깝지만 그 해답도 한마디 씨의 기억 속에. 그런데 한마디 씨는 내가 두렵지 않아요?"

"날 도와주고 내 목숨을 구해주고 죽어가는 해바라기도 살려 주었어요. 그런 모도유 씨를 내가 두려워해야 하나요?"

도유는 울컥 치밀어 오르는 감정을 겨우 억눌렀다. 제가 마디를 잘못 보았다. 아무리 마디의 능력이 살아있어도, 기억이 없는 한 보고 들은 것을 부정하고 자신을 두려워할 줄 알았다. 하지만 12살의 어렸던 여자아이는, 어느 날의 충격으로 모든 기억을 지운 작은 소녀는, 이제 성숙하고 강인한 여자가 되었다. 꿈과 동화를 믿는 12살 소녀의 감성은 그대로 간직한 채로.

"그대는 한마디 씨를 많이 그리워하고 있어요. 한마디 씨는 그대 일생의 단 하나의 소녀이니까."

"해눈이라는 그대가 내게 바라는 건 뭔데요?"

"바라는 것, 그런 건 없어요. 멀리서나마 지켜보고 싶다는 소망이 바라는 것이라면 딱 그 정도."

"그럼 나머지는 모두 내 숙제네요. 내가 해눈이라는 이름을 기억해 내는 것."

"아마 그럴 겁니다."

"시간이 필요할 거예요. 어쩌면 많이."

"이 정도로도 난 충분히 감사하니, 시간은 얼마든지."

이제 진실의 뚜껑은 열렸다. 이 안을 제대로 들여다보는 것은 오롯이 마디의 몫이었다. 도유는 최선을 다해서 뚜껑을 젖혔다. 그러니 마디가 그 안을 제대로 다 기억해 내기를 기도하며 기다리는 일만이 남았다.

### 해바라기의 꽃말은 <숭배 혹은 기다림>

흰 장미의 아쟁 선율
(흰 장미)

시간이 검은 삼베옷을 입고 저녁이 되었다. 은밀한 그림자 두 개가 모퉁이 집에서 빠져나왔다. 달도 없는 밤인데 살금살금 소리를 죽여서 본채 옆 창고로 들어갔다. 창고의 맨 구석에는 장식장 하나가 서 있었다. 경첩이 떨어져서 사용하지 않고 창고에 넣어두었다. 그림자 하나가 장식장을 밀자 힘을 들이지 않고도 옆으로 밀려났다. 그 밑에는 거친 멍석이 깔려 있었다.

"늦었다. 서둘러."

퉁명스러운 재촉에 멍석을 들추는 다른 그림자의 손이 폭풍을 맞는 나뭇가지처럼 요동을 쳤다. 곧 지하로 통하는 나무문이 드러났다. 나무문까지 옆으로 젖히자 이번에는 계단이 나왔다. 지하로 통하는 계단이었다. 지하로 내려서니 넓은 실내였다. 다른 그림자가 실내에 첫발을 딛자 위에서 자개농을 제 자리에 갖다 두는 소리가 울려왔다.

지하 실내에는 일본식 다다미 침대가 하나, 커다란 서랍장이 하나, 제단 하나가 있었다. 제단 바로 위 넓은 벽면에는 일본인들이

소위 하늘의 황제, 즉 천황이라 부르는 일왕(日王)의 사진이 걸렸
고 제단에는 일본인들이 조상신을 모시는 위패가 놓였다. 그 옆에
는 향이 두 개 타고 있었다.

"왜 이렇게 늦었지?"

다다미 침대 위에 앉아 있는 사람은 뜻밖에도 윤송이었다.

"그거이, 쩌기, 순아 어멈이, 오늘은 잠이 늦게 들어서리."

다른 그림자는 놀랍게도 어리고 여린 옥이였다.

"내가 몇 번을 말했어? 들어오면 바로 여기에 와서 누우라고."

윤송이 손끝으로 다다미 침대 위를 가리켰다. 그 손길과 옥이를
보는 눈길 그리고 옥이를 향하는 말투는 윤송의 것이라고는 믿기
가 어려웠다. 살을 베어 버리는 듯 악랄하고도 잔인하였다. 검정
치마를 쥐어 잡은 옥이의 손은 핏기가 걷혔다, 어지러운 향내는
구역질이 치밀었다. 침대로 다가가는 시간은 몇백 년이나 걸리는
듯해서 아무리 반복을 해도 적응이 안 되었다.

"버러지 같은 것이! 은조에게 쓸데없는 소리를 나불대는 것은
아니겠지?"

윤송의 말이 갈고리가 달린 채찍이 되어 옥이를 후려쳤다.

"제까짓 꺼이 은조 아씨께 머라 달리 드릴 말씀이 있겠십니꺼?"

윤송 앞의 옥이는 광견 앞의 생쥐였다.

"맞다. 똑바로 알거라. 너는 버러지라는 것을. 그리고 버러지인
너나 네 가족의 목숨은 몽땅 내게 달렸다는 것을."

옥이가 눕자마자 저고리의 고름이 난폭하게 풀어 헤쳐졌다. 여
기저기 멍이 든 여리고 작은 상체가 드러났다. 모두 윤송이 만들어
놓은 낙인이었다.

"未開の朝鮮人めが! (미까이노 조센징메가! – 미개한 조센징 같으니라고!)"

윤송은 욕설을 퍼부으면서 옥이의 덜 자란 가슴 더미에 얼굴을 묻었다. 윤송은 은조를 끔찍하게 아꼈다. 옥이가 보기에도 그것만은 진정인 듯했다. 하지만 사랑하는 여인을 안지 못하는 남자의 욕구. 옥이는 고스란히 그 희생양이 되어야만 했다. 향을 피운 지하실에서 윤송이 저를 유린할 때마다 윤송은 꼭 은조의 이름을 불렀다. 옥이에게는 저주와 폭언을 퍼부었지만 은조에게는 사랑의 밀어를 속삭였다.

딸만 다섯인 집의 유일한 남자인 옥이의 남동생 돌이. 진주 시내에서 중학교에 다니는 돌이가 어느 날 진주경찰서에 돌을 던졌다. 모진 고문을 받으면서 바로 형무소에 수감된 돌이를 꺼내준 사람이 윤송이었다. 윤송이 아니면 언제라도 돌이는 다시 일본 경찰에 끌려갈 것이었다. 그것을 지켜주는 대가로 윤송은 옥이의 몸을 요구하였다. 옥이는 윤송에게 작은 대항도 할 수가 없었다.

그래서 옥이는 윤송을 볼 때마다 생각했다. 죽어버리면 좋겠다고. 어느 날 죽어서 흔적 하나도 없이 사라져 버리면 좋겠다고.

옥이는 그래서 은조도 미웠다. 글자를 가르쳐 주고 아쟁을 연주해 주는 은조는 옥이에게 고마운 사람이었다. 하지만 은조로 인해 제가 겪는 끔찍한 지옥은 모두 은조가 만든 것이었다. 은조가 오기 전에는 이렇게까지 저를 유린하지는 않았다. 일본식 욕탕에서 은조의 등을 밀 때면 그 가늘고 하얀 목을 꺾어 버리고 싶다는 상상을 그래서 몇 번이나 하였다.

하지만 그 무엇보다도 궁핍한 제 본가에서 하숙을 하고 있는 다

카키. 진주경찰서의 형사부장. 다카키라 불리지만, 사실은 대한제
국의 사내인 구헌.

옥이는 처음 제집에 하숙을 들던 날부터 구헌이 좋았다. 날카롭
고 차가운 외모를 지녔지만, 마음만은 누구보다 따뜻하고 인간적
인 그가 정말 좋았다. 제 혼인식 날 옆에 서 있는 두루마기 정장의
신랑이 구헌인 꿈도 꾸었다. 윤송이 제 위에서 저를 짓밟을 때마다
구헌을 생각하면서 참았다.

그랬는데……

오늘 확실하게 알았다. 몇 번의 미행 끝에 알게 된 사실. 은조가
만나는 사람. 은조의 연인이자 은조의 아이의 아버지. 그가 바로
구헌이었고 은조가 이미 구헌의 아내였다. 제 꿈은 이제 죽었다 깨
나도 이루어질 수 없는 절대 불가능한 것이었다.


*"모퉁이 집의 아가씨에게 글자를 배운다고? 그럼 내가 새 펜을
하나 선물해도 될까?"*


본가에 다니러 갔던 날, 구헌이 제게 새 펜을 내밀었다. 그게 제
게 주는 마음 같아서 옥이는 귀하게 받들어 왔다. 그런데 아니었
다. 이제야 알겠다. 구헌이 제게 펜을 선물한 것도 모두 은조 때문
이라는 것을.

"모두 다 죽여버릴 거야! 고윤송, 은조 아씨, 내가 당신들을 모
두 다 죽여버릴 거라고!"

모질도록 질겨서 절대 끊어지지 않는 봄 풀들을 쥐어뜯었었다.


그 모퉁이 집

그게 지금의 제 가슴이었다. 옥이는 찢어지는 아픔을 참아가면서 구헌의 얼굴을 떠올렸다. 더없이 따스한 눈빛과 다정한 목소리로 제게 펜을 선물해 주었던 그 얼굴을.


　대전 도유의 집 정원에는 커다란 배롱나무가 있었다. 근식이 세운 ㈜키움이 5층짜리 사옥을 건축한 기념으로 심어놓았다.

　<안녕, 아가야!>

　어린 도유에게 배롱나무가 말을 걸어왔다. 낮게 깔린 목소리는 근식보다 나이가 들었다. 도유는 아장아장 걸어가서 배롱나무의 둥치를 붙잡았다.

　<귀한 아가야! 너 또한 꽃의 기운을 지녔구나. 곧게 푸르게 자라라. 상처받지도 말고 흔들리지도 말고 말이다.>

　반대편 야외탁자에는 근식과 부모님이 앉아서 과일을 먹고 있었다. 도나는 아직 어머니의 자궁에 들어서기도 전이었다. 도유는 뒤뚱거리는 걸음으로 가족들에게 다가갔다.

　"할아버지! 할아버지!"

　제일 먼저 근식을 부른 것은 태어나서부터 제 부모보다는 근식을 더 좋아했던 까닭이었다.

　"오냐. 우리 강아지."

　근식이 일어나 도유를 번쩍 안아 들었다.

　"아버님, 자꾸 그러시면 허리 상하신다니까요."

　"괜찮다. 괜찮아. 우리 강아지 보는 재미로 사는 난데 아무런 상관도 없어."

　어머니가 만류해도 신경을 쓰지 않았다. 근식은 스무 살에 결혼하고 자식을 빨리 보기도 해서 이제 막 쉰 살이었다.

"할아버지, 저기 나무."

도유는 근식의 품에 안겨 배롱나무를 가리켰다.

"나무가 왜?"

"나무가 도유한테 구한 아가야! 이렇게 불렀쪄요."

순간 근식과 부모님의 얼굴에서 웃음이 딱 사라지고 말았다. 화기 애애하던 주변의 분위기도 급속도로 차가워졌다.

"도유야, 너 지금 뭐라고 했니?"

어머니가 의자에서 후다닥 일어났다.

"나무가 도유한테, 할아버지처럼 '구한 아가야. 잘 자라라' 이렇게 말했쪄요."

도유는 똑같은 말을 반복했다. 근식이나 부모님이나 더 이상은 말이 없었다. 그날이 시작이었다. 꽃과 나무들이 도유에게 말을 걸고 도유가 던진 말에 대답을 해 주기 시작한 것. 그들은 모두 도유의 친구가 그리고 가족이 되어 주었다.

도유는 유치원에도 다니지 않았다. 근식이 직접 데리고 앉아서 글자도 가르치고 숫자도 가르쳤다. 사람 친구가 따로 없었지만 도나가 태어나면서부터 그것도 상관은 없었다.

초등학교에 입학하게 되었다. 어머니는 도유의 입학 준비를 하면서도 기쁜 얼굴이 아니었다.

"도유야, 학교에 가게 되면 절대로 꽃들이 말을 한다는 것도 말하면 안 되고 꽃들이 너한테 들려준 이야기도 하면 안 돼. 이건 우리들만의 비밀이야. 잘 할 수 있지?"

어머니는 이 말만 수백 번 넘게 반복했고 도유는 손가락을 걸었다.

그 모퉁이 집

인제 저도 도나처럼 사람 친구가 생기겠다 싶어서 기대감에 잔뜩 부풀어 있었다. 입학하고 한동안은 아무런 일도 없었다. 도유는 반의 친구들과 잘 어울렸고 빼어나게 예쁜 얼굴 탓에 인기도 많았다.

어느 날, 반에서 분실 사고가 일어났다. 유미라는 여자아이가 제 아빠가 사다 준 가방 고리를 잃어버리고 말았던 것이다. 유럽 출장 중에 사다 준 비싼 거라면서 한참을 자랑했던 물건이었다.

"여러분! 나는 여러분을 믿어요. 우리가 친구의 물건이 너무 예쁘다 보면 한 번쯤 갖고 싶기도 할 거예요. 그래서 사실 한 번 가져 볼 수도 있고요, 맞죠?"

선생님이 교실로 오고 한바탕 난리가 났다. 책가방에 달려있어서 반 아이의 소행이 아니면 없어질 수가 없었다.

"하지만 그건 친구의 마음을 아프게 하는 것이고 여러분의 마음도 같이 아프게 하는 일이에요. 그건 몸을 아프게 하는 일보다 더 나쁜 일이죠. 선생님은 지금 교무실로 돌아갈 테니까 혹시 유미의 마음이 더 이상 아프지 않기를 바라는 친구가 있다면 오늘 집에 돌아가기 전에 아무 때나 선생님을 만나러 와요. 약속할 수 있죠?"

초등학교 1학년의 담임다운 말이었다. 유미는 책상에 엎드려서 울었고 몇 여자애들은 그 주변을 감싸고 서 있었다. 순간 도유는 갈등을 느꼈다. 밖에서 친구들과 철봉을 하고 돌아온 도유는 담임과 함께 교실로 들어섰고 그때부터 이미 가방 고리의 행방을 알고 있었다. 하지만 어머니의 당부가 마음에 걸렸다.

"다시 한번 부탁할게요. 기다려도 되죠?"

담임은 교실을 나가기 전 마지막으로 강조를 했다. 그 눈빛이 너무 슬퍼 보였다. 도유는 유미도 예쁜 선생님도 슬퍼하는 게 마음이 아팠다. 그래서 결국 손을 들고 말았다.

"선생님! 제가 어디에 있는지 알아요."

담임과 아이들의 시선이 일제히 도유에게로 쏠렸다.

"도유 네가?"

담임이 교실 문에서 도유에게로 다가왔다. 도유는 다시 한번 정중히 답을 하고 난 후에 교실 구석에 놓인 고무나무 화분 쪽으로 걸어갔다.

"사실은 아까 유미가 친구들한테 자랑한다고 들고 있다가 흘려버린 거예요."

유미의 가방 고리는 커다란 화분 뒤로 굴러가 있었고 그래서 아무도 볼 수가 없었던 것이다. 이제 곧 유미도 제게 고마워할 거고 선생님은 칭찬을 해 주시리라! 도유는 가방 고리를 손에 들고 자랑스럽게 가슴을 내밀었다.

"도유야. 그걸 봤으면 진즉 이야기를 해 주었어야지요."

"제가 본 게 아닌데요."

"그럼요?"

선생님은 의아한 표정이었다.

"음. 비밀이긴 한데요."

도유는 아직 철이 없던 여덟 살이었다.

"아까 선생님이 오셨을 때, 고무나무가 저한테 이야기를 해 줬어요. 선생님은 못 들으셨죠?"

순간 선생님의 표정은 말로 형언할 수 없는 상태가 되었다.

"선생님, 도유가 저를 골탕 먹이려고 일부러 감추어 두었나 봐요."

유미의 울음은 통곡이 되고 말았다. 그 후, 부모님이 학교에 불려

왔고 도유는 거짓말이 얼마나 나쁜 일인지 선생님에게 훈계를 받아야만 했다. 도유는 거울을 가만히 들여다보면서 제가 도대체 뭘 잘못했는지 혼란스럽기만 했다. 그와 비슷한 일은 2학년 때도 3학년 초에도 한 번씩 더 있었다. 역시나 도유는 거울을 들여다보면서 제가 뭘 잘못했는지를 물었다. 3학년 여름방학이 끝나면서 그래서 도유는 이미 철이 들어 버렸다. 이제 제가 해서는 안 되는 말을 정확하게 구분할 수 있었다. 하지만 그걸로 활달했던 모도유 어린이의 삶도 끝장이 났다.

옆에 어떤 친구도 두지 않았다. 가족 이외의 누구도 믿을 수가 없었다. 이제는 혼자였다. 춥고 슬펐지만 도유는 견뎌야만 했다. 그러다가 그 사고가 일어났다. 부모님은 사고 현장에서 즉사를 했고 도나는 핏물에 젖은 채 도유의 옷자락을 붙잡고 울었다. 도유는 꽃을 먹지 않으면 살 수 없는 몸이 되었다. 도유의 세상은 외톨박이 겨울의 연속이었다.

해눈을 만난 건 중학교 입학 직전이었다. 근식이 천녀도에 건축한 별장이 해눈이 살던 숲속에 있었다. 온몸이 투명한 해눈은 저를 꽃 속에 살아있는 영혼, 꽃혼이라고 소개했다. 해눈의 나라는 보라색 안개와 거친 바다 소용돌이가 지키는 비밀의 땅이었다. 해눈은 근식과 도유는 꽃의 전달자의 피를 가졌다고 했다. 꽃의 전달자들은 저가 살던 땅에서도 꽃혼을 볼 수 있는 몇 안 되는 사람들이라고도 말했다. 1년에 한 번 외부로 나오는 배를 타고 제 나라를 떠나온 꽃의 전달자들이 다른 땅에 숨어 살기도 하는 건 비밀이란다. 그 땅을 떠나오고 100년 가까운 시간이 흐를 동안 저를 볼 수 있었던 것은 꽃의 전달자인 저의 아씨와 근식, 도유 그리고 마디풀뿐이었단다.

도유가 숲길 뒤에 숨어서 지켜본 마디는 저랑 닮은 아이였고 저랑 같은 아이였다. 두 아이가 어울려 노는 모습을 보는 것만으로도 도유는 웃음이 나왔다. 마디로 하여 도유의 세상은 오랜만에 온기가 돌고 햇살이 비쳤다. 하지만 제가 생명을 살려 준 그날 이후로 마디는 다시는 천녀도의 숲길에 오지 않았다.

중학생 도유는 마디가 그리웠다. 근식도 모르게 두 번이나 현지마을에 와 봤다. 무작정 마을 입구에서 기다리고 있는 도유의 앞으로 마디가 지나갔다. 혼자가 아니었다. 마디의 옆에는 항상 아서가 있었다. 마디와 아서가 맞잡은 손이 도유에게는 올가미 같았다. 목이 졸린 도유야 이유가 정확했지만 아서는 이유도 없이 서로를 쏘아보았다.

아진은 도유가 다녔던 남녀공학 고등학교에서 제일 인기가 많았다. 속 쌍꺼풀이 시원하니 예쁜 얼굴에 공부도 곧잘 하였다. 무엇보다도 누구에게나 친절하고 잘 웃어주는 아이였다. 주변에 항상 아이들 무리를 이끌고 다녔다.

고 2 여름방학의 어느 날이었다. 도유와 같은 종합학원에 다니던 아진이 학원 문 입구에서 도유에게 말을 걸었다.

"도유야! 넌 너무 비밀이 많은 것 같아."

도유는 가볍게 무시를 하고 안으로 들어가려고 했다.

"비밀을 혼자서만 간직한다는 건 너무 힘들지 않니? 나한테만 살짝 말해 주면 안 돼?"

도유는 대답 대신 가방을 아진이 서 있는 쪽으로 바꾸어 매었다.

"도유야. 난 네가 좋아. 그래서 난 너의 그 비밀까지도 좋아할 수 있을 것 같은데."

도유는 콧방귀를 끼면서 아진의 말에는 대꾸도 하지 않았다. 5층이라는 숫자를 깜빡이고 있는 엘리베이터의 버튼을 눌렀을 뿐이었다.

"설령 도유 네가 꽃들과 대화를 할 수 있다고 해도 말이야."

버튼에 닿아있던 도유의 손가락이 엘리베이터처럼 아래로 추락했다.

"난 다 봤고 그래서 이해도 하고 있어."

"무슨 헛소리야?"

도유는 날카로운 일별로 아진의 말을 잘라 버렸다. 아진에게서는 마디와 같은 꽃의 기운이 전혀 느껴지지 않았고 그런 말을 믿을 만큼 도유가 어리석지도 않았다. 하지만 그 후로도 아진은 줄기차게 도유의 주변을 맴돌았다. 서아진이 모도유에게 목을 매고 있다는 소문이 학교에 퍼져나가기 시작했다.

고 2 겨울방학 마지막 즈음이었다. 보충수업도 끝난 기간이었는데 두고 온 책이 있어서 학교엘 가게 되었다. 학교의 복도는 썰렁했지만 도유의 발소리는 거의 울리지 않았다. 제 반을 보면서 똑바로 걸어가는데 여학생반의 뒷문이 열려 있는 것이 눈에 들어왔다. 보충수업이 없는데도 여자아이들끼리 어울려서 공부하는 모양이었다.

"문은 조금만 더 열어두자. 환기가 제대로 돼야 공부에도 집중이 잘 되잖아."

들려온 목소리가 아진의 것이 아니었다면 도유의 걸음이 멈추지는 않았을 것이었다.

"아진아, 그나저나 모서리의 비밀은 언제 밝혀지는 거야?"

다른 여학생이 도유를 언급하였다. '모서리'. 워낙에 여학생들에게

차갑게 구니까 자기들 마음대로 도유에게 갖다 붙인 별명이었다.

"아직은. 내가 아직은 모서리가 다시 꽃들과 대화를 나누는 걸 못 봤거든."

아진의 대답이 곧장 들려왔다.

"하지만 확실해. 내가 정말 도유가 꽃들이랑 대화를 하는 걸 직접 봤다니까. 도유가 노란 국화꽃한테 '아이들이 파묻어 둔 타임캡슐 때문에 그렇게 많이 힘드니?' 이러면서 땅을 팠는데 그 밑에서 정말 타임캡슐이 나왔다고."

아진은 굉장히 으스대고 있었다.

"네가 잘못 본 건 아니지?"

"외진 곳이긴 했지만, 햇빛 쨍쨍한 오후였는데 그럴 리가 없잖아."

"그나마 낮이었으니까 다행이네. 밤에 봤으면 완전 스릴러 호러였겠다."

"그러게. 나도 밤에 그 모습을 봤다면 오싹했을 것 같긴 해."

아진은 정말 추운 듯이 양팔을 쓸어내렸다.

"모서리한테는 언제까지 공을 들일 건데?"

"글쎄. 일단 칼을 뽑았으니 꽃 한 송이라도 베고 끝내야지. 하긴 꽃을 두고 이렇게 표현을 하면 모서리가 화를 내려나?"

아진은 어떻게 도유가 가장 싫어하는 예문을 들었다.

"어쨌든 이걸 밝히게 되면 정말 노벨 물리학, 아니 노벨 미스터리상도 있나? 하여간 그런 걸 받을 수 있을 건데."

여학생들은 동시에 웃음을 터뜨렸다.

"뭐, 어떻게 보면 얘가 단순한 4차원인가 싶기도 하고."

아진은 고개를 삐딱하게 갸웃거렸다. 그 모습이 도유에게는 똑바로 보였다.

"난 그저 사실이 아니기만 바라. 그럼 얼굴이 너무 아깝네, 얼굴이. 그렇게 낭비할 거면 그 얼굴, 나나 주지."

"만약 그게 진짜 사실이라면 단순한 4차원이 아니고 곧바로 성신병원 독방행이지."

"성신병원 독방도 그런 환자는 안 받아 줄지도 모르지."

성신병원은 학교 뒤 산자락에 있는 정신과 전문 요양병원이었다. 도유는 주먹을 꼭 쥔 채로 집으로 돌아왔다. 그 손에는 책이 들려 있지 않았다. 돌이켜 보면 아진은 누구를 닮아있었다. 그래서 조금이나마 도유의 마음이 움직였던 것 같다. 마음의 가장 밑바닥에 감추어 두었던 얼굴, 바로 마디의 얼굴을 말이다.

도유의 긴 이야기 끝에 해눈은 도유의 손을 꼭 잡아주었다. 해눈은 이미 짐작하고 있었다. 마디를 향한 도유의 위악은 상처를 되풀이하기 두려운 보호색이었다는 것을.

<나에게 이런 이야기를 들려주어서 고마워.>

"너무 늦은 고백이지. 지켜보는 그대도 힘들었을 거야."

<그때 내가 모 대표와 마디를 서로에게 소개했더라면 좋았을 텐데.>

"함께 있는 둘을 지켜보는 것만으로도 난 충분했어."

<그랬다면 마디풀을 보러 일부러 여기까지 찾아오지는 않았었겠지. 마디풀은 내가 아는 한 회장님과 모 대표와 같은 유일한 사람이야. 본 적은 없지만 모 대표의 동생인 모 대리도 이런 능력은 없잖아.>

뱃멀미가 심한 도나는 단 한 번도 천녀도에 온 적이 없었고 그래서 해눈은 도나의 얼굴도 몰랐다.

"내 능력은 그렇게 순수하다 믿었던 여고생 아이의 잔인함도 이끌어 내었어. 그런데 17살도 아니고 27살인 한마디가, 그것도 기억을 한 번 지워버렸었는데, 이런 나나 그대를 온전히 받아들일 수 있을까? 아름다운 동화를 아름답게만 읽을 수 있을까? 내 간절한 기도는 여전히 자신이 없네. 그리고.”

그때 술주정뱅이의 손목을 제대로 꺾어놓지 못한 것은 두고두고 후회로 남았다.

<기도 후에는 기대와 기다림이 있어야 하는 법. 마디풀의 핏속에 꽃의 기운이 여전해. 그러니까 기억만 돌아오면 우리 마디풀은 분명 우리를 두 팔 벌려 맞아줄 거야.>

해눈은 백단심 무궁화로 돌아갔고 도유는 마른세수를 했다. 바지 주머니에서 하얀 약병을 꺼내 들여다보기도 하였다. 실내 정원의 천장 통창으로 쏟아져 내려오는 햇살에 목이 탔다.

“미안한데 바람을 좀 일으켜 줄래?”

도유가 실내 정원 문가에 심긴 굴거리나무에게 부탁하였다. 굴거리나무는 여러 갈래로 어긋나게 돌아난 잎을 아래위로 흔들기 시작했다. 금세 시원한 부채가 되었다. 서휘가 실내 정원의 유리문을 두드린 것은 도유가 굴거리나무에게 고맙다는 인사를 할 때였다.

“형, 이야기는 모두 끝났지? 목이 말라보이기에.”

서휘의 손에는 미지근한 물컵이 놓인 쟁반이 들려있었다.

“서휘야, 잠깐만 들어와 볼래?”

서휘는 쟁반을 든 채로 도유가 앉은 벤치 옆으로 와서 앉았다.

“넌 내가 이렇게 자주 혼잣말을 하는 게 이상하지 않아?”

도유는 새삼 제 곁에 머물고 있는 서휘의 마음은 어떨까 궁금해졌다.

"혼잣말이 아니고 누구랑 대화하는 거잖아."

"네 눈에는 안 보이는 그들을 그렇게 쉽게 믿을 수 있어?"

"처음에야 안 쉬웠지. 그리고 난 그들이 아니라 내 눈에 보이는 형을 믿는 거야. 형이 어떤 사람인지 아니까."

도유의 피를 먹고 목숨을 건진 이후 도유는 서휘의 절대 기준이 되었다.

"나무들이 일으켜대는 바람이 무섭지는 않아?"

"무서울 게 뭐야? 세상에 둘도 없을 부채랑 내가 알고 지내는구나 오히려 뿌듯하지. 게다가 우리 회사가 이렇게 성장한 힘이 바로 형과 할아버지의 그 능력이잖아."

서휘도 근식을 할아버지라고 불렀다.

"고맙다. 그렇게 말해줘서."

"진즉에 물었으면 진즉에 답했을 말이야. 참! 도나랑은 한 번씩 통화라도 하는 거야? 나는 도통 그런 모습을 못 보았네."

"알아서 하고 있어."

"형! 그럼 고맙다는 건 말로만 하면 안 되지? 사실 나도 형한테 부탁이 하나 있어."

마린에 대한 말을 꺼낼 수 있는 절호의 기회였다.

"할아버지가 내려오시면 마린이를 우리 집으로 초대하고 싶어."

"알아서 해."

"정말이지?"

서휘가 벤치에서 몸을 벌떡 일으켰다.

"한번 말한 건 무르기 없고 두 번 말하면 치사한 거야."

"그럴 일 없어. 그리고 이왕이면 한마디 씨도 같이 초대를 하고."

"진짜?"

"외출도 자주 하고 여기에서 친구도 만들어. 나야 제약이 있는 몸이지만 넌 아니잖아."

서휘는 굴거리나무 잎사귀를 안고 왈츠라도 추고 싶은 심정이었다. 도유가 마디가 선물한 흰 장미 화분을 들고 들어오던 저녁부터 뭔가 두 사람 사이에 변화가 있을 것이라 짐작은 했다. 하지만 아는 것이 없으니 놀리는 것 말고는 할 일이 없었다.

그런데 도유가 마디를 초대까지 하란다. 꽃과 사람처럼 어울려 지내는 도유가 꽃을 먹어야 한다는 아이러니가 서휘도 늘 마음 아팠다. 자세한 내막은 하나도 모르면서도 서휘도 마디의 기억이 돌아오기를 간절히 바랐다. 이건 분명히 아주 좋은 신호였다. 또 어떻게 도유를 놀려먹어 볼까? 무슨 음식을 준비해서 솜씨를 부려볼까? 서휘는 콧노래가 절로 나왔다.

며칠 후, 도유가 트레이닝복으로 갈아입고 거실로 나왔을 때 서휘도 현관 앞에 있었다. 평소와는 눈에 띄게 다른 옷차림이 신경을 쓴 흔적이 역력했다. 저녁을 먹을 때만 해도 외출하겠다는 언질도 없었다.

"다 저녁에 어딜 나가려고?"

도유가 아는 한 서휘에게 마린 말고는 따로 만나는 친구도 없었다.

"나? 조금 후에 특별한 연주회가 있어서."

"혼자서 감상하러 가겠다고?"

"아니. 우리 마을 사람들은 거의 다 참석할 걸. 외출하고 친구를 만들라는 형의 당부를 들어줄까 해서."

"무슨 소리야?"

아무리 치명적인 친화력의 서휘라고는 하지만 현지마을 주민들을 다 데리고 연주회에 갈 수는 없는 노릇이었다.

"무슨 소리냐 하면 조금 후에 마을 회관에서 마디 씨가 어버이날 기념 아쟁 연주를 한다고."

"뭐?"

"어! 형은 몰랐구나! 왜지? 뭐 때문이지? why? 나를 포함해서 현지마을 주민이라면 누구나 다 아는 사실인데. 아차! 현지마을 주민이 아닌 사람은 모르기도 하겠구나!"

"성서휘. 너!"

"그만 불러! 내 이름이 성서휘이지 그럼 모서휘일까 봐!"

현관을 빠져나가는 서휘의 입가에 사악한 웃음이 걸렸다. 고양이 톰에게 덫을 놓은 생쥐 제리처럼 말이다.

도유가 뒤늦게 마을회관에 도착했을 때 실내는 이미 가득 차 있었다. 노년 인구층이 워낙 증가한 까닭에 대부분이 70대 이상의 노인들이었다. 저만치 안에서 서휘가 손을 흔들어 보였다. 도유가 언제쯤 오나 지켜보고 있었던 모양이었다. 저 사악한 자식! 그 옆에는 마린이 앉아 있었다. 마디 대신 꽃다발 배달을 올 때 얼굴을 익히 보았다.

도유는 그저 없는 듯이 입구에 서 있고 싶었다. 하지만 몇십 년 만에 이사를 들어온 천연기념물 같은 제 존재감이 없는 듯이 서 있기에는 턱도 없다는 것을 미처 몰랐다.

"뭐여, 쩌그 모퉁이 집의 주인 모서리 아니여?"

동네 사람들 중 제일 먼저 도유를 발견한 것은 옥이 할머니였다.

"내도 딱 두 번 봤는디 아무래도 그런 것 같은디."

지 씨 할아버지는 가자미눈을 하고서 도유를 훔쳐보았다.

"내는 딱 한 번 봤네. 동네일에는 도통 간심도 없더만 오늘은 워쩐 일이랴?"

골김댁 할아버지의 호기심도 숟가락을 얹었다.

"낸들 알겠어?"

"참 수수께끼 같은 인물이라니께."

"생긴 거 봐여. 참 희한하이. 꼭 가시개(가위)로 짤라서 날카로번 모서리맹키로 생깄네."

"요즘 아들은 저런 걸 꽃미남이라고 카더만."

"꽃미남? 그게 뭐꼬?"

"우리 손녀가 그러는디 요즘은 저리 생긴 거이 인기라 안 카나."

"하여튼 요즘 아아들은 이상한 걸 좋아한다니께."

"아, 그래도 저 집에서 일을 바 주는 우리 서휘 총각은 인품이 참 좋잖여."

"그야 두말하면 잔소리제."

예쁘기는 서휘도 마찬가지인데 그동안 얻어먹은 해물 부침개나 횟감 등은 서휘에 대한 호감도는 최고조로 상승시켜 놓았다.

그 속에 앉아 있던 아서는 순간 어른들의 웅성거림을 따라가 보았다. 딱 대각선의 위치인 현관에 도유가 서 있었다. 순간 마디가 했던 말이 떠오르면서 구토 같은 언짢음이 올라왔다. 게다가 분명 예전에 본 적이 있는 얼굴이었다. 한껏 당긴 활시위 같은 시선이 도유에게로 활을 당겼다.

도유가 아서의 시선을 알아차린 것은 잠시 후였다. 도유 또한 단번에 언짢았다. 그래서 벼린 칼날 같은 시선으로 아서가 날린 활을 맞

받아쳤다. 토르의 망치가 내리친 번개가 도유와 아서 사이에서 점멸을 반복했다. 예전과 똑같았다.

마디의 등장으로 두 남자는 겨우 시선을 떨어뜨릴 수 있었다. 평소의 마디는 면티에 청바지를 즐겨 입었다. 화장도 썬 크림과 립글로스를 바르는 게 다였고 어깻죽지 쯤에서 찰랑이는 머리카락은 반으로 질끈 묶어 다녔다. 그런데 지금은 완전히 달랐다. 머릿결을 따라 촘촘히 빗어 내린 머리는 뒤로 땋아서 늘어뜨렸고 연하긴 해도 제대로 화장을 하였다. 자수가 놓인 뽀얀 한복 한 벌을 맞추어 입었는데 어깨가 작고 동그란 탓인지 저고리의 선이 그렇게 고울 수가 없었다. 고름을 따라 흘러내린 치마의 선도 부풀리지 않아서 오히려 더 청초하였다. 순백의 모습 전체가 도유의 방 창가에 놓인 흰 장미를 닮았다. 순간 심장 속에서 꽃마차가 굴러가다가 덜컹 어딘가에 걸렸다.

아서가 사람들 속에서 마디를 향해서 손을 흔들었다. 마디가 눈인사로 답을 했다. 아서가 손나팔을 만들어 입 모양으로 파이팅을 외쳤다. 마디도 고맙다고 입 모양으로 답했다. 마지막으로 아서는 도유 쪽을 일부러 돌아보았다. 이번에 도유는 아예 알아차리지도 못하였다.

드디어 마디가 아쟁을 앞에 두고 앉았다. 현을 고르는 소리가 낮게 울렸다. 도유는 단 한 번도 눈여겨본 적이 없었는데 마디의 유난히도 길고 가는 손가락이 아쟁의 줄 위에 놓였다.

<사의 찬미>

마디가 연주한 첫 번째 곡이었다. 처음부터 끝까지 한 번 전곡이 연주됐고 두 번째로 들어가려는 즈음이었다. 누가 시작했는지는 모르겠지만 몇몇 노인들이 <사의 찬미>의 가사를 따라 부르기 시작했다.

♪ 광막한 광야에 달리는 인생아 너의 가는 곳 그 어데이냐
쓸쓸한 세상 험악한 고해에 ♬

마디의 손이 아쟁의 줄 위를 누비면서 어깨가 들썩였다. 그때마다 도유는 제 심장 한켠이 같이 들썩이는 것 같았다. 그러다가 어느 순간, 현관 안으로 비라도 들이친 걸까? 갑자기 도유의 얼굴이 서늘하게 젖어 들었다. 도유는 눈동자만 굴려 하늘을 뒤돌아보았다. 다소 어둡기는 해도 맑은 하늘이었다. 혹시나 싶어 제 얼굴을 만져보았다. 그랬다가 도유는 알았다. 그 서늘한 기운은 제 눈에서 흘러내린 저의 눈물이었다. 가슴이 저몄다. 말로 다 할 수 없게 아팠다. 설명할 수는 없지만, 핏줄을 타고 흘러온 듯한 진한 아픔이 도유의 전신을 저미게 했다. 저도 모르게 제 심장 쪽에 손을 갖다 얹었다.

그리고 도유는 또 알았다. 마을회관 앞을 지키고 선 큰 굴참나무가, 담장에 늘어진 꽃을 벗은 개나리 가지가, 도로를 따라 소담하게 피어오른 단국화의 꽃잎이 그리고 억새풀대가, 마디의 아쟁 선율을 따라서 저처럼 조용히 숨죽여 운다는 것도. 모든 꽃과 나무들이 마디의 아쟁 선율에 울음을 흘리고 있다는 것을.

&lt;다들 왜 우는 겁니까?&gt;

도유는 입을 열지 않고 꽃의 언어로 굴참나무에게 물었다. 제 눈물의 이유를 굴참나무에게서 찾고 싶었는지도 모르겠다.

&lt;나도 모르겠소.&gt;

&lt;주변의 모든 꽃들이 함께 울고 있습니다.&gt;

수령이 최소한 300년은 넘은 굴참나무였다. 도유가 함부로 반말을 할 수 있는 대상이 아니었다.

<나쁜 아니라 아무도 모르오. 언제나 저 아쟁의 선율은 우리를 눈물 짓게 했으니까.>

굴참나무의 짧은 대답은 도유의 의문을 한 톨도 해결해 주지 못했다.

마디는 열심히 아쟁 현을 누르고 있었다. 그러다가 고개를 들었다. 선율이 고조되면서 몸이 함께 들린 탓이었다. 순간 울고 있는 도유와 시선이 딱 마주쳤다. 마디는 시간을 달라고 했고 그래서 오랜만에 보게 된 도유였다. 그런데 그의 눈물이 그리고 그와 닮은 어떤 눈물이 순식간에 마디의 뇌리를 스쳐 지나갔다. 수천 번은 연주한 곡의 박자를 덜컹 놓쳐 버렸다가 가까스로 맞추었다. 아쟁의 현이 아닌 다른 현이 마디의 속에서 전율하였다.

흰 장미를 닮은 여자가 사의 찬미를 아쟁의 선율로 만들어 흘려보내는 밤. 주변을 둘러싼 모든 꽃들이, 나무들이, 그 남자가, 그 선율 때문에 숨죽여 흐느끼는 밤. 누군가는 덜컹 박자를 놓치고 누군가의 꽃마차는 덜컹 바퀴가 걸렸다.

사랑하는 사람들을 위한 온갖 기념일이 있는 5월은 꽃집이 가장 바쁜 달이었다. 감사와 존경과 사랑을 표하는 카네이션을 비롯한 갖가지 화분 선물이 제일 많이 나갔다. 바쁜 저녁 시간, 하나꽃집의 탁자 위에 푸짐한 한 상이 차려졌다. 한식당이 쉬는 날이라 마린은 포항의 대학 친구에게 놀러가 아예 하루를 자고 올 예정이었다. 마디까지 온 식구가 꽃집에서 저녁을 먹고 함께 퇴근하기로 했다. 용남이 직접 끓인 대구 알탕 냄비가 가운데에 놓였다. 딸랑, 입구의 풍경이 울렸고 용남이 반색을 하면서 뒤를 돌아보았다.

"어머니, 제가 늦은 건 아니죠?"

"아니야, 어서 와. 시간을 딱 맞춰서 왔네."

아서는 평소의 정보관의 복장인 사복 차림을 하고 있었다.

"남자 혼자 차려 먹는 밥상이 얼마나 부실할 거냐?"

동우는 손을 씻고 온 아서가 앉기도 전에 수저를 쥐어주었다.

"아니에요. 아버지. 항상 말씀드리지만 체력이 제일 중요하니 식사는 잘 챙깁니다."

"그래봐야 엄마의 손맛을 따를 식사가 어디에 있다고? 많이 먹어. 많이."

용남은 아서의 밥을 월아산만큼이나 높이 퍼 담았다.

"마디 넌 어째 얼굴이 불편해 보인다."

아서는 제 밥그릇보다 마디를 먼저 챙겼다.

"두통이 좀 있네."

도유의 눈물을 보고 도유와 닮은 느낌의 누군가의 눈물을 느낀 이후로 초대하지 않은 두통이 마디에게 손님으로 찾아왔다.

"그러는 오빠는? 저번에 갤러리아 백화점의 주얼리 샵 도난 사건은 잘 해결됐어?"

마디의 친구 혜주가 이른 결혼을 하게 되었다. 진주에 하나뿐인 백화점에서 가방을 사는데 마디가 동행하였다. 쇼핑하던 도중 갑작스레 소란이 일었는데 알고 보니 주얼리 샵에서 목걸이 하나가 없어졌단다. 신고를 받고서 아서와 동료 준수, 시현이 함께 출동을 하였었다.

"CCTV 사각 지대라서 고생을 하긴 했는데 해결을 했어."

"다행이네."

개인정보 보호로 사건들에 대한 일은 자세히 묻지도 자세히 설명하지도 않았다.

"그리고 보니 마디 너, 혜주랑 혼수를 보러 가서 그 일을 봤다 그랬지?"

"네. 혜주의 시어머니가 되실 분이 가방을 선물해 주시겠다고 해서요."

"혜주는 벌써 결혼도 하는데 마디 넌 아무런 생각이 없니?"

용남은 말은 마디에게 하면서 쳐다보는 시선은 아서 쪽이었다.

"혜주야 원래 결혼을 빨리하는 게 꿈이었어요."

"나도 내 큰딸이 결혼을 빨리하는 게 꿈이야."

"엄마! 내가 이제 겨우 27살이에요."

"엄마는 그 나이에 널 낳았어."

용남은 작년에 마디가 큰 사고를 겪으면서 부쩍 조급한 마음이 들었었다. 요즘 들어 모퉁이 집과 관련된 이상한 생각이 들면서 그 마음은 더욱 진해졌다.

"아서야! 네 생각은 어떠니? 국악원이야 결혼하고 나서 다녀도 크게 상관이 없잖겠니?"

"당연하죠. 어머니."

"그럼 아서 네가 우리 마디를 데려가는 건 어떻겠니?"

이제 귀에 껍데기가 쓰일 지경이었다. 마디와 아서가 초등학교에 입학하기 전부터도 동네 사람들까지 농담 반 진담 반처럼 하던 말이었다.

"저한테야 이미 어머니, 아버지이신데요."

웃음 끝에 덧붙이는 아서의 완곡한 거절이었다.

"맞아. 당신은 요즘 들어 쓸데없는 말을 왜 자꾸 해? 그나저나 아서야! 마디의 연주회 날 말이다. 어버이날인데 마을회관까지 와 놓고는 집에는 왜 가 보지도 않고?"

아서의 형인 아한의 가족만이 남아서 지키는 집이었지만 아한 또한 아서에게는 어버이였다.

"아버지, 제가 그날 업무가 좀 바빴습니다."

"그래도 얼굴이라도 잠시 비출 일이지."

아서는 답이 없었다.

"이제 그만 우리 마을로 돌아오너라. 그럴 때도 되지 않았니?"

동우에게나 용남에게나 아서는 마룬과 똑같은 아들이었다. 그래서 이런 말도 할 수가 있었다.

"죄송합니다, 아버지."

정말 그럴 수 있다면 아서도 좋겠다. 하지만 아무도 모른다. 아서가 가진 그날 밤의 진짜 고통은 할머니가 휘두른 칼에 있지 않고 할머니가 퍼부은 말에 있었다.

"당신은! 나한테는 타박을 그렇게 하면서 당신이야말로 아서가 밥도 제대로 못 먹게 왜 그래요?"

용남이 흘기는 눈이 하얗게 돌아갔다.

"아서 오빠. 나는 말이야. 오빠를 우리 동네에서 매일 보면 오빠가막 지루해질 것 같아."

아서를 배웅하는 길, 마디는 아서의 마음을 어루만져 주었다. 마디도 동우와 같은 걱정이었지만 그 걱정이 오히려 아서를 상처 입힐 수도 있었다.

"우리 마디 무서워서라도 오빠는 계속 멀리에서 살아야겠네."

그 모퉁이 집

아서의 입가에 쓸쓸한 웃음이 걸렸다.

"그나저나 마디야. 일전에 네가 했던 말. 누군가 자기를 볼 때마다 한겨울처럼 구는데 화가 나거나 싫지가 않고 오히려 봄처럼 따스하게 대하고 싶다고 했던 사람. 혹시 그 사람이 모퉁이 집의 모도유라는 그 사람이야?"

"내 얘기 아니라고 했는데."

사실 아서의 입에서 도유라는 이름이 나온 순간, 이미 마디의 심장 박동은 박자를 놓치고 덜컹거리기 시작했다.

"아니라 해도 맞고 맞다고 해도 맞는 모양이네."

그래서 마디는 더 이상은 부정을 계속하지 못했다.

"네가 초대를 한 거야?"

"아니. 마린이가 모퉁이 집의 서휘 씨랑 친하게 지내서 서휘 씨를 초대했는데 모도유 씨도 같이 온 모양이었어."

기억을 떠올릴 때까지 시간을 달라고도 했지만 도유가 매일 저녁 그 시간에 운동을 한다는 것도 마디는 짐작하고서 초대를 하지 않았다.

"전에도 말을 했었는데, 내 눈으로 직접 본 그 사람, 정말 느낌이 좋지 않아. 어머니도 불편해하시더라."

"그런 걱정할 사이도 뭣도 아니야."

아니었다. 마디는 아쟁 선율의 그날 밤, 제 심장에서 덜컹거린 소리의 정체를 이미 깨닫게 되었다.

"네 말이 진짜였으면 좋겠다. 늦었어. 나머지는 다시 이야기하자. 두통은 얼른 털어버리고. 난 강준수 경장이랑 당직 교대를 해야 할 시간이야."

아서는 곧 순찰차를 운전해 사라져 갔다. 마디는 방학 동안 숙제를 하나도 하지 않다가 개학을 맞이한 초등학생이 되어버린 기분이었다. 해눈이라는 그대도 아직 해결하지 못했는데 아서 또한 숙제를 안겨 주고 가 버렸다.

사실 도유가 해바라기를 살리던 밤, 마디가 그 모든 것을 거부감 없이 받아들일 수 있었던 단 하나의 이유는 그 대상이 도유였기 때문이었다. 마디의 마음속에서 도유는 이미 모든 것이 오케이였다. 언제부터인지도 모르게 그렇게 되어 버렸다. 마디도 아쟁 선율의 그날 밤에서야 확실히 깨달았다.

"마디야, 멍하니 서서 안 들어오고 뭐 해? 카네이션 화분을 마저 마무리해야지."

용남이 꽃집 안에서 기다리다 못해 밖으로 나왔다.

"아서와 무슨 이야기를 그렇게 했어? 혹시 엄마가 기대를 높여도 되는 그런 이야기인 거야?"

"엄마, 그런 게 아니니까 앞으로는 그런 말씀 하시지 마세요."

용남의 기대가 기댈 수 있는 희망의 벽은 단 1cm도 쌓여있지 않았다.

"앞으로든 뒤로든 엄마는 해눈처럼 좋은 소식을 기다려 볼란다."

"엄마, 제발!"

마디는 제 이마를 짚었다. 그러다가 순간 불 꺼진 등대에 밝혀지는 빛 한 자락처럼 마디의 뇌리를 스쳐 가는 것이 있었다.

"잠깐만요! 엄마, 방금 저한테 뭐라고 하셨어요?"

꽃집 안으로 들어서다 말고 마디의 발걸음이 딱 멈추었다.

"뭐? 좋은 소식을 기다려 봐도 되겠다고 한 말?"

　　　　　　　　그 모퉁이 집

"아니, 그것 말고요. 방금 해눈. 해눈처럼 좋은 소식이라고 하지 않았어요?"

마디는 '해눈'이라는 단어를 발음하는 순간 두통이 더 심해져 버렸다.

"해눈처럼? 그래. 그렇게 말했지."

"해눈이라니? 그게 무슨 뜻인데요?"

마디의 얼굴이 거의 달라붙을 듯이 용남의 얼굴로 다가갔다.

"얘 보게. 해눈은 네가 지어 냈다면서 엄마한테 알려 준 단어잖아. 해가 날 때 내리는 눈처럼 너무 빛나는 좋은 일은 해눈 같다고 말해야 한다면서."

"내가 그런 말을 했다고요?"

"그러고 보니 네가 해눈이라는 말을 안 쓴 지도 꽤 된 것 같네. 엄마가 기분이 너무 좋다 보니 그 말이 불쑥 튀어나왔나 봐. 생각해 보니 아서도 그랬지. 아서도 한때 저를 해눈이라고 부르라면서 으름장을 놓고 다녔으니까. 억지를 쓰는 모습이 얼마나 귀여웠던지."

용남은 그 새 아서에 대한 추억에 접어든 모양이었다. 하지만 마디의 생각은 해바라기의 밤으로 발길을 접어들었다. 도유가 말한 해눈이라는 이름. 해눈! 엄마도 아서도 아는 그 이름 해눈! 제 기억에서만 사라져 버린 이름 해눈! 마디의 두통이 한층 극심해졌다. 풀기 힘든 쇠 집게 수십 개를 집어놓은 듯했다.


마디가 오늘 사사하는 곡은 '경상도 아리랑'이었다. 일제 강점기 치하에서 민초들이 한스럽게 살아가면서 불렀던 곡조. 가슴에 응어리진 한을 뱉어내다 보니 소리가 거칠고 현을 누르는 깊이는 깊으며 활대의 움직임도 보다 묵직해야 한다. 하지만 아이들은 계속해서 듣기에 좋기만 한 소리를 만들어내려고 애를 쓰는 중이었다.

"얘들아, 일본 제국주의의 침략 전쟁으로 나라를 잃은 민초(民草)들 즉 우리 조상들의 삶은 지금의 우리는 감히 상상도 할 수 없을 만큼 끔찍하고 잔인한 그래서 너무나 한스러운 것이었어. 그래서 그 시절에 수많은 아리랑들이 고통과 눈물 속에서 불리었지. 그중에서도 오늘 연습하는 경상도 아리랑은 그 시절 경상도 내륙 지방의 부녀자들이 그 한과 애환을 가사에 덧붙여서 불렀던 곡조야. 어려운 시절에 더 어려운 부녀자들의 삶이었으니 그 느낌이 어떨 것 같아?"

"잘은 모르겠어요."

"저도 그런데요."

은영과 영빈은 일본 제국주의 강점이라는 치욕스럽고 뼈아픈 역사와는 너무 먼 거리에서 살아가는 아이들다운 답을 했다.

"얘들아, 잘 들어 봐. 어느 날 너희의 옆집에 살던 일본 사람들이 너희 집에 갑자기 쳐들어와서 '이제부터는 이게 우리 집이다.'라고 우겨. 거기다가 너희들을 막 자기들의 종처럼 부리고 산다고 생각을 해 봐. 기분이 어떨 것 같아?"

"미쳤어요?"

"말도 안 되죠."

이번에는 즉각적인 대답이었다.

"가만히 있을 거야?"

"절대로 가만히 못 있죠. 바로 쫓아내야죠. 아니면 경찰에 신고를 하던지."

"전 막 고함을 지르고 발로 차 버릴 것 같은데요."

"그게 다가 아니야. 거기다가 그 일본 사람들이 너에게 앞으로는 우리나라 이름이 아닌 일본 이름을 쓰고 우리나라 말 대신 일본말만 써야 한다고 강요를 해. 그러면 또 어떨 것 같아?"

"말도 안 돼요. 완전히 미친 사람들이죠. 죽고 싶어서 환장한 거래요?"

"으악! 생각만 해도 혈상(혈압 상승)!"

"그게 바로 일본 제국주의 강점기였어. 어느 날 갑자기 일본인들이 제멋대로 쳐들어와서는 우리나라를 빼앗고 우리말을 빼앗고 우리 이름을 빼앗고 우리 자유까지 빼앗아 버렸어. 거기다가 우리의 목숨까지도 자기들 마음대로 휘둘렀지. 그게 바로 그 시절이야. 그런데 방금 너희가 말하는 것처럼 신고를 할 수 있기는커녕 일본만 편들면서 우리를 도와주는 이들은 아무도 없었어. 어떠니?"

이제야 뭔가 실감이 되는지 두 아이의 얼굴이 발갛게 달아올랐다. 콧김을 내뿜으면서 목까지 벌게진 것이 화를 억누르는 기색이 역력했다.

"그런데 말이야. 그렇게 핍박당하던 중에서도 가장 힘없던 부녀자들이 불렀던 노래가 바로 이 경상도 아리랑이란다."

"이게 그런 곡조였네요."

"그런 슬픈 노래였다니."

"그럼 이제 어떤 느낌일지 알 것 같아?"

"정말 너무 화가 나고 너무 슬프고 너무 미칠 것 같은 느낌이에요."

"아무도 나쁘다고 말을 해 주는 사람조차 없다니."

"그래. 그러니까, 얘들아! 경상도 아리랑을 연주할 때는 되도록 활대를 현의 가까이에 붙여서 깊고 낮게 연주를 해야 해. 그리고 활이 꺾이는 부분은 감정의 고조가 이루어지듯이 빨리빨리 손을 놀려 주어야 하고.”

“이렇게 말이죠?”

아이들은 다시 한번 활대를 고르면서 소리를 냈다.

“그래. 아까보다는 소리가 훨씬 좋아진 것 같네.”

마디는 금방 달라진 은영과 영빈의 연주를 칭찬했다. 감정이 배어들었으니 절로 그런 곡조가 나올 수밖에 없는 법이다.

“어떤 곡을 연주하든지 간에 그 곡이 만들어진 배경과 당시의 상황을 이해하고 동감하면서 연주를 해야 해. 그래야 훨씬 더 완성도 높은 곡이 나올 수 있거든. 알겠지?”

“네.”

“알았어요.”

“그럼 이 부분부터 다시 해 보자.”

마디는 악보에서 아이들의 활이 제대로 꺾이지 않았던 부분을 가리켰다.

1시간 30분의 사사가 끝이 났다. 마디는 창문을 단속하고 전기 콘센트까지 꼼꼼히 살펴본 후에 불을 다 껐다. 버스정류장 쪽으로 걸어가는데 왁자한 소리가 날아들었다.

“야! 미친 고양이 아니야?”

“맞겠지. 안 그러면 죽으려고 이렇게 찻길로 가고 있었겠냐? 손도 안 들고?”

“야! 손이 있어야 들지!”

“아, 참, 맞네.”

한 무리의 남자아이들이 왁자하게 웃음을 터뜨리는 중이었다.

"어디로 몰아서 갈까?"

"뭘 던져야 도망을 가겠지."

남자아이들은 색깔이 갈색과 검은색으로 얼룩덜룩한 고양이 한 마리를 둘러싸고 있었다. 지켜 줄 방울 하나도 없이 어쩌다가 빌딩 일색인 이 도로까지 나오게 되었는지 모르겠다.

"저리 가라. 미친 고양이!"

남자아이 하나가 먼저 고양이를 향해서 지우개를 던졌다.

"저리 가라! 미친 고양이!"

뒤이어 지우개 서너 개가 더 날아갔다.

"얘들아! 너희들 지금 뭐 하는 거야?"

마디는 얼른 고양이와 남자아이들 쪽으로 뛰어갔다.

"왜 죄 없는 고양이를 괴롭히고 그래?"

고양이는 길거리 생활을 오래 한 듯, 털이 엉망으로 엉켜 있었다. 마디는 고양이의 옆으로 가서 고양이 쪽을 가로막았다. 고양이는 바들바들 떨면서 울음소리 한 번도 못 내었다.

"죄 없는 고양이가 아니고 미친 고양이에요."

"그런 말도 하면 못써."

"비켜요. 저런 고양이는 우리한테 병균을 옮기는 나쁜 고양이라고요."

다른 남자아이가 마디가 앉아 있는데도 불구하고 지우개를 다시 던졌다. 지우개는 고양이에게까지 가 닿지는 못하고 땅에서 한 번 팅겼다가 마디의 이마 옆으로 맞고 말았다.

"아야!"

아파서가 아니고 순식간에 일어난 일이라서 마디는 이마 옆을 손바닥으로 덮었다.

"그, 그러니까 우리가 비키라고 했잖아요!"

마디가 지우개에 맞으니까 그제야 겁이 나는 모양이었다. 남자아이들은 하나같이 가방을 둘러메고는 도망을 쳐 버렸다.

"하여간 요즘 아이들은 큰일이야! 남에 대한 배려와 존중은 전혀 배우지를 못하니."

마디는 남자아이들의 뒷모습을 바라보며 고개를 젓다가 고양이에게로 시선을 돌렸다. 하지만 고양이도 그 북새통에 이미 어딘가로 달아나 버리고 없었다.

"괜찮겠지?"

마디는 아쟁을 추스르면서 몸을 일으켰다. 그런데 그 순간, 아주 강렬한 영상 하나가 마디의 눈앞에 떠올랐다. 그것은 12살의 저였다. 지금과 똑같이 이마 옆을 손바닥으로 덮고 있는데 손바닥 아래로는 붉은 피가 흘러내리는 중이었다.


*"저리 가라! 미친 마디!"*


환청도 들렸고 곧바로 또 다른 영상이 떠올랐다. 12살의 저는 혼자가 아니었다. 저의 앞으로 남자아이 두셋이 조금 전의 아이들처럼 왁자하게 웃음을 터뜨리고 있었다.

"뭐지? 도대체 지금 이게 뭐야?"

마지막으로 마디의 뇌리에 떠오른 영상은 또 다른 남자아이였다. 투명한 남자아이. 하얀 머리카락도 하얀 손도 입고 있는 옷도 모두

그 모퉁이 집

투명한 남자아이. 마디를 보면서 흘리던 투명한 눈물은 딱 아쟁 선율의 저녁의 도유와 닮은 그 남자아이. 10살의 마디가 남자아이를 보면서 말을 했다.

*"넌 온몸이 반짝반짝하잖아. 꼭 해가 떠 있는데도 내리는 눈 같아. 그러니까 넌 해눈이야."*

그러자 드디어 모든 것이 생각이 났다. 도유의 말이 맞았다. 해눈이라는 이름은 정말 강력한 트리거였다. 마디가 내밀었던 손가락에 걸렸던 투명한 손가락. 전체가 하얀데 중간 부분만 불타오르듯이 붉어서 딱 백단심 무궁화의 꽃빛깔이었던 머리카락. 똑같이 투명한 백단심 무궁화나무 안에서 걸어 나왔던 투명한 발걸음 소리. 마디풀만이 보고 들을 수 있었던 꽃혼 해눈. 절대 잊지도 않고 버리지도 않겠다고 맹세했던 나의 해눈! 천녀도에서 유일하게 서로였던 저와 해눈!

그 순간, 초대하지 않은 손님이었던 두통이 드디어 마디를 떠났다.

**흰 장미의 꽃말은 <순수 혹은 새로운 시작>**

백단심 무궁화의 꽃혼
(백단심 무궁화)

밤에 걸린 달은 모두의 그림자를 토해냈다. 은조는 낮에 본 쪽지대로 방 창문에 주렴을 드린 채로 밖을 내다보고 있었다. 모퉁이 집의 고용인 출입구가 열리더니 두 개의 그림자가 마당으로 나왔다. 달빛이 비추는 두 사람은 바로 옥이와 정구였다.

"저 두 사람이 이 밤중에 창고에는 왜 가는 게지? 혹 낮에 본 쪽지가 두 사람 중의 누군가가 보낸 건가? 설마, 혹시 옥이가……?"

만에 하나, 옥이가 아버지뻘이나 되는 정구에게서 몹쓸 짓을 당하고 있는 거라면? 그래서 저에게 남몰래 도움의 손길을 청하는 거라면?

모퉁이 집의 고용인 중에서도 글자를 아는 사람은 몇 되지 않았다. 하지만 왼손으로 글자를 흘려 쓴 건지 쪽지는 내용만 간신히 구별할 수 있을 뿐 옥이의 필체인지를 가려낼 수는 없었다.

"가 보면 알겠지."

은조는 옥이와 정구가 창고 안으로 사라지자 제 방에서 나왔다. 은조의 방은 1층이었다. 워낙에 마른 몸이라 배가 크게 부르지도 않은데 2층은 오르내리기 힘들 거라면서 윤송이 배려를 해 준 덕이었다.

옥이나 정구보다 더 발소리를 죽이고 창고 쪽으로 다가갔다. 창고 쪽의 꽃잔디가 은조의 발소리를 숨겨 주었다. 창틀을 잡고 고개만 내밀어 안을 들여다보았다.

"두 사람, 지금 도대체 뭘 하고 있는 거지? 그리고 창고 안에 저런 지하가 있었나?"

막 지하로 통하는 입구의 자개농을 드러내는 정구가 보였다. 옥이는 곧 지하로 사라졌다. 그러자 정구는 자개농을 다시 제자리에 갖다 두고 그 옆에 자리를 잡고 앉았다. 은조의 머릿속이 분주하게 회전하였다. 어쩌면 제가 찾고자 하는 것들이 저 지하 안에 있을지도 모르겠다. 일단 옥이가 정구로부터 해를 입는 것은 아니라는 것이 확인되었으니 은조는 제 방으로 돌아왔다. 그리고 아까처럼 주렴을 늘인 채로 창문에 붙어 서서 마당을 주시했다.

1시간은 훨씬 지난 후였다. 창고의 문이 열리더니 옥이와 정구가 다시 걸어 나왔다. 정구는 갈 때와 같은 모습이었지만 옥이는 심하게 몸을 휘청거리고 있었다.

"옥이야, 대체 그 지하에서 무슨 일을 겪고 돌아오는 거니?"

달빛에 투영되어서 비척거리며 걸어가는 옥이의 옆모습에 마음이 아렸다.

두 사람은 곧 모습을 감추었다. 은조는 한참을 더 마당 쪽을 살피다가 밖으로 나왔다. 때마침 먹구름이 밀려와서 달을 반쯤 가려 주었다.

창고로 들어간 은조는 자개농을 옆으로 밀었다. 멍석 밑에 지하로 통하는 입구가 드러났다. 소리를 죽여가면서 나무문을 열어젖혔다.

제일 먼저 와 닿은 것은 역한 향냄새였다. 통풍도 잘 되지 않은 지하에 향을 피워서 냄새가 제대로 순환이 되지 않는 까닭이었다. 소름이 쫙 끼쳤다.

잠시 후, 지하로 완전히 내려선 은조의 눈이 휘둥그레졌다. 지하의 곳곳을 밝힌 호롱불들. 그 빛을 반사하면서 한쪽 벽면을 차지한 거대한 일왕(日王)의 사진. 그 밑으로 차려진 제단에 놓인 조상신을 모시는 일본인의 위패. 소름 끼치도록 역했던 향냄새는 바로 위패 옆에서 스며 나오고 있었다.

안쪽으로는 일본식 다다미 침대도 하나. 아무도 사용한 적이 없는지 주름 하나 없이 말끔하게 정리가 되어 있었다.

은조는 지하를 찬찬히 둘러본 후에 양문 서랍장으로 다가갔다. 서랍장 안에는 권총이 세 자루나 놓여 있었다.

"왜 권총을? 이것들은 또 뭐지?"

권총 옆으로는 서류 같은 것들이 쌓여있었다. 은조는 권총을 제쳐두고 서류의 내용들을 먼저 살펴보았다.

놀랍게도 국내와 중국 쪽에서 활동하고 있는 독립 본부와 투쟁 열사들에 관한 내용이었다. 은조는 이맛살을 찌푸렸다. 이런 것들을 일부러 보관할 필요는 전혀 없었다. 아니 오히려 숨기고 감추어야 할 내용이었다.

"역시나 구헌 씨의 짐작대로 고윤송은 이중 첩자인 건가?"

이로써 최소한 구헌의 짐작이 맞았다는 것이 증명된 셈이었다.

서류 옆으로는 사진이 붙은 증명서류가 든 액자 하나도 세워져 있었다. 사진도 아니고 증명서류를 액자에 넣어둔 것이 이상해서 은조는 액자를 들어 자세히 들여다보았다.

서류의 왼쪽 윗면에는 윤송의 사진이 붙어있었다. 그리고 그 밑으로는 蓮大輔(연대보)라는 글자가 적혀 있었다. 은조는 글자를 찬찬히 곱씹으면서 읽어보았다. 그러다가 헉! 숨을 들이켜면서 입을 막고 말았다.

윤송은 독립군을 은밀히 도우면서 어쩔 수 없이 친일을 가장하고 있는 민족 사업가도, 실제로는 일본을 돕고 있으면서 독립군도 도우는 척 오가며 정보를 빼돌리는 이중 첩자도, 그 어느 것도 아니었다. 윤송은 蓮大輔(연대보) 즉, 蓮(렌) 大輔(다이스케)라는 이름을 가진, 대한제국인의 탈을 쓴, 일본인 그 자체였다.

액자를 제자리에 내려놓는 손이 덜덜 떨렸다. 하지만 침착하게 손을 댄 흔적이 남지 않도록 정리를 한 후에 여닫이문을 닫았다.

서둘러 창고 밖으로 나왔다. 주변을 살피면서 재빨리 모퉁이 집의 현관으로 들어섰다.

하지만 그다음 순간, 은조는 지하에서보다 더 크게 놀라고 말았다. 다다미 마루를 깐 현관 입구에 잠자리 가운을 입은 윤송이 서 있었다.

"은조, 야심한 시간에 어딜 다녀오는 게요?"

차가운 눈빛을 하고 선 윤송의 물음은 한겨울의 서릿발 같았다. 은조는 재빨리 냉정을 되찾았다. 구헌과 함께 훈련을 할 때에도 감정을 감추는 것에 제일 주력했었다.

"윤송 상, 이 밤에 안 주무시고 어쩐 일이세요?"

훈련의 성과답게 목소리는 떨리지 않고 나와 주었다.

"그건 내가 먼저 그대에게 물은 것 같소만."

윤송, 아니, 다이스케의 차가운 말투도 변하지 않았다.

"잠이 안 와서 잠시 마당을 산책하였어요."

"이 밤에 말이오?"

다이스케는 차가운 말투 뒤에 미심쩍은 눈빛을 덧붙였다.

"아이가 잠이 오지 않는 모양이에요. 그래서 덩달아 저도."

배 속의 아이 핑계를 댔다.

"아이를 생각한다면 매사 조심해야잖소."

그제야 다이스케의 눈빛이 평소의 부드러움으로 풀렸다. 그가 현관 옆으로 물러났고 은조는 신발을 벗고 올라섰다.

"그만 침실로 들어가도록 해요."

다이스케가 앞장서서 은조의 방 쪽으로 갔다.

"네. 이만 주무세요."

은조가 제 방으로 들어가자 다이스케는 방문을 닫아주었다. 조용히, 낮게. 침대에 앉은 은조도 깊은 한숨을 내쉬었다. 조용히, 낮게.


다음 날 오전, 고용인들이 집안일로 바쁜 틈을 타서 은조는 모퉁이 집을 나왔다. 구헌은 미리 나와서 기다리고 있었다. 언제나처럼 손을 휘저어서 소나무가 무성한 숲길에 칡넝쿨이 늘어지게 했다.

"뭐라고요? 그자가 일본인 같단 말이오?"

은조 자신도 어젯밤 창고에서 눈으로 직접 본 사실을 믿을 수가 없는 지경이니 구헌의 놀라움은 당연했다.

"일왕의 사진에 조상신들의 위패까지?"

거기에다가 향까지 피워놓고 있었다.

"이건 빼도 박도 못하게 그자가 일본인이라는 증거이긴 한데. 렌 다이스케라⋯⋯."

윤송은 5년 전, 진주로 와서 <동아염직소>를 개업하기 전까지의 행방이 묘연했다. 어디에서도 그의 흔적을 찾을 수 없었다. 일본에서 태어나 일본에서 줄곧 자랐다고 말은 했지만, 일본에서의 행방도 묘연하기는 마찬가지였다. 그래서 구헌은 그를 의심하기 시작했던 것이다. 창포꽃을 유독 좋아하는 그에게 접근하기 위해서 은조는 아쟁을 연주하면서 창포꽃을 피워내었다. 하지만 모퉁이 집에 몇 달을 머물면서도 꼬리는 쉽게 잡히지 않았다.

사실을 알고 보니 어쩌면 당연한 결과였다. 고윤송이라는 대한제국의 사람은 5년 전까지는 존재하지도 않았던 허상의 인물이니까.

"조선총독부에서 그런 지령을 내렸다는 말을 들은 적은 있소. 일왕에 대한 충성심이 탁월하고 다방면에 특출한 젊은 일본인들을 훈련시켜서 대한제국 사람인 것처럼 둔갑시킨다고 하더군요. 그런 후에 대한제국인들 속에 들어가 살면서 일본에 대한 좋은 인식을 심어주고 내선일체가 필요함을 역설한다고 했소. 친일감정을 무의식중에 심어주기 위해서. 그저 수많은 풍문 중의 하나인 줄로만 알았는데."

하긴, 다이스케가 현지마을에 들여온 일본 문물이 꽤 되었다. 다이스케는 그것들을 모두 무상으로 나누어 주었고 일본이라면 치를 떠는 사람들도 그 문물에는 혹해서 일본에 대한 적개심을 잠시 내려놓고는 했다. 대놓고 말하지는 못해도 일본의 문물이 대한제

그 모퉁이 집

국을 발전시킨다고 믿는 사람들도 간혹 등장하게 되었다.

"간악한 인간들. 제 국민을 팔아가면서 정말 이런 방법까지 사용할 줄이야."

구헌은 주먹을 모아 쥐면서 고개를 가로저었다.

"창고에 있는 지하실에 그것을 밝힐 수 있는 것들이 모두 있어요. 이제 어떡해야 할까요?"

"쉬운 문제는 아니요. 그가 아니라고 잡아떼면 그만일 터이니."

구헌이 고개를 숙이며 생각에 잠기자 은조도 따라서 생각 속에 잠겼다.

"아무래도 이 방법이 가장 좋을 듯하오."

한참을 고민하던 구헌이 드디어 고개를 들었다.

"독립군들을 도우는 정황이 있는 것 같다고 경찰서에 이야기를 하는 거요. 그런 후에 그의 집을 급습하는 게요."

"그러고 나면요?"

"창고의 지하실에서 그자의 진짜 정체를 밝힐 수 있겠지. 더 이상 우리 본진을 흔들지 못하도록."

"진주경찰서장은 정말 그의 정체를 모를까요?"

"조선총독부가 주관하여 이루어지는 일이요. 지방의 경찰서장까지는 알지 못할 거요. 철저하게 신분에 대한 비밀 보장을 한다고 하니까."

"잘 되겠죠?"

"당연히 그래야지요. 결국에 그는 일본인이라는 것이 밝혀질 거요. 그를 단죄할 수는 없겠지만 그렇게만 되면 그가 독립군 쪽으로 침입하는 것은 막을 수가 있을 테니 최선은 못 되어도 차선은 될 터이고."

"진주경찰서장이 허락할까요? 어쨌든 진주경찰서에도 가장 많은 후원금을 내고 있는데."

"서장은 야비하고 출세욕이 강한 자요. 틀림없이 후원금보다는 독립군을 잡는 쪽을 선택할 거요. 하나같이 야비한 인종들 같으니라고."

진주경찰서장인 혼다는 출세를 위해서라면 제 속옷도 벗어서 흔들어 댈 위인이었다.

"내일 아침에 당장 모퉁이 집으로 가도록 하겠소."

"그럼 저는요? 저는 어떡할까요?"

"은조가 지금 몸을 움직이는 것은 이상하오. 그자는 끈질긴 자요. 은조에 대해 이상한 점을 눈치채게 되면 끝까지 은조를 쫓으려할 거요. 내일 아침에 우리가 가게 되면 그자는 공장에서 바로 체포가 될 것이오. 하면 은조는 몸을 풀러 친척 집에 간다고 하고 모퉁이 집을 나오도록 하오."

"그자가 금방 돌아오지는 않겠죠?"

"그러지는 못할 거요. 혼다가 그자의 영혼까지 탈탈 턴 후에 내보내려고 할 테니까. 물론 그 전에 그가 일본인이라는 것이 정확히 밝혀지거나 조선총독부에서 무슨 지시가 내려오긴 하겠지만."

독립군이나 그 조력자에 대한 일본 정부의 횡포는 인간으로서는 상상할 수 없는 것들이었다. 강력한 약물 주사를 놓거나 산 채로 불에 태우고 껍데기를 벗기는 것도 예사였다. 아무리 친일하는 사업가로 위장하고 있지만 독립군과 관계된 정황이 드러나는 이상 그가 무사할 수는 없었다. 그러니 만약 그가 무사히 풀려난다면

그 모퉁이 집

일본 쪽과 깊은 관계를 가졌다는 확실한 증거였다. 어느 쪽이든 구헌과 은조가 바라는 대로 될 것이었다.

"몸 조심히 잘 있기를. 곧 다시 만나게 될 터이니."

"기다릴게요."

구헌과 은조는 짧은 입맞춤을 나누었고 산길을 따라 내려갔다.

오늘도 저번 날처럼 뒤쪽의 언덕에 엎드려 있던 옥이가 그제야 몸을 일으켰다. 모든 것이 제가 생각한 대로 되었다. 그자의 정체가 무엇이든지 간에 이제는 그자에게서 놓여나게 되었다. 독립군을 도왔다고 하든 일본인이라는 것이 들통이 나든 그자는 현지마을에서는 더 이상 발붙이고 살 수가 없을 테니까.

게다가 지하실에 대한 정보를 준 것도 제가 아닌 은조였다. 나중에 그자가 이 사실을 알게 되면 끈질긴 그자는 어떻게든 은조를 찾아낼 것이고 은조는 결코 무사하지 못할 것이다. 하지만 저는 아무런 혐의도 없이 감쪽같이 벗어날 수 있다. 그자와 은조를 한꺼번에 해결할 수 있다. 그러면 구헌의 옆자리는 제 것이 될 것이다.

'진즉 이런 방법을 쓸 걸 그랬어. 이거야말로 손 안 대고 코 풀게 된 격이잖아.'

얼마나 어리석은 생각인지 스스로는 모른 채로 만족스러운 미소를 지었다. 가련한 어린 영혼이었다. 옥이마저 산길을 내려갔다. 적막함이 온 산을 감싸는 듯했다.

하지만 잠시 후, 바사삭 봄풀 밟는 소리가 났다. 은조와 구헌, 옥이가 사라진 장소에 누군가가 나타났다.

"흥! 감히 대일본제국의 신민을 상대로 마작 패를 던져 보시겠다? 그래. 허면 내가 모두에게 불지옥의 패를 뒤집어 보여 주지."

일본식 정장을 입고 머리카락 한 올 흐트러짐 없이 빗어 넘긴 남자, 바로 다이스케였다.


마디가 제일 처음 꽃의 말을 들은 것은 집 앞에 서 있는 박태기나무에게서였다. 초등학교 입학식 날이었는데 그 해 현지마을에서 초등학교 신입생은 마디뿐이었다.

"꼬맹이, 너도 오늘 입학이냐?"

마디가 아서의 손을 잡고 집을 나서는데 계성과 다른 아이들이 앞으로 지나갔다.

"응. 언니, 오빠야들도 학교에 가는구나!"

마디는 작은 손을 들어 흔들어 보였다.

"넌 학교에 가서 선생님이 뭘 물어보면 딱 한 마디만 해야 한다. 안 그럼 혼나."

"킥킥!"

계성이 마디의 이름을 가지고 놀려댔고 다들 웃음을 터뜨렸다.

"남이사!"

마디는 베! 혀를 내밀어 버렸다.

<작은 애기야. 잘 다녀오렴.>

낯선 목소리가 날아온 것은 박태기나무를 지날 때였다. 처음 들어보는 목소리에 마디는 뒤를 돌아보았다. 그때부터 이미 마디에게는 할머니였던 옥이 할머니나 진희 할머니의 음성이 아니었다.

"아서 오빠!! 누가 나한테 잘 다녀오라고 그랬어."

마디는 잡고 있던 아서의 팔을 흔들었다.

"조금 전에 동생들이 언니, 누나, 잘 갔다 와! 라고 했잖아."

아서는 쌍둥이 동생들을 돌보는 용남 때문에 마디의 등하교 지킴이가 되었다.

<작은 아기야. 잘 다녀오렴.>

그 후로도 매일 그 음성을 들었다. 그래서 아서가 봄 감기에 걸려 같이 가지 못하게 된 어느 날, 드디어 마디는 주변을 둘러보기 시작했다.

"누구야?"

그동안은 아서 때문에 그럴 수가 없었다.

<나란다.>

같은 음성이 대답했다.

"진짜 누구냐고?"

마디는 싸우기라도 할 폼으로 허리에 손을 얹었다.

<여기. 위에.>

음성이 다시 속삭였다. 고개를 들어보았다. 연초록 잎을 늘인 박태기나무가 마디를 보며 웃고 있었다. 진짜 웃는 얼굴이 보인 게 아니라 그냥 그런 느낌을 받았다.

"어? 박태기나무 할머니?"

마디는 단번에 박태기나무를 할머니라고 불렀다.

<그래. 이제야 날 알아보는구나.>

"학교 갈 때 매일 아침 나한테 인사를 한 게 할머니예요?"

<그랬단다.>

"우와! 난 그런 줄도 모르고."

충분히 초등학교 1학년다운 반응이었다.

"할머니! 할머니! 내 친구들 중에서 나무한테 인사를 받은 친구는 나쁜일 건데."

<아마도 그럴걸.>

"우와! 자랑해야지."

마디는 양팔을 높이 벌려 머리 위로 만세를 불렀다.

<아가야. 하지만 그건.>

박태기나무 할머니가 뭐라고 말을 하는 것도 듣지 않고 마디는 앞으로 마구 달려갔다. 저만치 앞에 계성과 그 무리들이 보였다.

"오빠야들! 언니야들!"

마디가 현지마을이 떠나가라 불러대자 등교하던 전체 아이들이 고개를 돌렸다.

"있지. 우리 집 앞에 박태기나무 할머니가 나한테 학교에 잘 갔다 오라고 인사를 했어."

마디는 가슴을 앞으로 내밀고 큰 소리로 말을 했다.

"뭐라고? 꼬맹이, 너, 다시 말해 봐."

"아니. 박태기나무 할머니가 작은 아기야. 잘 다녀오렴. 이렇게 나한테 말을 했다고."

8살의 마디는 열심히 최선을 다해서 설명했다. 어이없어하는 아이들의 반응은 똑같았다.

"얘들아. 그만 가자. 학교에 오기 전에 동화책이라도 읽었나 보지, 뭐."

잘난 척하기 좋아하는 소미 언니가 제일 먼저 마디에게서 돌아섰다. 다른 아이들도 뒤를 따랐다. 계성은 검지를 제 머리 옆에 붙여서 돌려 보이기도 했다. 그런 일은 그 후에는 자주 일어났다. 그러면서 동시에 마디가 밤중에 모퉁이 집 앞에 가서 서 있는 일도 발생하기

그 모퉁이 집

시작하였다. 매번 동우가 와서 마디를 데리고 돌아갔다. 용남은 히스테리 수준의 반응을 보였다.

그러다가 초등학교 3학년, 10살이 되었다. 미소가정의학과 진희 할머니의 집에 도둑이 들었다. 현지마을에서는 어느 집도 대문을 잠그지 않았고 앵두나무 집에는 아예 대문이 없었다. 그런 현지마을에 도둑이 드는 일은 거의 없었다. 마디는 이번이 기회다 싶었다. 다들 저를 이상한 눈으로 보는데 이번에 도둑을 잡아주면 사람들이 저를 달리 볼 것이라고 생각을 했던 것이었다.

진희 할머니의 집으로 갔다. 도둑이 들었는데도 불구하고 대문은 여전히 열려 있었다. 어느 나무가 가장 나이가 많을까 살펴보는데 외따로 지은 황토 방 앞에 늘어진 포도나무가 눈에 들어왔다. 매년 100송이가 넘는 포도를 맺는 나무였다. 범인은 바로 알아낼 수 있었다. 마디는 용남과 동우에게 자랑스럽게 얘기를 했다. 부모님은 믿을 수 없다는 표정을 지었지만 정말 마디가 말해 준 곳을 파 보니 물건이 나왔다. 범인은 한동네 사람이라서 동우가 따로 주의만 주었다.

다음 날 아침 일찍 용남은 꽃집 문도 열지 않고 마디의 손을 잡고 아동 정신과로 향했다. 의사의 진단은 소아성 과대망상과 리플리 증후군이라고 했다. 아마도 마디는 인정받고 싶고 자랑하고 싶다는 생각에 물건을 파묻어 두고 거짓말을 했을 것이라는 진단이었다. 평소에 억눌렸던 것들이 그렇게 분출이 되었다고도 덧붙였다. 이제 용남은 아예 뒤로 넘어갈 지경에 이르렀다.

"의사가 말하기를 이 정도면 상태가 아주 심각한 거랬어."

"그래서 치료는?"

동우의 얼굴도 시커멓게 죽어 있기는 마찬가지였다.

"방법은 있는 거야?"

"몰라. 몰라. 아무리 그래도 멀쩡한 애를 정신병원에 어떻게 집어넣어?"

마디는 이제 그날 용남과 동우가 주고받던 대화도 생생히 떠올릴 수 있었다. 용남의 눈물과 동우의 깊은 한숨까지도.

그래서 마디는 여름방학을 한 달 앞둔 시점에 천녀도로 가게 되었다. 학교의 출석은 병가로 처리가 되었다. 탁 트인 바다에서 지내다 보면 억눌린 뭔가가 풀릴 수도 있을 것이라는 막연한 기대 속에 떠난 걸음이었다. 동우와 함께 배에서 내리자마자 한옥이 여사가 한달음에 달려왔다.

"아이고, 내 새끼. 내 새끼."

한옥이 여사는 그 주름진 품에 마디를 가두어 안았다.

"인자 다 괜찮을데이. 이 할무이랑 있으믄 다 괜찮을 것이데이."

눈물 젖은 목소리는 용남과 똑같았다. 한옥이 여사의 무한한 사랑 속에 마디는 천녀도의 구석구석을 뛰어다녔다. 천녀도의 아이들은 아무도 마디와 놀아주지 않아서 아이들이 학교에 간 시간이나 하교를 한 시간이나 마디는 언제나 혼자였다. 하지만 마디는 아무것도 상관이 없었다.

그러다가 어느 날, 한옥이 여사가 낮잠을 자는 시간에 맞춰 천녀도의 뒷산에 올라가게 되었다. 섬의 주민들조차도 가기를 꺼리는 그곳에는 이상한 기운이 서려 있다고 들었다. 하지만 마디는 더 이상 다른 곳은 돌아볼 곳이 없었다. 한옥이 여사가 유일하게 할 줄 아는 양 갈래머리를 땋고 딸기 모양 방울을 머리에 한 채로 마디는 숲길로 올라갔다. 그러다가 그 목소리를 들었다.

그 모퉁이 집

<아! 심심해. 심심해.>

분명 숲길의 저 깊은 안쪽에서 들려오는 소리였다.

<보고 싶다. 보고 싶어.>

마디는 고개를 갸웃거리면서 소리가 나는 쪽으로 걸어갔다. 이미 여름이라서 정오의 햇살은 찬란하게 부서지고 있었다. 그곳에 남자아이가 있었다. 백조의 날개 깃털 같은 하얀 머리카락에 정수리 뒷부분만 타오르듯이 붉게 물든 머리카락. 세상의 더러움은 하나도 깃들지 않은 맑고 연한 눈동자. 붉은 사탕을 빨아 먹어 붉은 색소가 입힌 것 같은 붉은 입술과 볼. 둘은 단번에 절친한 사이가 되었다. 마디는 남자아이에게 해눈이라는 이름도 붙여 주었다. 해눈은 자신이 꽃혼이라고 했다. 마디는 처음 들어보는 단어였다.

"꽃혼이 뭔데?"

<꽃 속에 사는 살아있는 영혼이라는 말이야.>

"아! 그래서 내가 널 볼 수가 있는 거구나."

마디는 이제 제가 꽃의 말을 듣고 꽃의 움직임을 볼 수 있다는 것이 너무 기뻤다.

<신기해. 내 친구 말고 또 날 볼 수 있는 사람이 있다는 게.>

"친구?"

<그래. 내 단 하나뿐인 친구. 그런데 학교엘 가서 지금은 나랑 놀아줄 수가 없어.>

"그래서 계속 보고 싶다, 심심하다, 그랬던 거구나"

남자아이 해눈이 고개를 끄덕였다.

<이제는 됐어. 이제 내게는 마디풀이 있으니까.>

투명한 해눈은 마디의 옆으로 찰싹 붙어 앉았다. 어지간히 친구가

그리웠던 모양이었다.

"우리 할머니의 집은 저기야. 저어기 숲길 아랫마을 끝 집."

마디는 검지를 펴서 보이지도 않는 숲길 아랫마을을 가리켰다.

<혹시 진주댁 할머니?>

"어? 네가 우리 할머니를 알아?"

마디는 해눈이 제 할머니를 안다는 것이 신기했다.

<그럼. 친구가 가고 혼자 숲에 남아 있으면 심심해서 늘 마을 쪽을 내려다보고 있는 걸.>

"그럼 네가 마을로 놀러 오면 되잖아."

<난 내가 사는 집을 떠나서 멀리 갈 수가 없어.>

"넌 집이 어딘데?"

<저어기.>

해눈이 어딘가를 가리켰다. 그 손가락 끝에는 감탄사가 나올 만큼 하얀 나무 한 그루가 서 있었다. 투명한 것만 빼면 보통의 백단심 무궁화였는데 껍질만은 정말 하얬다.

"저 이상한 백단심 무궁화가 너의 집이라고?"

<어! 넌 내 정확한 이름도 알아?>

"우리 엄마 아빠가 꽃집을 하시거든. 그래서 나도 꽃이랑 나무가 너무 좋아. 그건 그렇고 넌 머리 색깔이 왜 그래? 이런 머리카락 색도 난 처음 봤어."

<우리 꽃혼들은 머리카락 색이 살고 있는 집의 꽃 색이랑 똑같아.>

어느새 한옥이 여사가 일어날 시간이 되었다. 마디는 집으로 돌아가야만 했다.

<왜?>

원피스 치맛자락을 털어내는 마디를 보는 해눈의 눈동자가 슬퍼졌다.

"인제 우리 할머니가 낮잠에서 일어나실 시간이야. 아마 나를 찾으실 걸."

<정말 꼭 가야만 해?>

해눈의 눈빛에 담긴 슬픔의 빛이 더 짙어졌다.

"응."

<그럼 내일 또 놀러 오겠다고 약속해 줄래?>

해눈은 어쩔 수 없이 포기하는 모양이었다.

"내일? 좋아. 우리 할머니가 바다에 갔다 와서 낮잠을 주무시면 바로 만나러 올게."

마디는 엄지손가락을 내밀었다. 해눈의 엄지손가락이 사이좋게 걸렸다.

"대신 보고 싶다고, 심심하다고, 자꾸 소리치지 마. 내가 너무 시끄럽다구."

<알았어.>

마디는 해눈을 남겨두고 숲길을 걸어 나가기 시작했다. 처음에는 거침이 없이 걸어갔다. 하지만 마을이 보일 때쯤 해서 뒤를 돌아보았다. 저는 집에 가면 할머니가 있지만 이제 해눈은 혼자였다. 돌아보니 해눈의 슬픈 눈빛이 눈물 속에 흐려지고 있었다.

<내일 꼭 와야 해. 나, 기다린다!>

해눈이 손나팔을 만들어 외쳤다. 마디는 순간 해눈이 못내 가여웠다. 저와 해눈은 똑같은 외톨이였다.

다음 날, 한옥이 여사가 낮잠에 들자마자 마디는 숲길로 향했다.

걸어가지 않고 빨리 달렸다. 해눈은 벌써 숲길의 입구에 마중을 나와 있었다. 고개를 길게 늘이고 쳐다보고 있더니 마디를 보자마자 한달음에 뛰어왔다. 둘은 손을 잡고 깡충깡충 뛰었다. 햇살은 곱게 갈아둔 크리스털 조각처럼 반짝였다. 그렇게 매일을 둘이는 만났다.

"넌 원래부터 천녀도에서 살았어? 여기에서 태어난 거야?"

어느 날, 마디는 해눈이 어디에서 왔는지 궁금했다.

<아니, 내 고향은 꽃들이 1년 내 피어서 시들지 않는 땅. 거친 바다 소용돌이와 보라색 안개가 지키는 비밀의 땅이야.>

해눈의 눈동자가 그리움에 젖었다.

"거기가 어딘데?"

<바다 건너 저어기 먼 곳. 아무도 찾을 수 없는 곳.>

"그런데 넌 어떻게 여기엘 온 거야?"

<어느 나쁜 사람이 나를 팔려고 몰래 캐냈어.>

"뭐, 정말?"

<응. 세상 구경을 시켜준다고 해서 따라나선 거였는데 다 거짓부렁이었어. 일 년에 한 번 우리 땅을 떠나는 배에다 나를 태웠어.>

"그런데 어쩌다 천녀도까지 왔어?"

<나를 배에 싣고 가는데 폭풍우가 몰아쳤지. 그래서 배가 가라앉았는데 마음 착한 우리 아씨가 나를 구해줬어.>

"아씨?"

<음. 아가씨라는 말이야.>

"넌 왜 가끔 이상한 말을 써?"

<내가 좀 오래 살아서 그럴 걸. 숲 아래까지 온 마을 사람들의 말투를 따라 바꾼다고 많이 바꿨는데도 말투가 좀 이상한가 봐.>

그 모퉁이 집

"에게, 너도 나랑 비슷한 나이 같은데."

<아니야. 난 태어난 지 벌써 백 년이 다 되어가는 걸.>

"우웩! 정말?"

<그럼. 우리 꽃혼들은 거짓말을 안 해.>

"그럼 넌 백 살 할아버지인 거야? 근데 왜 수염도 없고 머리도 그렇게 빨간 부분이 있어?"

마디는 진심으로 궁금했다.

<나도 몰라. 음, 우리 땅에서도 어린 몸으로 오래 살았고 우리 땅을 떠나면서는 더 이상 자라지 않게 된 것 같아.>

"너희 땅으로 다시 돌아갈 수는 없어?"

<응. 슬프지만 나 혼자서는 안 돼.>

"내가 도와주면 안 될까?"

<넌 그럴 수 없을 걸.>

"왜?"

<내 집인 백단심 무궁화가 같이 가야 하니까.>

백단심 무궁화도 해눈처럼 아직 어리긴 해도 10살 마디가 움직이기에는 턱도 없이 컸다.

"그럼 해눈의 다른 친구에게 부탁해 봐."

<그것도 안 돼. 우리 땅으로 돌아가는 길을 아무도 몰라.>

"그렇구나."

엄마, 아빠를 다시 만나지도 못하다니 해눈이 더욱 가여웠다. 마디는 그만 눈물이 날 것 같았고 앞으로 해눈에게 더 잘해 줘야겠다고 결심했다.

<넌 동네에는 친구가 없어?>

어느 날 해눈이 물었다.

"친구? 난 그딴 거 없어. 여기에서도 우리 마을에서도. 모두 나를 놀리기만 하는 걸."

<왜?>

"내가 자꾸 이상한 걸 보고 듣는다고."

<그건 이상한 게 아닌데.>

해눈은 못내 아쉬운 듯 인상을 찡그렸다.

<정말 착한 마음이 회복되면 꽃들이 하는 이야기도 들을 수 있고 새들이 부르는 노래도 들을 수 있어. 사실 우리 꽃가야 땅의 사람들도 원래는 꽃혼들을 볼 수 있었는데 악한 마음을 먹기 시작하면서 우리 꽃혼들을 볼 수 없게 되었대.>

"누가 그랬는데?"

<마음 착한 우리 아씨.>

"저번에 이야기했던 그 아씨? 그런데 지금 그 아씨는 어디에 있는데?"

<몰라. 어느 날 잃어버린 어느 나라로 멀리멀리 떠났으니까.>

"잃어버린 나라? 그래서 넌 같이 안 갔어?"

<아씨가 그랬어. 난 바다가 있는 여기에서 사는 게 더 행복할 거라고. 원래 우리 땅이 바다로 둘러싸인 땅이니까.>

"아씨는 그럼 언제 돌아오는데?"

<모르겠어. 금방 돌아오겠다고 해 놓고 벌서 세월이 많이 지나가 버렸는걸.>

"너를 기다리게 하다니 아씨는 그럼 나쁜 사람이잖아."

<아니야. 분명 우리 아씨에게는 그럴 수밖에 없는 사연이 있었을 거

야. 그래서 난 꼭 우리 아씨를 기다렸다가 다시 만나고 싶어.>

"너, 아씨를 좋아하는구나."

<응. 난 우리 아씨가 제일 좋아. 사실은 마디풀을 처음 만난 날, 내가 보고 싶다 보고 싶다 한 사람은 바로 우리 아씨였어.>

"그럼 난?"

마디는 입술을 뾰로통하게 내밀었다.

<너도 좋지. 마디풀은 내 둘뿐인 친구 중 한 명이잖아.>

"그건 싫은데."

<그래도 좋은 건 좋은 거잖아.>

"그럼 알았어."

두 아이는 또 아쉽게 아프게 작별을 해야만 했다. 그때마다 해눈은 눈물을 흘렸다. 12살 여름방학까지 3년을 내리 해눈을 만나러 천녀도로 갔다. 해눈이 있었기에 마디는 더 이상 제 능력이 부끄럽지 않았다. 더 이상 제 능력 때문에 상처받지도 않았다.

"친구는 영원히 같이 노는 거다. 알지?"

마지막 여름방학, 해눈을 잊어버리기 전 마디가 먼저 해눈에게 다짐을 주었다.

<당연하잖아. 마디풀이야말로 날 잊지 않고 항상 보러 올 거지?>

"잊지 않아. 친구는 절대 잊는 게 아닌 거야."

해눈은 제 어린 첫사랑이었다. 숨결이 끊어질 때까지 절대 잊을 수 없는 의미였다.

<난 인간들의 거짓말에 너무 많이 속아 왔어. 그러니까 마디풀은 나한테 그러면 안 돼. 나를 잊거나 나를 버리거나 그런 일은 절대 안 되는 거야. 알았지?>

"해눈이야말로 나한테 그러면 안 돼."

<우리, 약속할까?>

"알았어. 그럼 나도 좋지. 자."

마디와 해눈은 또 손가락을 걸었다. 그 후 눈물로 배웅하는 해눈을 뒤에 두고 산길을 내려오다 돌에 맞고 절벽으로 떨어졌다. 그리고는 완전히 해눈을 잊어버렸다.

마디는 택시 안에서 그 찬란했던 여름날을 곱씹고 곱씹었다. 버스를 기다리며 서 있을 여유 같은 건 없었다. 미리 서휘에게 전화를 걸었고 도유를 바꿔 달라고 했다.

"지금 모퉁이 집으로 갈 거예요."

마디는 그 외에 아무 말도 안 했고 도유도 아무것도 묻지 않았다. 홍가시나무 담장 너머로 마당에 나와 서 있는 도유가 보였다. 대문은 살짝 열려 있는 채였다. 마디는 대문을 제 손으로 열고 안으로 들어섰다.

"해눈은요?"

도유는 바지 주머니에 손을 찔러 넣은 채 서 있다가 몸을 옆으로 비켜났다. 그러자 도유의 등 뒤로 서 있던 해눈의 모습이 드러났다. 해눈의 뒤로는 그동안 한 번도 보지 못한 백단심 무궁화도 함께 서 있었다.

"해눈?!"

15년 전의 해눈은 제 몸이 더 이상 자라지 않게 된 것 같다고 말을 했었다. 하지만 지금 마디의 눈앞에는 저랑 똑같이 나이가 들고 몸이 자란 해눈이 서 있었다.

<마디풀!>

하지만 해눈의 목소리만은 여전히 물빛으로 엷었다.

"해눈? 정말 해눈인 거지?"

아서가 그랬다. 사람이 아닌 장소나 물건이 그립다면 그건 거기에 얽힌 기억이나 추억이 있어서라고. 그러니까 모퉁이 집이 그렇게나 그립고 시렸던 것은 바로 해눈이 있었기 때문이었다.

<그래. 나야. 마디풀.>

해눈의 다정한 미소가 백단심 무궁화 꽃잎처럼 하얗게 빛을 발했다. 그러자 참고 달려온 마디의 울음이 터져 버렸다.

"정,말, 나의 해,눈,인,거,지?"

울음에 막혀서 마디의 말이 띄엄띄엄 끊어졌다.

"그래. 나야. 너의 해눈."

마디는 와락 해눈을 끌어안았다. 생각 없이 서 있던 해눈의 몸이 휘청 앞으로 꺾였다.

"해,눈! 미,안,해, 해,눈."

해눈에게서 풍기는 여름날 그 숲길의 향기를 느끼면서 마디의 눈이 감겼다.

"미,안해. 정말 많,이 기다렸지? 내가 너무 늦었지? 너무 너,무 미안해."

<아니야. 이렇게 왔으니까 그러니까 난 됐어.>

해눈도 마디의 어깨를 끌어안으면서 눈을 감았다. 그의 목소리도 물기에 젖어 가라앉아 있었다. 마디의 흐느낌이 해눈의 어깨를 적시고 해눈의 눈물이 마디의 팔을 적셨다. 눈물의 포옹은 꽤 오랫동안 풀리지 않았다. 모퉁이 집의 담장이 다른 사람들에게는 높디높은 콘

크리트인 것이 참 다행이다 싶은 시간이었다.

도유는 둘을 조용히 지켜보다가 집 안으로 들어갔다. 마디를 보자마자 격렬할 정도로 속도를 높여 제 심장을 지나가는 꽃마차를 느꼈지만, 지금은 그걸 말할 순간은 아니었다.

"그 마지막 여름날, 산길을 내려오다가 돌을 맞았어. 아마도 갑산댁 할머니의 손자였던 것 같아. 꽃의 말을 듣고 숲길에 사는 친구가 있다고 하는 나를 미쳤다고 놀리면서 돌을 던졌지. 몰려 몰려 절벽으로 굴러떨어지기까지 했는데 어떻게 다시 숲길 입구로 옮겨지게 됐는지는 모르겠어."

<그날 집으로 돌아가는 마디풀을 내가 끝까지 지켜봤어야 했는데 모두가 내 잘못이야.>

"아니야. 꽃을 알아보고 꽃의 말을 듣는 것이 아이들에게 돌을 맞고 절벽으로 굴러떨어지기까지 해야 하는 일인가 싶어서 기억을 몽땅 지워버린 나의 잘못이지."

절벽으로 떨어지던 12살 마디를 칡넝쿨을 부려서 구해낸 것이 바로 중학생 도유였다. 하지만 도유는 마디가 그 사실을 알기를 원하지 않았다.

"오지 않는 나를 많이 기다렸지? 모도유 씨가 그랬어. 해눈이 나를 많이 그리워하고 있다고. 정말 미안해."

<기다렸지. 매일 숲길 입구에 나가서 기다렸어. 그런데 마디풀은 다시는 숲길로 나를 찾아오지 않았어. 그럴 때, 나라도 마을로 내려가 보는 건데 나도 미안해. 하지만 우리, 15년 만에 다시 만났는데 모두 다 내 잘못이다, 미안하다, 자책만 하고 있을 거야?>

"아니. 미안하다는 말은 여기까지만. 15년 동안 나누지 못한 이야

기가 우리에게는 저만큼이나 쌓였잖아.”

마디는 현지마을을 둘러싼 산을 빙 둘러 가리켰다.

“그리고 이제 우리에게 남겨진 시간도 저만큼이나 많아. 이제 나는 두 번 다시는 해눈을 잊지도 놓치지도 않을 거야.”

모퉁이 집이 가슴 시리게 그리웠던 것이 여기에 있는 해눈 때문이었다고 생각하니 마디는 다시금 가슴이 시려왔다.

“그런데 해눈은 왜 진즉 나를 찾아오지 않았어?”

<나를 잊고 마디풀이 행복하다면 그것도 나는 좋다고 생각했어. 그리고 내가 천녀도에서 기다린 건 마디풀만이 아니야. 난 오래전 나를 떠난 우리 아씨도 함께 기다렸거든.>

“아씨를? 혹시 그 후 다시 해눈을 찾아온 적이라도 있어?”

<아니. 우리 아씨는 아마도 이미 이 세상의 사람이 아닐 거야. 나와는 달리 우리 아씨는 그냥 보통의 사람이었으니까.>

“그런데도 기다렸다고?”

<마디풀이나 아씨를 기다리는 게 그냥 내 삶의 이유고 목적이었어.>

‘이유’와 ‘목적’을 발음하는 해눈의 입매가 울먹거리는 것보다 훨씬 슬퍼 보였다.

“이제라도 해눈이 나를 찾아와서 너무너무 다행이야.”

하지만 해눈은 말할 수 없었다. 제게는 불행이 닥쳤기에 현지마을로 마디를 찾아왔다는 것을. 마디가 해눈의 손을 꼭 쥐었다. 백단심 무궁화나무 둥치에 두 사람의 어깨가 나란히 걸렸다.

긴 이야기가 끝이 났고, 도유와 해눈은 마당에서 마디를 배웅하였다.

“한마디 씨. 가지고 있던 모든 물음표에 마침표를 잘 찍었네요.”

도유는 감사하였다. 27살의 마디는 이 모든 일들을 그리고 저와 해눈의 존재를 기쁨의 눈물과 함께 받아들여 주었다. 어쩌면 이제 위악 속에 파묻어 두었던 제 진심이 호흡을 할 수 있을지도 모르겠다.

"물음표가 존재한다는 걸 15년 만에 알았어요. 그러고도 마침표를 찍는 데 두 달이 넘게 걸렸네요. 어려운 숙제였어요."

"수고했어요. 그리고 고마워요."

"나야말로 너무 너무 감사해요. 보도유 씨에게 고마운 마음이 내 방학 숙제라면 내 방학은 영원히 끝나지 못할 정도인 걸요."

"이제 언제든 원하는 대로 와요. 모퉁이 집의 담장도 대문도 한마디 씨에게는 항상 열려 있으니까."

"염치는 없지만 그럴게요."

마디 혼자서 모퉁이 집을 나섰다. 비닐하우스 일을 나갔던 마을 사람들이 돌아올 시간이었다. 마디가 도유와 함께 모퉁이 집을 나섰다가는 꽃집의 마디와 모퉁이 집의 모서리가 다음 달에 결혼할 것이라고 현지마을에 소문이 날 터였다.

도유는 해눈의 어깨를 토닥여 주었다. 오랜만에, 아주, 다정한 손길로. 해눈은 도유의 팔을 잠시 붙들었다가 놓았다. 간절하게, 정말, 서글픈 손길로.


노신사 한 명이 현지마을의 입구로 들어섰다. 로맨스그레이라는 단어가 사람으로 변신한다면 딱 그 노신사의 모습일 것이었다. 골목에서 앞서 걸어가고 있는 세 사람은 현지마을의 어른들이었다. 일찍 비닐하우스 일을 마치고 돌아왔다. 5월 중순부터는 한낮에 비닐하우스 안에서 머무는 것 자체가 불가능하였다. 온도가 급상승한다.

그 모퉁이 집

"참, 우리 마디가 말이여, 우째 그런 용한 재주를 타고났는지?"

골김댁 할아버지는 허리를 연신 두들겼다.

"아쟁 소리가 고마 애간장을 다 끊어놓더라 아이가. 천녀도 댁에 처음 가서 저 아쟁인가를 봤다고 했제?"

천녀도 댁이란 한옥이 여사를 이르는 말이었다. 지 씨 할아버지는 아직까지도 아쟁의 선율에 젖어 있는 듯했다.

"암만. 그래서 그기 다 천녀도 댁의 자랑거리 아이가."

"저 아쟁도 천녀도 댁 거라고 했제?"

"3년 전에 그 바깥사람 졸하믄서(돌아가신 후) 마디한티로 넘어왔 다 카데."

"참 신기한 거는 그 아쟁은 소리가 유독 더 애절한 기라."

"천녀도 댁 집에서도 오래 묵었다 카더만. 뭐 100년은 더 돼 갈끼 라 카던디."

"그라믄 완전히 문화재 겁(급)이네."

"신청만 하믄사 안 되겠나?"

"그래도 내는 마디 저 아가 사람 노릇이나 제대로 할랑가 걱정했 었는디."

옥이 할머니가 두 사람의 말 사이에 끼어들었다.

"먼 말이고?"

"아, 기억 안 나나? 마디 쟈가 어렸을 띠, 꽃이 노래를 허네, 꽃이 지한티 말을 시키네, 꽃이 춤추는 걸 봤네, 이람서 여러 사람을 기함 하게 만들었던 거를?"

"그기 운제 적 일인디 그런 말을 하노? 아아들이 어릴 때 보면 그 런 일도 더러 있제."

"아이다. 마디가 갈키 죠서 그 띠 병원 집이 도둑을 잡은 적도 있었다 아이가. 기억 안 나나? 장독대에서 포도나무가 가르쳐 줬다 카믄서."

"그라고 보이 맞네."

지 씨 할아버지가 그제야 생각이 난 듯이 손뼉을 쳤다.

"아. 그기사 우짜다 고마 소 뒷걸음질 치다가 쥐 잡은 격이제. 꽃집의 동우나 그 안댁(아내)이 올매나 싫어하는디 그런 말을 또 하노?"

골김댁 할아버지가 단번에 옥이 할머니를 나무랐다.

"내사 걱쩡이 돼서 한 말이제."

옥이 할머니는 입맛을 다셨다.

"아아들이 싫다 카는 말인데 그기 걱쩡으로만 들리겠나?"

골김댁 할아버지가 혀를 차자 옥이 할머니의 얼굴이 불콰해졌다. 더 이상은 아무런 말이 없이 세 명의 노인은 앵두나무 집 쪽으로 부지런히 걸음을 옮겼다. 뒤에서 따르는 노신사는 알아차리지도 못했다.

노신사는 홍가시나무 울타리 모퉁이 집 앞에서 걸음을 멈추었다. 초인종을 누르고 자신을 밝히자 서휘가 바로 뛰어나왔다. 도유도 함께였다.

"할아버지! 미리 전화라도 주셨어야죠."

도유와 서휘가 동시에 부른 그 노신사는 바로 도유의 할아버지인 근식이었다.

"예림 건설과의 제휴는 두 회사에게 다 윈윈이 되도록 최대한 공평한 선에서 타협을 보았어. 그쪽 임 대표도 만족하는 모양이더라."

세 사람이 마주 앉은 거실의 탁자 위에는 제휴 협약서가 놓여 있었다.

　　　　　　　　　　　　　　그 모퉁이 집

"올가을부터 구도시 쪽으로 대단지 아파트 건설이 시작될 거야."

"죽어버린 상가나 도심 쪽이 탄력을 받겠네요."

"임 대표가 영리한 사람이야. 다른 회사에서는 모두 신도시 쪽으로만 투자를 하는 상황에서 틈새를 노리는 게지."

"옳은 판단이라고 봅니다. 구시가지에 대한 향수를 가지고 사는 사람들의 수도 만만치는 않을 테니까요."

"그나저나 서휘 네가 고생이 많아. 도유의 개인 비서에 가사 일에 도유 병구완까지 너한테만 짐을 떠안겼다. 내가 늘 미안하고 마음이 무겁구나."

오랜만에 만난 가족들이었다. 회사 업무에 대한 이야기는 그리 길지 않았다.

"할아버지, 제가 원해서 따라나선 길이에요. 그리고 가족끼리 미안할 게 다 뭐예요? 그러시지 말고 저희 집에 처음 오셨는데 집 구경부터 하시겠어요?"

근식과 도유가 아니었으면 서휘는 대학 진학 자체를 감히 꿈꿀 수가 없었다.

"그래볼까?"

근식이 가뿐히 일어났다. 80이 가까운 나이에도 일선에서 회장으로 일하는 근식은 강인한 체력의 소유자였다.

"도나는 왜 같이 안 온 거예요? 도유 형이랑 도통 통화도 안 하는 것 같던데."

"내도 모르겠구나. 요즘 베트남의 삼모작 쪽으로 기획서를 준비한다고는 하더라만."

"삼모작을요?"

"나는 신토불이를 고수하는 쪽이라 다른 토질에서 생명들을 키워내는 것에 회의적인데 도나는 꽤 열심히 몰두하는 듯해. 웬 고집이 그렇게 센지, 원."

2층으로 올라가는 근식과 서휘의 이야기를 들으며 도유는 제 휴대폰을 터치하였다. 검색할 필요도 없이 도나의 번호를 눌렀다. 여전히 연결 신호음이 끝나지 않는다. 한날한시에 부모를 잃고 오빠 바보가 된 도나는 혼자 진주로 떠나는 도유를 절대 용서하지 않겠다고 선포하였었다.

"도나에게 줄 꽃은 아직 봉우리도 맺지 못하고 있는데."

도유는 카디건의 주머니에서 캡슐이 가득 든 약병을 꺼내 들었다. 흔들어 보니 캡슐끼리 몸을 부대끼는 소리가 불안하게 울렸다. 도유의 몸은 더 이상은 대도시의 나쁜 공기를 견뎌내지 못하는 상태였다. 그래서 한적한 시골 풍경의 모퉁이 집은 도유로서도 사실 최선의 선택이었다.


서휘 오빠가 약속을 지켰다. 마린은 만세 만창을 부르며 없는 날개를 달고 날아오르고 싶었다. 드디어 모퉁이 집에 입성하게 됐다. 오늘 제 극본의 진도는 A를 훌쩍 넘어 Z까지 갈 수 있겠다. 새 옷을 입고도 모퉁이 집까지 가는 그 짧은 거리 동안 몇 번이나 손거울을 꺼내 보았다. 대문은 열려 있었다. 높은 담장에 잇닿아 높기만 하던 대문이 드디어 제게로 열렸다.

"어서들 와요. 모퉁이 집에 오신 것을 환영합니다."

서휘는 마당에 나와서 마린을 맞았다.

"서휘 오빠, 초대 고마워요. 우리 언니까지 덤으로 올 수 있어 더 감사하고요."

마디도 함께였다. 선물로 가져온 화분과 과일바구니를 내미는 마린은 사실은 제가 덤이라는 것을 알지 못했다.

"안녕하세요? 저는 박태기나무 집의 한마린이라고 합니다."

마린은 현관 앞에 나란히 서 있던 도유와 근식에게 도윤 식으로 인사를 하였다.

"안녕하세요? 회장님, 저는 한마디라고 합니다."

마디도 인사한 후 실내 정원 앞으로 서 있는 해눈을 보았다. 유리를 통과해 들어온 햇살을 받은 해눈의 몸은 너무 눈이 부셔서 신기루 같았다.

"할아버지, 참, 제가 할아버지라고 불러도 되죠? 할아버지는 어쩜 이렇게 멋있으세요?"

서휘가 정성 들여 차려놓은 음식을 앞에 두고도 마린의 눈동자는 글감 탐색에 여념이 없었다.

"늙은이 듣기 좋으라고 그렇게 말해줘서 고마워요."

근식도 마린의 속셈이 뻔히 들여다보였지만 서휘처럼 그저 귀엽게 보았다.

"듣기 좋으라고 하는 말이 아니고 진심이에요. 모퉁이 집은 꽃이 많아 그런지 사는 분들도 다 꽃을 닮았어요. 저는 태어나서 실내 정원이 있는 집은 처음 봤거든요. 현재 화훼 관련 사업을 하고 계시다면서요? 그래서였구나. 서휘 오빠도 예쁜데 모도유 아저씨나 할아버지는 꼭 꽃이 사람이 된 것 같아요."

이건 진짜 진심이다. 나란히 선 도유와 근식을 처음 본 순간 마린은 황홀감 속으로 미끄러져 들어갔었다.

"아차차! 사람이 꽃 같을 순 있겠지만 꽃이 사람이 될 순 없죠."

아무도 대꾸하지는 않았다. 사람이 된 꽃을 모두가 알고 있었고 세 사람은 현재 보고 있기까지 했으니까.

"많이들 들어요. 마린 양이나 마디 양이나 매일 아침 우리 집을 위해서 수고해 줘서 고마워요."

"아닙니다. 오히려 덕분에 저희 꽃집이 큰 도움을 받게 되었어요."

"우리는 거래처를 함부로 선택하지 않아요. 우리 회사의 명예를 걸고 나가는 생명체들을 소중히 여겨 줄 사람들이어야 하니까. 꽃의 마음은 하나이고 꽃을 가지고는 나쁜 일을 할 수 없다는 그 믿음이 나는 참 마음에 흡족하더군요."

"저희 꽃집을 좋게 봐주셔서 감사합니다. 부모님께도 말씀을 전해 드릴게요."

하나꽃집은 도유의 회사 ㈜키움에서 길러내는 신품종의 꽃들과 나무를 도매가로 제공받게 되었다. 마디의 기억이 돌아온 이후, 도유가 직접 꽃집에 찾아와서 제안하였다. 도유를 바라보던 용남의 눈동자가 바삐 오른쪽왼쪽 아래위 무한반복 회전을 하던 모습이 마디는 지금도 생생하였다. 다음 날부터 당장 꽃다발의 꽃가지 수와 포장지가 달라졌다. 아서만의 특권이었던 갓 담은 김치도 마린에게 들려서 모퉁이 집으로 보냈다. 마린이 드디어 모퉁이 집에 점심을 먹으러 가게 결정이 되었다고 하자 옷을 사 입으라며 용돈까지 챙겨 준 사람도 바로 용남이었다.

"모퉁이 집을 두고 그 난리를 부려놓고는 태세 전환이 KTX급이네."
"시간 있어서 태워만 줘 봐. 내가 매일 타라고 해도 타지."

"앞으로 모 대표 앞에서 말이나 조심해."

"모 대표는 무슨? 도유 군이라고 편히 부르라고 했잖아요."

"그게 금방 그렇게 쉬워?"

"응. 나는 너무 쉬운데요."

알고 보니 용남은 쉬운 여자였다. 동우는 진심으로 어이없어하였다.

식사가 끝나자 마린은 서휘를 도와 설거지를 하겠다고 옷소매를 걷어 올렸다. 자연히 마디와 도유는 식탁을 정리하게 되었다. 남은 그릇을 한 통에 붓고 접시들을 비워낸다. 그러다가 도유와 마디의 손날이 서로에게 닿았다. 동시에 떨어뜨려 버린 접시가 빙그르르 돌았다. 한 발씩 식탁 뒤로 물러나기도 동시에 하였다.

"아, 저는 그럼 과일을 좀 깎을까요?"

마디가 서휘가 미리 준비해 둔 과일 쟁반을 가리켰다. 이것이 모퉁이 집에 들어온 이후로 마디가 처음 도유에게 건넨 말이었다.

"과일칼은 내가 챙겨줄게요."

도유는 헛기침을 한 번 뱉은 후에 싱크대 아래에서 칼을 꺼내 들었다. 이러는 두 사람의 동작이 돌잡이 아기의 첫걸음마 같았다.

"오빠! 우리 언니가 매일 아침 꽃다발을 배달해 주는데 왜 절화 꽃은 하나도 안 보여요? 꽃병조차 하나 없네."

등 뒤의 상황을 모르는 채, 이제 마린의 레이더는 싱크대에 꽂혀 미친 듯이 돌아가는 중이었다.

"꽃으로는 악한 일을 할 수 없으니 고객의 사정에 대해서는 궁금해하지 않는다!"

서휘는 동우의 신념을 방패 삼아 마린의 레이더를 차단했다.

"그럼 설거지 끝내고 쿠키 굽는 법 좀 알려 주면 안 돼요?"

"벌써 다 구워놨는데."

"그럼 레시피만이라도 공유."

"그런 건 따로 없는데."

계속되는 거절에 먹은 것도 없는 마린 햄스터의 볼이 볼록해졌다. 그 후로 한동안 물소리만이 마린과 서휘 사이에 있었다.

"자! 자! 그러지 말고 오빠랑 같이 집 구경을 할래? 우리 집 뒤쪽으로는 유리온실도 하나 있거든."

서휘는 싱크대의 물기까지 말끔히 훔쳐낸 후 앞치마를 벗었다.

"이렇게 꽃이 많은데 또 온실이 있다고? 뭐야? 뭐야? 다들 꽃이 없으면 못 살기라도 해요?"

언제 삐졌냐는 듯이 마린은 손뼉까지 치면서 좋아하였다. 서휘는 위로 들린 마린의 두 손을 대신해서 마린의 앞치마 끈을 풀어주었다. 순간 위로 들렸던 마린의 손이 진저리를 쳤다. 잠시 후, 배가 불러서 후식은 필요 없다면서 마린과 서휘는 함께 현관을 나갔다.

남겨진 근식과 마디, 도유와 해눈은 거실의 소파에 둘러앉았다. 마디가 놓아둔 포크들도 과일 접시에서 동그랗게 둘려 있었다.

"편히 들어요."

근식이 마디에게 제일 먼저 과일을 권하였다.

"회장님부터 드세요."

"마린이처럼 편히 불러요, 할아버지라고."

"그럼 회장님도 말을 편히 놔 주세요."

"그럴까, 그럼?"

근식은 까칠한 성게 같은 도나와 달리 속 깊은 마디나 귀여운 마린이 단번에 마음에 들었다.

"할아버지, 저희 마린이 때문에 너무 정신없으셨죠?"

오늘 모퉁이 집에서 들린 말소리의 90%는 마린의 것이었다.

"아니야. 깡충대는 토끼 한 마리가 옆에 있어서 오랜만에 많이 웃었어. 한 번 웃으면 한 번 젊어진다는데, 마린 양 덕분에 내가 한꺼번에 회춘을 했네."

대전의 집에서는 도나와 함께 웃을 일은커녕 도나를 보는 일조차 힘들었다. 까칠한 성게는 또 심각한 워커홀릭이기도 했다.

"게다가 마디 양의 기억이 돌아온 것도 얼마나 기쁜지 몰라. 사실 오래 걸리면 어떡하나 걱정도 했었거든."

"좀 더 빨리 기억해 내지 못해 죄송해요."

"그런 말이 어디에 있어? 이제야 다 감사한 일이지. 그래서, 27살에 새로 만난 해눈에 대한 느낌은 어떤데? 도유가 그러더군. 27살은 동화를 받아들이기에는 너무 많은 나이라고."

"잃었던 친구를 다시 찾았는데 그 친구가 동화 속에 있는 거죠. 그래서 그 동화는 제게는 그냥 하루하루의 소소함이에요."

마디는 해눈의 한 손을 잡았다. 그제야 편안함을 느낀다. 사실 마디는 과일을 집어 드는 포크질이 포크레인이라도 운전하는 듯했다. 과일을 씹어서 삼키는 일도 처음 배우는 일 같았다. 식사할 때는 더했다. 마주 앉은 도유의 시선 안에 제가 있다고 생각하니 몸을 움직이는 동작 하나하나가 낯설고 어색하다. 해눈이 바로 제 옆에 앉았는데도 사실 와 닿는 것은 온통 도유의 느낌이었다.

"서휘한테 듣기에는 우리 도유가 마디 양에게 편히 굴지는 않은 것 같던데."

"이해할 수 있어요. 어떤 마음이었을지 아니까요."

"도유 넌 어째 한마디도 않는 게야?"

"할아버지가 하실 말씀이 많을 것 같아서요."

도유는 꽃가지가 처음 피어나듯 움찔거리는 제 속이 드러날까 봐 애를 쓰는 중이었다. 애써 외면했던 진심을 인정하고 나자 마디를 보는 것이 예전과는 다른 의미로 힘이 들었다. 한 남자가 31살에서야 처음 겪어보는 낯선 감정이었다.

"살아오면서 내가 보니 상처와 상처가 만나면 두 가지의 결과가 있더군. 서로의 상처를 합해서 상처가 한꺼번에 터져 버리거나 서로의 상처를 보듬어주면서 함께 아물어 가거나."

근식은 어제 현지마을에 들어서면서 들었던 노인들의 대화를 떠올렸다. 지금까지 도유의 능력은 도유를 짓누르는 상처였다. 그리고 도유를 짓눌렀던 상처의 무게는 어린 마디에게도 똑같이 버거웠으리라. 그러니 두 사람의 상처가 서로에게 강력한 재생 연고가 되어주기를 근식은 속으로 기도하였다.

"그런데 해눈은 어째 하루 사이에 얼굴이 더 야윈 것 같아."

도유와 마디를 번갈아 보던 근식의 시선이 이번에는 해눈을 향하였다.

<아닙니다, 할아버지. 모퉁이 집 안에 꿀이 넘치도록 있고 상큼한 공기와 어우러진 꽃향기들이 언제나 저를 감싸고 있는걸요.>

해눈의 일용한 양식들은 꿀과 꽃향기였다. 마린의 말처럼 꽃 없이 못 사는 생명이 바로 해눈이었다.

"어제 처음 봤을 때부터 걱정했어. 천녀도에 있을 때랑은 낯빛이

그 모퉁이 집

많이 달라진 것 같아서."

마디와 도유도 동시에 해눈을 바라보았다. 별다른 느낌은 받지 못했다.

<전혀 그렇지 않습니다. 모 대표 덕분에 그렇게 그리워만 하던 마디풀을 다시 만났고 저를 보고 듣는 이들과 함께 하루하루 행복한 동화를 써 내려가고 있는걸요.>

"맞아요. 할아버지. 어떻게 만난 해눈인데 다시는 이 손을 놓지 않을 거예요."

마디는 내도록 해눈의 손을 쥐고 있었다.

"걱정할 일 없도록 제가 해눈을 잘 보살필 겁니다. 할아버지."

도유는 해바라기를 보던 시선으로 해눈을 보았다.

<저도 이제 마디풀이나 모 대표와 오래오래 함께 할 겁니다.>

하지만 슬프게도 그 '오래'는 얼마 남지 않았다.

"다들 고맙구나. 이렇게 함께 앉은 셋을 볼 수 있게 해 주어서."

근식에게는 지금까지 봐 온 그 어떤 그림보다도 멋진 풍경이었다.

"자주자주 오세요. 실컷 보실 수 있을 테니까."

도유와 마디의 말이 신호라도 한 듯이 동시에 나왔다. 서로의 발걸음이 맞는 것처럼.

그런 그들의 대화를 끝낸 것은 온실 구경을 마치고 돌아온 햄스터의 관람 후기였다.

"우와! 할아버지! 혹시 마술사세요? 아니면 꽃의 정령? 온실에 있는 꽃들이 다 할아버지의 회사에서 길러내는 것들이라면서요? 우와! 너무너무 아름다워요. 이건 진심 인간 세상의 미모가 아니라고요."

마린은 곧장 근식에게로 다가가서 팔짱을 끼었다. 친할아버지도 외할아버지도 없는 마린은 할아버지라면 다 좋아하였다.

"제가 꽃집의 딸이지만 언니랑은 달리 꽃에는 별로 관심이 없었거든요. 그런데 이제는 진심 없던 관심이 막 솟구치려고 해요. 특히나 백양더부살이. 그 아이는 기생해서 자라는 식물이라면서요? 서휘 오빠가 알려줬어요. 그런데 어쩜 그렇게 화려하고 아름다울 수가 있어요?"

"온실 구경이 그렇게 좋았어?"

"진심 모퉁이 집으로 이사를 오고 싶어요. 그래도 되나요?"

모두가 웃어 버렸다. 해눈의 웃음도 오랜만에 화사하였다. 물음표는 달면서 대답은 기다리지 않고 마린의 수다는 이후로도 끝없이 이어졌다. 모퉁이 집의 오후가 파스텔톤으로 물들어 갔다.

**백단심 무궁화의 꽃말은 <일편단심>**

그녀의 환생일까?
(은방울꽃)

5월의 햇살이 상처 하나 없이 모퉁이 집에 내려앉았다. 마당에 가득한 창포꽃의 노랑과 진보라, 꽃색의 대비에 취기도 올랐다. 나비는 훨씬 많았다. 마당 한편에는 철제 탁자와 의자 두 개가 놓였다. 다이스케는 그 중 한 의자에 등을 기댔고 은조는 돗자리 위에서 아쟁을 연주하였다. 20년 전, 최초의 소프라노인 윤심덕이 발표한 '사의 찬미'였다.

　"은조, 그대의 아쟁 선율은 언제 들어도 애절합니다."

　말없는 은조의 미소는 창포꽃을 닮았다. 나비들은 항상 창포꽃이 아닌 은조의 주변을 날아다녔다.

　그는 행복했다. 말을 잃었지만 제 말이 아니고 얼을 빼앗겼지만 제 얼은 잘 간직하고 있으니 다이스케에게는 좋기만 한 봄날이었다.

　은조 또한 행복하였다. 악귀의 귀에다가 제 귀한 아쟁 선율을 허비하고 입술 위에 억지 미소를 바르는 것도 오늘로써 마지막이었다. 그 역겨움을 견디어 내는 것은 입덧을 견디는 것과는 다른 차원에 속했다.

오늘따라 다이스케는 출근도 하지 않고 집안에서 부리는 사람들까지 모두 내보내고는 유난히 오래 아쟁 연주를 청했다. 언제 구헌이 들이닥칠지 몰랐지만, 다이스케의 부탁을 거절할 수는 없었다.

다행히도 곧, 한 떼의 무리가 모퉁이 집의 나무 대문을 거칠게 걸어찼다.

"ここだ. 入れ! (고코다. 하이레 - 여기다. 들어가!)"

허리 옆으로 총을 차고 정복을 갖추어 입은 일본 경찰들이 들이닥쳤다. 순간 은조의 아쟁 선율이 멈추었고 다이스케는 다리 없는 안경을 추켜올렸다.

"タカキさん! どうしたんですか. (다카키상! 도우시탄데스까? : 다카키 씨! 무슨 일입니까?)"

다이스케가 제일 앞에 선 구헌에게 일본어로 물었다.

"探せ! (싸가세 - 뒤져!)"

구헌은 다이스케를 무시한 채 무리를 향해서 고함을 질렀다. 무리는 군화를 신은 채 집 안으로 뛰어들어 갔다. 그러자 창포꽃과 나비들의 영토에 은조와 구헌 그리고 다이스케, 세 사람이 남게 되었다.

"그동안 쥐새끼처럼 잘도 정체를 숨기고 있었지. 그래 봤자 그것도 오늘이 마지막이겠지만 말이야."

구헌이 다이스케를 향해 강렬한 눈빛을 발했다. 아쟁을 품에 안고 일어선 은조에게는 안심하라는 눈빛을 보내었다.

"무작정 달려들어 와서 이게 무슨 무례한 행동입니까?"

그 모퉁이 집

다이스케는 아무것도 모르는 것처럼 행동하였다.

"대일본제국의 위대한 신민이 불순분자들과 내통을 하다니."

지금 구헌은 독립군을 도운 첩자를 잡으러 온 일본 형사부장이었다. 다이스케의 정체를 밝히기 전까지는 이렇게 말을 할 수밖에 없었다.

"불순분자들과 내통을 하다니? 그게 무슨 말입니까?"

"말이 필요한가? 이제 곧 모든 것이 밝혀지겠지."

"흠, 그래? 하지만 말도 필요하지 않은가?"

갑자기 다이스케의 표정과 말투가 돌변했다.

"대일본제국 천황폐하의 은덕으로 살아가는 버러지 같은 것들! 하여간 미개한 조센징들은 불화와 다툼만 좋아한다니까."

다이스케가 양복 상의와 셔츠의 소매 깃을 접어 올렸다.

"이것 봐. 다카키, 아니 모구헌. 뭔가를 잘못 짚었단 말이지. 내가 조금 쿵짝을 맞추면서 놀아줄까 생각도 했는데 그건 또 내 성격이랑 전혀 맞지가 않아서 말이야."

다이스케는 철제 탁자를 소리 내어 두들겼다.

"그래도 걱정 말라고. 내가 마지막 선물 하나쯤은 선사해 줄 테니. 대일본제국에 충성하던 형사가 업무 중 과실치사로 세상을 떠났다는 것도 큰 훈장이 될 테니까 말이야."

"무슨 헛소리야. 고윤송?"

구헌은 계속 다이스케를 윤송이라고 불렀다.

"피차 다 아는 사이에 그따위 구역질 나는 조센징 이름은 그만 부르지. 듣는 것만으로도 역겨우니까."

다이스케가 여송연 상자를 재빨리 열어젖혔다.

"나에게는 렌 다이스케라는 자랑스러운 황국신민의 이름이 있어."

상자 안에서 일본 형사들이 가지고 다니면서 쓰는 권총을 꺼내었다.

"모구헌, 너무 서러워하지는 말지. 그대의 여인은 내가 잘 품어 줄 테니. 잘 가."

다이스케의 비열한 웃음에 은조와 구헌은 숨을 멈출 수밖에 없었다. '탕' 한 발의 총성이 울렸다. 하지만 그 소리는 모퉁이 집의 다른 곳까지 퍼지지는 못했다. 갑자기 창포 꽃잎들과 나비들이 산산이 흩어지며 총소리를 막아내고 총알 또한 낚아챘다.

"이런! 은조, 그대의 솜씨요? 이런 식으로 나를 방해하지 말아요!"

총을 쏜 사람답지 않게 다이스케의 음성에는 화약 냄새 조금도 깃들지 않았다. 다이스케는 다시 한번 비열하게 웃은 후에 총을 쏘았다. 이번에도 그 소리는 묻혔다. 하지만 총알은 정확하게 구헌 쪽으로 날아들었다. 구헌은 두 눈을 질끈 감았다. 그런데 정작 총알을 맞은 것은 은조였다. 은조가 제 몸을 날려 구헌을 막아낸 것이었다. 총알이 오른쪽 어깨에 박힘과 동시에 은조의 아쟁이 옆으로 넘어갔다. 그리고 은조도 아쟁을 따라서 무너져 내렸다.

"은조!"

은조가 밀어버린 힘에 뒤로 넘어졌던 구헌이 무릎걸음으로 다가왔다.

"다 알고 있었던 거예요? 그러면서 왜 아무 말도 안 한 거죠?"

은조는 구헌을 바라보다가 다이스케를 쏘아 보았다.

"그대를 위해서 그런 거요. 은조, 그대는 나만의 여인이오."

다이스케의 팔이 늘어지면서 권총이 힘없이 덜렁거렸다.

"아니요. 난 처음부터 끝까지 줄곧 이 사람만의 여인이었죠."

은조가 새차게 고개를 가로저었다.

"이제 모구헌은 끝이오. 내가 이미 조선총독부로 한 기사를 보내었으니까. 이제 이 땅 어디에도, 아니 이 지구상의 어디에도, 모구헌은 발을 붙일 수가 없을 것이오."

다이스케의 오른팔인 정구가 보이지 않은 것이 그 이유였다.

"그렇다면 나의 운명도 같은 모습으로 가겠죠."

"내가 그걸 두고만 볼 것 같소? 똑똑히 보시오. 그대가 사랑했던 사내의 비참한 최후를."

다이스케가 다시 권총을 들어 올렸다.

"제발!"

은조가 애원했지만 다이스케의 총알이 한 발 더 발사되었다. 그리고 그와 동시에 또 하나의 총성이 울렸다. 다이스케의 총알에 구헌이 맞았고 놀랍게도 다이스케도 등 뒤에서 총을 맞았다.

안에서 수색하던 경찰들이 총소리에 놀라서 집 밖으로 나오려고 했다. 하지만 은조가 팔을 휘두르자 담을 타고 오르던 담쟁이들이 문을 막아섰다. 모퉁이 집 전체를 덮다시피 한 담쟁이들은 단단하게 뿌리가 얽혀서 아무리 몸으로 쳐 보아도 모퉁이 집의 문은 열리지 않았다. 창문들도 다 막아버려서 밖에서 무슨 일이 일어나고 있는지 안에서는 알 수도 없었다.

다이스케는 뒤로 몸을 돌렸다. 제 심장을 타고 흐르는 피를 믿을 수가 없었다. 뒤에는 옥이가 손을 벌벌 떨면서 서 있었다. 옥이는

다이스케가 구헌을 위협하는 것을 보고는 지하실에서 총을 꺼내
왔던 것이다.

"너……! 이 버러지 따위가 감히……!"

다이스케는 말을 잇지 못하고 그대로 앞으로 꼬꾸라졌다. 옥이
가 바로 뒤에서 총을 쏜 터라서 다이스케의 가슴 쪽이 완전히 파
열되어 버렸다.

"나리, 은조 아씨."

옥이는 총을 내려놓고 구헌과 은조에게로 달려왔다.

"아씨, 괜찮으세예? 나리는예?"

옥이는 두 사람을 샅샅이 살폈다. 은조도 구헌도 둘 다 어깨 쪽
에서 피를 흘리고 있었다.

"내는 괜찮다. 옥이야, 아씨를 부축하련."

옥이는 구헌의 말대로 은조의 몸을 잡아 일으키려고 했다. 하지
만 그때, 은조가 극심한 통증을 느끼며 얼굴을 찡그렸다.

"구헌 씨, 어떡해요? 산통이 시작되고 있어요."

은조가 아랫배를 감싸 안았다.

"뭐라고요? 어떻게 벌써 산통이?"

아직 해산달은 두 달이나 남았다. 하지만 갑작스러운 총격에 산
통이 시작돼 버렸다.

"안 되겠어요. 일단 구헌 씨부터 몸을 피해요. 난 어떡하든 알아
서 할 테니."

"말도 안 되는 소리 말아요. 그대를 두고 나 혼자 갈 수는 없소."

"나까지 정체가 들킨 건 아니잖아요. 그러니 걱정 말고 가세요."

은조는 아랫배를 더 깊이 감싸 안으면서 고개를 저었다.

그 모퉁이 집

"맞아예. 나리, 은조 아씨는 제가 돌볼 텐께 일단 나리 먼저 몸을 피하시라예."

"옥이야, 그럴 순 없다."

"그라믄 다 같이 죽으시겠다는 거라예? 얼렁요. 아씨 걱정일랑 말고예."

"옥이야."

"구헌 씨, 그렇게 해요. 난 이 몸을 하고 어차피 멀리 가지도 못해요."

은조가 제게 붙어 있는 구헌을 애써 밀어내었다.

"제발 어서요. 담쟁이들도 더 이상은 지탱을 해 줄 수가 없어요."

은조가 기운이 빠져나감에 따라서 담쟁이들도 차츰차츰 넝쿨의 크기가 줄어들기 시작했다.

"그럼 옥이야, 아씨를 부탁한다. 내 바로 기별하마. 은조. 기운을 내고 나를 기다리고 있어요."

세상과도 바꿀 수 없는 귀하디귀한 제 여인이었다. 하지만 나라를 잃은 가여운 백성은 그 사랑도 나라 앞에 내어줄 수밖에 없는 법이었다.

은조는 겨우 고개를 끄덕였다. 그러자 구헌이 일어나 모퉁이 집 밖으로 사라졌다. 은조는 마지막 힘을 다 모아서 나팔꽃의 꽃대로 구헌이 지나간 핏자국을 지웠다.

"옥이야, 창고의 지하실로 가자꾸나."

"네? 와 지하실로예?"

"내도 총을 맞았다. 핑계할 말이 아무것도 없구나."

"하지만 당장 우찌 하실라꼬예?"

"네가 은밀히 드나들면서 날 도와주면 되잖니. 내 몸이 회복될 때까지. 얼른. 그리고 아쟁을, 내 아쟁을 챙겨다오."

옥이는 한쪽 어깨에 아쟁을 메고 은조까지 부축하고서 창고 쪽으로 향했다. 꽃잔디들은 잎을 흔들어 은조가 흘린 피의 흔적을 지워주었다. 은조와 옥이가 창고 지하로 들어가자마자 모퉁이 집을 둘러쌌던 담쟁이들은 즉각 흩어졌다.

경찰들이 밖으로 쏟아져 나왔을 때 남은 것은 아무것도 없었다. 총알을 품고 흩어진 창포 꽃잎들과 숨이 끊어진 채로 엎드려 죽은 다이스케의 시체 말고는.


아쟁 산조를 비롯한 모든 산조 곡조는 장구의 반주가 필수이다. 전라도 지역에서 특히나 성행하였던 이 전통 곡조는 감미로운 가락과 처절한 가락을 교차해 연주한다. 마디는 제 아쟁으로 곡조를 한 번 연주한 보인 후에 장구를 앞에 두고 앉았다.

"장구의 반주 어느 부분에서 아쟁 곡조가 들어가는지를 빨리 구분할 수 있어야 해."

짧게 그리고 길게 장구 음이 울리자 영빈과 은영은 진지한 표정으로 귀를 기울였다.

"첫 부분은 느리니까 활의 움직임을 박자 쪼개기로 잘 나누어 현을 눌러."

"항상 느끼는 거지만 박자 쪼개기는 너무 어려워요."

"어려우니까 우리가 선생님께 배우는 거지."

"뭐래니?"

220　　　　　　　　　　　　　　　　　　　　　　그 모퉁이 집

흥! 두 아이는 동시에 다른 방향으로 턱을 한 번 치켜들었다. 진도가 빨리 나가지 못해서 몇 마디에서 연주가 계속 맴돌았다.

"빠르게 이어지는 부분에서는 활을 잡은 손에 오히려 힘을 빼야해. 안 그러면 활을 긋는 속도를 바꿀 수 없어. 그리고 조성이 바뀌는부분에서도 집중을 잘해야 해. 조성을 제대로 표현하지 못하면 소리에 잡음이 섞인단다."

손으로 장구를 치면서도 마디의 설명은 정확하였다. 1시간이 지나자 어느 정도 어우러진 소리가 화음을 만들어 내었다.

"오늘은 여기까지. 다들 집에서 1시간 이상씩은 연습해 와야 해."

"알겠습니다."

은영과 영빈은 아쟁의 갑에다가 악기를 챙겨 넣기 시작했다. 마디도 장구를 챙겨 놓은 후에 지상 쪽으로 난 창문 아래에 세워 둔 제 아쟁 쪽으로 걸어갔다.

"선생님!"

마디가 아쟁의 끝에 막 손을 대는데 영빈이 불렀다. 어쩐지 조심스러운 목소리였다.

"선생님의 아쟁이 아무래도 좀 이상해요."

"뭐가 말이니?"

"실내가 밝은 데다 창가에 놓여 있어서 더 정확하게 보이는 것 같은데요, 아무래도 지금 선생님이 잡은 아쟁의 끝부분, 그것, 핏자국 같아요."

얼마 전 마디가 봐 주었던 사무실이 임대가 되었다. 입실이 되기전, 선점은 그 사무실의 형광등을 모두 LED 등으로 바꾸었다. 그러면서 마디의 지하 교습소 형광등도 덤으로 교체가 되었다.

"핏자국?"

마디는 영빈의 검지가 꼭 찍은 부분을 내려다보았다. 나무색보다는 조금 더 짙은 얼룩. 마디가 처음 아쟁을 만졌을 때부터 있었던 흔적이다.

"선생님의 아쟁이 워낙에 오래되었거든. 아마 그래서 이런 얼룩이 생겼나 보다."

"선생님의 외할아버지가 소장하고 있던 아쟁이라고 하셨죠?"

은영은 이미 모든 준비를 다 마쳤다.

"그래. 나이가 너희들의 10배까지는 아니어도 아주 많지."

"상하지도 않나 봐요."

은영은 신기하다는 표정을 감추지 못했다.

"누군가의 강렬한 염원이 어리면 그 물건은 상하지를 않는다잖아."

영빈이 계속 공포 분위기를 몰아가면서 팔뚝을 쓸어내렸다.

"시끄러, 이영빈! 안 그래도 지하 교습소에서 넌 그런 말을 하고 싶니?"

"내 다리 내애놔아라아! 강은영!"

영빈은 열 손가락을 팔랑이며 팔뚝을 접어 올렸고 야아아! 은영의 격렬한 비명은 지하 공간을 울렸다. 하지만 그것도 잠시, 곧 두 아이는 폭소를 터뜨리며 배를 잡았다.

"아서 오빠! 이 시간에 교습소 앞에는 어쩐 일이야?"

잠시 후, 마디가 바깥으로 나섰을 때 도로변에는 아서의 자가용이 빠짝 붙어 있었다.

"반차. 너랑 같이 뭐라도 좀 먹을까 해서."

"마침 잘됐네. 나도 오늘 곡이 어려워서 애를 먹었는데. 역시 오빠랑 나랑은 텔레파시가 통하나 봐."

상가 건너편 교회의 하얀 철제 담장에는 흰색, 빨간색 장미가 함께 어우러져 5월의 머리 가닥처럼 나풀나풀 늘어졌다.

"그런데, 간식은 즐기지도 않는 오빠가 웬일이래?"

"헌혈을 했거든."

"또? 올해 들어서만 벌써 몇 번째야? 오빠 덕분에 또 어떤 사람은 구사일생 목숨을 건질 수 있겠네."

구사일생. 아서의 혈액형이 워낙 희귀하다 보니 딱 어울리는 사자성어였다.

"피의 재생주기만 아니라면 매일이라도 하고 싶지."

아서의 아버지 창수는 같은 혈액형의 피가 모자라서 목숨을 구하지 못했다.

"헌혈을 해서 그런가? 오빠의 얼굴이 왠지 밝지가 않아."

핸들을 돌리는 아서의 손동작도 편한 것 같지 않았다.

"사실은 계성이 형 때문에."

한참 만에 나온 아서의 답이었다.

"계성이 오빠? 왜?"

"지금 우리 경찰서의 유치장에 있거든."

어이구! 어디 또 다른 데에서 벌금 10만 원 이하의 경범죄라도 저질렀나?

"이번에는 폭행. 술을 마시다가 건너 테이블의 사람들과 시비가 붙었어."

"언제? 설마 오늘 아침부터 술을 마셨단 말이야?"

"아니. 어젯밤의 일이지. 크게 다친 사람은 없어서 다들 훈방 조치해서 귀가를 시켰는데 형만은 갈 데가 없다면서 유치장에 누워서 떼를 쓰고 있네."

"그게 불편해서 일부러 반차도 냈구나!"

버찌나무 집의 일관 아재는 50이 다 된 나이에 계성을 낳았는데 몇 해 전, 원인 모를 화재로 세상을 떠났다. 혼자서 까맣게 저물어 가는 귀리 아줌마를 떠올리며 아서와 마디의 입에서 동시에 한숨이 나왔다. 걱정의 침묵이 잠시 흘렀다.

"참! 어머니께 들었어. 너, 마린이와 같이 모퉁이 집에 식사 초대를 받았었다면서?"

마디는 대답 대신 고개만 끄덕였다. 도유에 대한 아서의 감정을 아니까.

"너, 저번에 내가 물어봤던 말, 대답 안 했었다. 네가 말했던 그 사람, 모도유 씨 맞지?"

마디는 이번에는 대답도 고갯짓도 못했다.

"네가 마음을 그렇게 정했나 보네. 내가 한마디를 모르는 것도 아니니까."

아서는 제가 대신해서 고개를 끄덕였다.

"그럼, 내가 이 말을 하는 게 맞겠다. 모도유라는 그 사람 말이야, 아주 오래전에 우리 마을에 왔었던 적이 있어. 아니 정확히는 너를 보러 왔었어."

"무슨 말이야?"

"워낙에 한 번 보면 절대로 잊을 수가 없는 얼굴이잖아. 너, 그때 천녀도에 다녀와서 몸이 많이 아팠던 후쯤일 거야. 몸만 자랐을 뿐

그대로인 그 얼굴이 우리 마을 앞에서 어린 너를 뚫어지게 바라보고
있었어."

"나를?"

"그래. 정확히 너였어. 확실해. 그러니까 오빠의 결론은 모도유 씨
는 예전부터 마디 너를 알고 있었다는 거야."

물론 그 사실은 마디도 알고 있다. 하지만 도유가 15년 전에 저를
보러 현지마을에 왔었다고? 도유는 물론이거니와 해눈도 그런 말은
한 적이 없었다.

"마디 네 마음이 시키는 일에 오빠가 뭐라고 간섭할 생각은 전혀
없어. 하지만 이 이야기는 분명히 서로 짚고 넘어가는 게 좋을 거야.
네가 안 하겠다면 오빠라도 물어볼 작정이니까."

"오빠는 모도유 씨가 그렇게 싫어?"

"싫다라? 글쎄? 그 표현은 적당하지 않은 것 같네. 어쨌든 오빠 말,
기억해. 꼭 물어보고 뭐라고 답을 했는지 오빠한테도 알려 줘. 나한
테 그 정도는 들을 자격이 있다고 생각하니까."

마디는 동의도 반대도 못했다. 저와 도유는 아직 그런 말을 물어볼
관계조차도 되지 못한 상태였다. 모퉁이 집에 초대를 받았던 날, 도
유의 시선 앞에서 민들레 홀씨처럼 이랑이랑 휘청이던 저를 떠올리
니 마디는 갑자기 멀미가 났다.


마디는 해눈과 함께 버스 정류장으로 향했다. 해눈은 마디가 저를
알아본 이후 꽃다발 배달을 마친 마디를 매일 배웅해 주고 있었다.
마디는 종일 꽃집에 나가 있고 저녁 시간에는 해눈이 백단심 무궁화
속에서 일찍 잠에 드니 따로 만날 시간이 없었다.

"해눈, 해눈이 잠에 드는 시간이 자꾸 빨라지는 것 같아."

아서와 헤어진 후 서둘러 돌아와 15년 전 도유의 일을 해눈에게 먼저 물어보고 싶었다. 그런데 막 6시가 된 시간에 해눈은 이미 백단심 무궁화 속에서 잠들어 있었다.

<땅이 바뀌어서 적응하는 중이라 그런가 봐. 그리고 7월이 되면 내 꽃들도 완전히 만개를 해야 하니까.>

거짓말을 하지 못하는 꽃혼이 거짓말을 하는 중이었다.

"해눈의 땅을 떠나와서는 내도록 천녀도에서만 살았던 거지?"

<응. 올봄의 시작, 할아버지와 모 대표의 도움으로 모퉁이 집에 옮겨 심기기 전까지는 줄곧.>

"천녀도가 많이 그립겠다."

<그립지. 내게는 제 2의 고향이니까. 그리고 우리 아씨와의 추억이 깃든 곳이기도 하고.>

"미안해. 나 때문에 여기까지 오게 만들어서."

<오히려 고맙지. 이제 모 대표나 마디풀이 있는 이곳이 나의 고향이고 터전이야.>

감사하게도 해눈이 먼저 도유에 대한 말을 꺼내주었다.

"모도유 씨 이야기가 나와서 말인데, 혹시 15년 전 내가 기억을 잃었을 때, 모도유 씨가 나를 보러 우리 마을에 온 적이 있었을까?"

<어! 그것도 이제야 기억이 났어? 잘 됐다.>

"그럼, 정말이구나."

<'정말이구나'라니? 그럴 리는 없는데, 설마 모 대표가 이 얘기를 마디풀에게도 했어?>

"아니. 아서 오빠한테서 전해 들었어. 오빠가 워낙 눈썰미가 예리

해서. 그런데 모도유 씨는 왜 나를 보러 온 거야?"

<가깝지 않은 거리잖아. 중학생 남자아이가 혼자 그 거리를 찾아왔으면 이유가 뭐일 것 같은데?>

잠시 침묵의 날개가 지나갔다.

<그리고 나도 말이 나와서 말인데, 그 아서라는 사람과 마디풀은 어떤 관계야?>

엉겅퀴의 가시가 돋아나던 그 밤, 도유가 보고 있었던 어둠 속의 존재도 바로 해눈이었다.

"오빠랑 나는 가족이지."

<어떤 의미의 가족?>

"진짜 가족인데 핏줄만 이어지지 않은 그런 관계."

<진짜? 다행이다!>

해눈이 돌아갔다. 마디는 해눈의 말을 곱씹어 보았다. 정말 중학생 남자아이가 왜 그 먼 길을 혼자서 찾아왔을까? 왜 해눈은 또 다행이라는 표현을 했을까? 잇달아 근식이 했던 말도 떠올랐다. 상처와 상처. 더구나 똑같은 상처. 어린 시절 저와 도유는 꽃으로 인하여 사람들에게 같은 상처를 입고 있었다. 그러다가 숨어서 어린 저와 해눈을 지켜보았을 역시나 어렸던 도유. 그러니까 어느 날 홀연히 사라져 버린 저가 많이 보고 싶었을 것이다. 이 역시 바로 이해할 수 있었다. 자리를 바꾸어 생각해 보면 저라도 분명히 그렇게 했을 것이니까.

그렇다면 지금은? 해눈에게 끌려서 억지로 모퉁이 집으로 오게 된 지금의 모도유 씨 마음은 어때요? 물음표를 갖다 붙이자 어제 느꼈던 멀미가 다시 치밀어 올랐다.

그날 저녁, 마디네의 4식구는 함께 화분에 꽃을 퐂말 작업을 하고 있었다. 5월 11일이 개교기념일인 동명중·고등학교에서 개교기념일을 지낸 후, 전 교사들에게 개교 기념 화분을 선물한다고 하였다. 퐂말에는 인쇄할 수가 없어서 네임펜으로 직접 개교 기념 축하 문구를 손 글씨로 써 내려가는 중이었다.

　　"개교기념일이 끝이 없네. 이러면 진심 얼마나 좋을까?"

　　마린은 가운뎃손가락 손톱 바로 아래 움푹 들어간 곳을 문질렀다.

　　"소속 없는 백수 주제에 돈만 내놓고 학교는 안 갈 궁리부터 해?"

　　용남은 고개를 숙인 채로 마린의 무릎을 정확하게 가격하였다.

　　"엄마는! 내가 왜 백수야? 어엿이 대 한동대학교 기계공학과 22학번 한마린인데."

　　"학생증도 없는 주제에!"

　　"그러는 엄마는 엄마증이 있어서?"

　　"엄마증? 엄마야 세 개나 있지. 언니 낳고 하나, 너 낳고 하나, 마룬이 낳고 하나."

　　"엄마증 많아서 이렇게 살이 쪘구나."

　　"누구는 학생증 없어서 비썩 곯았고?"

　　맛있는 저녁을 먹은 영양가도 없는 이야기가 참 열심히도 왕복을 하였다.

　　"남이사!"

　　그러면서도 마린은 웃음을 참지 못한다. 모퉁이 집에서 설거지가 끝난 후, 제 앞치마를 풀어주던 서휘 때문에 진저리가 일었던 그 순간을 내도록 뇌리에 담고 있었던 것이다.

　　"누나! 아쟁 누나!"

동우와 마주 보며 어깨를 으쓱이던 마디를 일으켜 세운 것은 바깥에서 날아 들어온 도윤의 목소리였다.

"너무 늦은 것, 아니지? 대문도 열려 있고 불도 환히 켜져 있어서 말이야."

보람이 도윤과 함께였는데 손에 들고 있던 냄비를 마디에게로 내밀었다.

"내가 간장 게장을 담았거든. 아저씨, 아주머니는 새벽 출근을 하시니까 내일 맛보시고 나가시라고."

뚜껑을 열어보자 짭짜름한 침이 마디의 입안에서 맴돌았다.

"누나! 누나! 꽃게들이 간장 풀장에서 요렇게 요렇게 막 헤엄을 치더니 이제는 안 움직여. 내가 삼촌한테도 전화해서 얘기해 줬어."

도윤은 양팔을 옆으로 벌려서 꽃게 모양을 흉내 내었다.

"진짜 맛있겠네요. 그런데, 아직 간장 게장을 담을 철도 아니잖아요."

용남도 매년 가을 간장 게장을 담았고 아서에게는 무료 제공을 하였다. 올해는 분명 모퉁이 집의 도유와 서휘도 무료 혜택을 받을 수 있을 것이었다.

"응, 사실은, 우리, 왕할머니가 집, 으로 돌아오시게 되었어."

"네? 팽이, 할, 머니가요?"

두 사람 다 말이 끊어진 사이가 길었다.

"어제 요양원에서 전화가 왔어. 왕할머니가 집으로 돌아가고 싶어 하신다고."

"혹시 직접 통화도 하셨어요?"

팽이할머니는 요양원으로 가기 전부터도 정신이 온전하지 못하였다. 계성의 집이 활활 불타고 미처 빠져나오지 못한 일관이 생명을 잃었던 그날 밤부터였다.

"응. '아가야! 너무너무 미안하데이. 근디 내 쫌 델꼬 나가 도. 지발!' 이러면서 울먹이시더라."

그 순간이 다시 생각이 나는지 보람의 목이 잠겼다.

"우리 왕할머니가 워낙에 간장 게장을 좋아하셨잖아. 그래서, 미리 담가 봤어."

"언니는 참 좋은 사람이에요."

마디는 달리 할 말이 없었다. 팽이할머니는 보람에게는 시할머니도 아닌 무려 증조 시할머니였다. 게다가 빼낼 수 없는 칼날을 가슴에 찔러 넣기까지 하였다.

"아무도 안 계시는데 우리가 당연히 다시 모셔야지."

팽이할머니가 돌아온다! 앵두나무 집으로! 건너편으로 멀어져 가는 보람을 보면서 마디는 밤보다 더 까맣게 저물어 가는 제 마음을 숨길 수가 없었다.

"마디야! 도대체 무슨 말이라니? 팽이 할머니가 돌아온다니?"

용남은 놀란 표정으로 현관 옆쪽으로 서 있었다. 보람과 도윤을 보러 나오다가 팽이할머니라는 말을 듣고는 그 자리에서 얼어붙어 버린 모양새였다.

"그렇다네요. 요양원에서 직접 전화를 하셨대요."

"노친네 부탁을 모른 체 할 수도 없고, 아한이나 아서나 이제 그 마음이 어쩔 거야?"

"몰라. 어쩜 이래?"

"에휴! 이럴 줄 알았으면 그때 아서한테 집으로 다시 돌아오라는

그 모퉁이 집

말이라도 하지 말 것을.”

아버지의 마음이라서 동우도 더 이상은 글씨를 써 내려갈 수가 없었다. 내쉬는 한숨이 월아산 자락만큼이나 길고 구불구불하였다.

“왜? 왜? 왜? 팽이 할머니가 왜? 아서랑 아한이 오빠는 또 왜요?”

당시 고3이라서 마룬과 함께 독서실에서 밤을 새웠던 마린은 아무것도 몰랐다. 도윤을 윤이라고 부르는 도윤의 삼촌, 아서가 두 번 다시는 앵두를 먹을 수 없도록 만들어 버린 장본인이 바로 팽이할머니였다.


다음 날, 모퉁이 집으로 배달을 갔던 마디는 홍가시나무 담장 너머로 마당에 나와 서 있는 도유를 보았다. 서휘는 물론이고 해눈조차도 보이지 않았다. 마디의 손이 저도 모르게 움직여서 머리카락을 가다듬고 봄 원피스 끝자락을 만지작거렸다.

“어서 와요.”

초인종을 누르기도 전에 도유가 알아서 대문을 열어주었다.

“서휘 씨는요? 해눈도 보이지가 않네요.”

도유와 눈을 맞추기가 어색하였다. 괜히 백단심 무궁화 쪽을 넘겨다보았다.

“해눈은 온실에 있는 모양이에요. 마디 씨한테 할 말이 있어서 서휘한테는 내가 대신 나간다고 했어요.”

“제게 무슨?”

“저녁에 집에 돌아오면서 잠시 우리 집에 들를 수 있겠어요? 온실에 보여주고 싶은 게 있는데.”

“저한테요?”

"혹시 바빠요?"

"그럴 리가요? 결코, 절대, 저얼대로요."

아! 뭐래는 거야? 한마디! 마음속에서 이불 킥을 열 번은 넘게 하였다.

"그럼 와 봐요. 기다리고 있을게요."

도유의 입가가 꽃가지처럼 늘어났다. 마디의 심장은 오뉴월 엿가락처럼 늘어나 버렸다.

꽃집에 들어섰을 때, 용남과 동명중·고등학교에 배달을 마치고 돌아온 동우는 드라이플라워를 만들고 있었다. 간혹 화환이나 꽃바구니 배달을 갔던 동우가 시든 것들을 수거해서 돌아올 때가 있었다.

"이제 드라이플라워는 안 만들면 안 돼요? 안 그래도 죽은 애들을 또 삐쩍 말리다니 너무 잔인해요."

기억을 잃기 전의 저는 꽃과 대화를 나누었다. 하지만 지금은 도유와 대화를 나누던 해바라기의 말을 알아들은 것이 처음이자 마지막이었다. 마디에게 먼저 말을 거는 꽃들도 없었다. 그래도 마디는 드라이플라워가 못내 가여웠다.

"얘 봐라. 시들어 버려질 애들이 이렇게라도 계속 아름다움을 유지하고 사람들에게 기쁨을 준다면 그것도 좋은 일 아니니? 뭐든 생각하기 나름인 거야."

"과연 이 애들도 그렇게 생각할까요?"

"엄마도 절화를 다루는 일이 썩 유쾌하지는 않아. 하지만 호랑이는 죽어 가죽을 남기고 꽃은 죽어서 드라이플라워를 남기는 법이지."

마디는 작업용 책상을 지나 정수기 쪽으로 갔다. 용남과의 대화가 일찍이 일단락된 것은 도유가 제게 건넨 말이 떠올라서였다.

해눈도 잠들고 서휘는 집 안에서 나오지도 않는 저녁에 온실에서 나랑 둘이 뭘 보자는 걸까? 뭘 하자는 거지? 15년 전에도 나를 보러 왔었는데? 물음표가 꽂힌 꽃바구니가 마디의 머릿속에서 차곡차곡 채워져 나갔다. 온실에서 둘이 있다가? 그래서? 그러다가?

"에이! 훠어어이!"

마디는 재빨리 생각을 흩어버렸다.

"마디야! 왜 그래? 파리가 들어왔어?"

"아니. 아무것도 아니에요."

손까지 내저으면서 마디가 막 몸을 돌리는데 용남의 휴대폰이 울렸다. 영상통화였다.

작은 화면 속에 천녀도 한옥이 여사의 주름진 얼굴이 떠올랐다.

"잘 지내세요? 어디 편찮으신 데는 없죠? 오늘은 물일 안 나가셨어요?"

세 명이 다 돌아가면서 안부 인사를 하였다.

– 하나씩 물어라. 내사 고마 오늘 하루 시었다 아이가.

한옥이 여사는 80이 넘은 나이에도 해산물을 거두거나 조개를 캐는 일을 멈추지 않았다.

"바닷물 냄새를 못 맡으면 머리가 아프시다는 할머니가 어쩐 일이시래요?"

마디가 용남의 휴대폰을 받아들었다.

– 너그 집에 보낼 끼 있어 가 준비를 하고 있었데이.

"또 뭘 보내시려고요?"

– 갑산댁이 손자가 이번에도 머슬 그라고 마이 보내믄서 너그한테도 꼭 보내라꼬 신신당부를 했다 안 카나.

"현수가요? 얼마 전에 보내 준 견과류도 아직 남았는데요."

용남이 말 사이에 끼어들었다.

"그 애는 어쩜 이렇게 꼭꼭 우리를 챙기는 거래요?"

— 내사 우찌 알겠노?

"그게 다 할머니가 좋아서 그런 거죠."

마디는 이제야 깨달았다. 어느 명절, 우연히 천녀도에서 현수를 마주친 적이 있었다. 부담스러울 만큼 저를 응시하는 현수의 눈빛이 참 아리송하였었다. 알고 보니 그건 바로 15년 전, 저에게 돌을 던지고 저를 낭떠러지로 몰아갔던 것에 대한 죄책감이었다.

"엄마 아빠는 바빠서 여름휴가 때에나 가 뵐 거고요. 마린이랑 저는 조만간 한 번 다니러 갈게요."

마디는 해눈을 위해서 천녀도 뒷산에서 뭐라도 하나 가져다줄 작정이었다.

"장모님, 그러지 마시고 그만 저의 집으로 오세요. 그 외딴섬에 장모님 혼자 계시는 게 제가 항상 마음이 쓰입니다."

— 사우! 내가 왜 혼자여? 갑산댁 할메가 내랑 딱 붙어 있는디.

갑산댁 할머니는 한옥이 여사의 아랫집에서 할아버지와 함께 살고 있었다.

— 거다가 바다도 있제, 갈매기도 있제, 산도 있제, 싱싱한 물고기랑 조개, 해산물들은 또 얼매나 많노?

"저희 마을에도 산은 있어요, 장모님."

— 됐네 고마. 늙은 장모 모시고 사는 기 머시 좋을 끼라고.

한옥이 여사는 현지마을에 오는 일이 드물었다. 바닷물 냄새를 맡을 수 없다는 것이 이유였고 무엇보다 모퉁이 집 앞을 지나다니는 것은 경기를 일으킬 만큼 싫어하였다.

－ 우리덜은, 별장 집 회장님이 이래저래 둘러 봐 줘가 요즘은 살기도 이리 안 편하나? 그 분 아니었으만 내가 우리 강생이 선상 얼굴을 우째 이리 맘대로 보겠노?

"엄마, 회장님은 요즘도 한 번씩 들르세요?"

용남은 드라이플라워 꽃가지를 만지면서도 대화에 곧잘 끼어들었다.

－ 암만, 몬해도 1년에 한두 차례는 꼭 들리신다 아이가. 우리 섬에다가 와이파랑 껌뷰따 선도 깔아주시고 급할 때 쓰라고 보타도 하나 선뜻 사 주셨데이. 얼마 전에도 들렀다 가신다. 그 분이 참 난 분이다 아이가.

와이파이를 와이파, 컴퓨터를 껌뷰따, 보트를 보타라고 부르는 한옥이 여사.

"나도 언제 인사는 드려야 할 텐데."

마디는 한옥이 여사나 용남이 말하는 회장이라는 분이 궁금하였다.

－ 살다 보면 운제 기회가 있겠제.

"할머니, 빨리 가서 만나고 싶어요."

－ 알았데이. 고마 들어가라. 내는 손이 거칠어 가 들고 있으면 그래 기스가 간데이.

한옥이 여사가 말한 기스란 휴대폰 화면에 실금이 간다는 뜻이었다.

"키, 키스라니요? 아니에요. 할머니. 저 그런 생각 안 했어요."

한옥이 여사는 다행히도 마디의 말을 듣기 전에 화면 속에서 사라졌다. 하지만 마디가 뒤를 돌아섰을 때 용남과 동우는 벙한 표정으로 큰딸을 바라보고 있었다. 생각은 그냥 머릿속에서만 살 것이지 왜 꽃집까지 튀어나와서는!

밖에서 보기만 해도 모퉁이 집 뒤뜰 쪽의 온실은 규모가 꽤 컸다. 해눈은 마디와 도유가 나란히 지나가는데도 백단심 무궁화 속에서 꼼짝을 하지 않았다.

안으로 들어서자 꽃들은 반가움을 감추지 않았다. 마디 혼자서는 들어보지 못한 봉오리들의 인사가 꽃가루 떨어지듯이 우수수 쏟아졌다. 도유는 일일이 마주 인사를 해 주었다.

"집 뒤쪽으로 자리하고 있어서 온실이 있는 줄도 몰랐는데 진귀한 꽃들이 정말 많네요."

마린 햄스터의 관람 후기는 이제 보니 절대 과장이 아니었다. 온실을 가득 채운 갖가지 꽃들과 나무들은 마디가 처음 보는 것도 한가득이었다. 물론 한껏 부풀어 오른 마디의 마음만큼 한가득은 아니었지만.

"우리 회사에도 연구실이 있지만 나도 여기에서도 따로 연구를 하고 있어요."

도유는 잎새 하나하나, 꽃가지 하나하나를 사랑스럽게 어루만졌다.

"모두 회사를 대표할 아이들인가 봐요."

"아직 본격적인 시장 출시는 어려운 아이들입니다."

"도통 외출은 안 하신다더니 집에서도 할 일이 많으셨어요."

"꼭 필요한 일은 나가서 봐야죠."

그래서 마디를 보러 하나꽃집에도 갔었다. 물론 그때 본 것이 마디 혼자만은 아니었지만.

"자! 이쪽으로."

도유가 보여 주고 싶어 한 것은 온실에서도 제일 안쪽에 있는 장미 한 그루였다. 그냥 보통의 장미는 아니었다. 굵은 중심 줄기에서 서른 개 남짓한 곁가지가 나왔는데 가지가지마다 장미 봉오리가 맺혔다. 막 꽃받침을 벗어나기 시작해서 아련히 물린 봉오리들의 색이 10가지가 넘었다.

"서휘나 할아버지의 말씀처럼 내가 한마디 씨에게 나쁘게 굴었어요. 미안하다는 말을 하고 싶은데, 그런데 미안하다는 말만으로는 안 될 것 같아서, 보여주고 싶었어요. 꽃을 사랑하는 사람이니까."

이 귀한 아이를 저와 함께하고 싶었다! 그 말은 마디를 하늘까지 밀어 올렸다.

"설마, 모도유 씨가 이렇게 길러낸 거예요?"

기쁨의 분수가 솟구쳐서 말투마저 퐁퐁거렸다.

"이것도 시장에 출시하실 거예요? 반응이 대단하겠는데요."

한 그루의 나무에 10가지가 넘는 꽃 색이라니 들어본 적조차도 없었다.

"아닙니다. 이건 개인 소장용. 오늘 아침부터 봉오리가 벌어질 기미가 보이더군요."

"정해놓은 이름도 혹시 있어요?"

"100년의 기억."

"이것도 모도유 씨의 능력 덕분인 건가요?"

"능력이 아니라 노력. 선물하고 싶은 사람이 있어서 내가 애를 많이 썼어요."

"누구, 좋은 분인가 봐요."

혹시나 제가 그 장본인인 걸까? 마디는 도유의 얼굴을 쳐다볼 수가 없었다.

"네. 대전에 있는, 내가 아주 많이 사랑하는 사람입니다."

순간 하늘에 있던 마디는 그대로 땅으로 곤두박질을 치고 말았다. 100년의 기억, 그만큼이나 기억하고 싶은 사람인가 보았다.

"받고 나면 많이 행복해하실 거예요."

"그랬으면 좋겠네요."

얼마나 세게 곤두박질을 쳤는지 부풀었던 마디의 마음들이 빵 소리 내며 터졌다. 게다가 어지러움까지 일면서 눈물이 쏟아졌다.

"참, 어쩌죠? 전 이제 그만 돌아가 봐야 해요. 마린이가 많이 기다릴 텐데."

마디는 눈물을 숨기려고 뒤돌아섰다. 앞으로 맨땅에 헤딩한다는 말은 절대 사용하지 말아야지, 그 속담을 만든 사람은 직접 한 번 헤딩을 해 보기라도 했나, 괜히 이를 악물었다. 도유를 외면한 걸음은 단거리 선수처럼 빨라졌다.

"한마디 씨, 잠시만요."

하지만 얼마 가지 못하고 도유에게 손목을 붙들리고 말았다.

"왜 그래요? 왜 울어요? 내가 뭘 잘못했어요?"

"너무 예쁜 장미를 봐서 그 가시에 찔렸나 봐요."

"100년의 기억에는 가시가 없습니다."

"감사히 잘 봤어요. 안녕히 계세요."

제 손목을 붙든 도유의 손이 꼭 가시넝쿨 같았다.

"나는 한마디 씨의 눈물의 이유를 알아야겠어요."

"내 이유가 모도유 씨에게 뭐가 중요해요? 모도유 씨는 100년의 기억을 받을 사람의 이유만 챙기면 되잖아요."

그 모퉁이 집

"이유가, 그러니까. 그거예요?"

도유는 마디가 한 말의 정확한 뜻을 곧바로 알아들었다. 순간 도유의 심장은 제 일생 가장 빠른 속도로 피를 내뿜기 시작했다.

"한마디 씨, 100년의 기억은 제 여동생에게 줄 선물입니다. 부모님도 안 계신데 저만 두고 진주로 내려온 나를 다시는 보지 않겠다고 하고 있거든요."

"아!" 짧은 탄식과 함께 마디는 고개를 들었다. 그렁그렁 고여 있던 눈물이 한 자락 흘러내렸다. 도유의 구두 끝자락에 닿아 산산이 흩날렸다.

"해눈이 나에게 말해 줬어요. 한마디 씨가 15년 전 내가 현지마을에 왔던 것을 알고 있다고. 아마 그 이유까지도 이미 알고 있을 거라고."

그 말을 들었기에 도유는 오늘 용기를 낼 수가 있었다.

"15년 후 난 다시 여기로 왔어요. 그 이유는 내가 직접 말해 줄게요. 15년 전의 이유와 똑같아요. 그런데 이제는 가만히 지켜만 보는 건 안 돼요. 한마디 씨가 보고 싶다던 해눈의 부탁은 그저 내 이유가 걸치고 있던 남루한 핑계에 불과하단 말입니다."

마디의 손목을 잡고 있던 도유의 손이 올라와 마디의 어깨에 놓였다.

"나는 내도록 정아서가 걸렸어요. 누가 봐도 너무 친근한 두 사람이니까. 하지만 방금 한마디 씨의 행동은 내가 아무것에도 걸리지 않아도 된다는 허락이라고 생각해도 되는 거죠? 해눈이 이미 그렇다고 말은 했지만 나는 그래도 한마디 씨의 허락을 확인해야 했어요."

마디는 물속에 있는 금붕어만큼도 입을 벌릴 수가 없었다.

"그러니까 그 오빠랑 가족 같은 한마디 씨의 앞에는 내가 서 있어도 되죠?"

"네? 네에?"

겨우 나온 마디의 물음표가 직선이었다가 사선으로 솟구쳤다.

"더 제대로 말할게요. 내가 한마디 씨를, 많이, 좋아합니다."

"아, 나는, 나는."

순간 마디는 다리의 힘이 풀려버렸다. 휘청 흔들릴 수밖에 없었다. 하지만 걱정은 없었다. 도유의 단단한 팔이 마디를 붙들어 주었으니까.

"이렇게요. 이렇게 서 있을게요. 언제든 어디서든."

순간 온실 안의 모든 꽃들이 일제히 꽃잎을 터뜨렸다.


마디가 꽃다발 배달을 왔다가 돌아가는 시간이 점점 늦어졌다. 꽃으로 가득한 모퉁이 집의 정원과 온실에서 해눈과 도유와 마음껏 함께하였다. 용남이나 동우는 아무런 말도 하지 않았다. 서휘는 홈플러스 문화 센터의 아침 시간에 일본어 강좌 등록을 하였다. 일부러 자리를 비켜 주는 것이었다. 마린은 아침잠을 자야 한다고 투덜대면서도 같이 등록을 하였다. 서휘는 어느새 마린의 글감 탐방 대상자에서 은밀한 짝사랑 상대로 변모해 있었다. 마디는 모퉁이 집 대문 앞에서 만나서 함께 걸어가는 서휘와 마린을 향해 손을 흔들 때가 있었다. 물론 두 사람은 전혀 알지 못했다.

"오빠! 그런데 정말 이렇게 오래 회사를 비워 두고 있어도 되는 거예요?"

마디가 부르는 도유의 호칭도 어느새 오빠로 바뀌어 있었다.

"왜? 내가 다시 대전으로 돌아갔으면 좋겠어?"

마디를 향하는 도유의 말투나 눈빛은 구운 마시멜로였다.

"회사가 걱정이라서 그렇죠. 해눈을 생각하면 우리 마을에 머무는 것이 맞긴 하지만."

도유는 마디가 걱정이었다. 꽃을 먹는 저를 알게 되었을 때, 마디가 보일 반응이 말이다.

<그건 마디풀이 모 대표의 능력을 몰라서 그래. 여기에서도 두 사람 몫은 거뜬히 해내고 있는 걸.>

해눈은 마디와 도유를 한 풍경 안에 넣고 바라보는 순간순간이 소중하였다.

"오빠의 말처럼 능력이 아니라 노력이라는 말이네."

"예전에는 내 능력이 저주 같았지. 하지만 이제는 정말 감사하게 생각해. 그대와 마디풀과 함께 할 수 있는 시간들이 모두 내 능력 덕분이니까."

그래서 도유는 마디가 꽃을 먹는 저를 되도록 늦게 알게 되기를 기도하였다.

<그렇게 말해 줘서 나도 감사해.>

해눈은 마디가 천녀도에서 가져다준 돌멩이를 소중하게 가슴에 품고 있었다.

"그럼 나도 다 감사하죠."

말도 똑같고 뜻도 똑같은 세 사람은 그냥 하나의 묶음이었다. 단지 도유와 마린이 온실에서 가지는 두 사람의 시간만은 예외였지만.

한 번은 짧은 팔을 입은 도유의 팔꿈치 안쪽으로 불타는 모양으로 새겨진 나무 한 그루를 발견한 적이 있었다.

"오빠! 왜 구태여 이런 곳에다가 문신을 했어요?"

그냥 나무 모양이라 특별한 의미가 있는 것도 아닌 것 같은데 구태여 잘 보이지도 않는 곳에다가 놓은 것도 이상하였다.

　　"문신 아니야."

　　&lt;마디풀, 그건 꽃의 전달자의 표식이야.&gt;

　　"꽃의 전달자?"

　　&lt;응, 내가 살던 땅에서 우리 꽃혼들을 볼 수 있는 사람들을 그렇게 불러. 꽃의 전달자들은 모두 팔꿈치 옆으로 저런 표식이 있거든.&gt;

　　"그럼 오빠도 꽃의 전달자예요?"

　　"아마도 내 피를 거슬러 올라간 어느 분의 몸속에 그런 피가 흘렀던 모양이지."

　　&lt;내가 예전에 마디풀에게도 이야기해 줬었는데. 우리나라에서 가끔씩 비밀의 길을 연 배를 타고 나와 다른 나라에 가서 숨어 사는 이들이 있다고.&gt;

　　"해눈의 아씨도 그럼 꽃의 전달자인 거지?"

　　&lt;그렇지.&gt;

　　"그럼 혹시 도유 오빠나 해눈의 아씨가 무슨 관계가 있는 건 아닐까?"

　　&lt;아니, 우리 아씨는 잃어버린 어느 나라로 가신다고 했어. 그리고 모 대표의 선조 중 그런 이름을 가진 분은 없었대.&gt;

　　"내가 증조할머니의 성함을 모르니 다 맞는 말은 아니지."

　　"할아버지께 여쭈어보지 그랬어요?"

　　"할아버지도 모르시는 것은 똑같아."

　　어느 날은 도나에게서 전화가 걸려 왔다. 도유가 대전을 떠나고 5

개월 만의 일이었다.

– 오빠는 거기에서 되게 행복한가 봐. 목소리가 아주 은방울꽃인데.

도유가 도나의 이름을 부를 틈도 없이 호랑가시나무같이 가시 돋친 음성이 흘러나왔다.

"너랑 할아버지가 대전에 계시는데 그럴 리야 있겠어?"

– 그럴 리가 있겠지. 아주 많이 있을 것 같은데. 이건 뭐, 인간 세상의 분량이 아닌 거지!

"오빠가 보낸 장미는 잘 받았어?"

– 촌스럽게 이름이 100년의 기억은 또 뭐야? 아예 100만 송이 장미라고 짓지 그랬어?

"우리 도나를 생각하면서 오빠가 오래오래 고심한 이름인데."

아무리 가시로 찔러대도 도유는 먼저 걸려 온 도나의 전화가 감사하였다.

– 진주로 떠날 때는 고심 한 톨 없이 잘만 가 버리던데.

"미안해. 오빠가 그건 두고두고 미안할 거야."

– 그럼 미안하다고만 하지 말고 다시 돌아와.

도나는 도유의 병에 대해서는 아무것도 알지 못했다.

"그것도 미안해."

– 할아버지랑 오빠랑은 벌써 무슨 이야기가 다 된 거지? 어떻게 날마다 나만 왕따야. 한 달에 이틀은 꼭 행방이 묘연한 대표님이 이번에는 아주 사라져 버렸다고 다들 얼마나 말이 많은 줄 알아? 여직원들은 회사에 다니는 낙이 사라졌다면서 아예 반찬으로 삼고 식사 때마다 이야기를 한단 말이야. 그럴 때마다 내 마음이 어떻겠어?

도유는 그렇게 매달 해눈을 만나러 가서 천녀도에서 머물렀다. 전용 보트를 타고 밤에 들어갔다가 밤에 나와서 천녀도의 사람들은 아무도 도유를 몰랐다.

"여기에서의 일이 잘 마무리되면 돌아갈 거야."

도유가 진주로 내려온 표면상의 이유는 경남 지역에서의 지사 설립이었다. 물론 언제까지가 될지는 기약이 없었지만.

— 흥! 어쨌든 장미는 잘 키워냈더라. 하긴 어련히 누구의 솜씨라고.

"마음에 든다는 말이지?"

— 그러는 오빠는? 내가 보낸 베트남 지역에서의 삼모작 기획서는 마음에 들었어?

도나는 근식이 거절한 기획서를 도유에게 다시 보냈다. 그만큼 고집이 세었다.

— 베트남에서는 삼모작이 가능하니까 대규모 농원 조성이 유리하다고는 생각해. 토지세라든지 제반 세금도 국내에 조성할 경우에 비할 바가 못 되고.

도나가 사업에 대한 이야기를 꺼내는 것은 도유에 대한 서운함은 이미 다 풀렸다는 뜻이었다.

"그건 그렇지. 하지만. 토질이 다르고 대기가 다르면 꽃과 나무의 성질도 달라지는 법이라 수종(樹種)들의 국내 이식이 어떨지는 아직 확신이 안 서."

— 모 대표님 말씀대로 국내 땅값은 계속 천정부지로 치솟고 있거든요.

"하지만 신토불이라는 장점이 있지."

— 신토불이를 외치는 건 좋지만, 토지 공급에 따르는 수많은 부대비용은 어쩌실 생각이신데요?"

"할아버지의 평소 지론대로 꽃과 나무를 키우는 건 세월을 키우는 일이야. 당장의 손익을 따지는 것보다는 멀리 내다보는 시선이 필요하지 않을까?"

　- 멀리 내다보는 것도 지금 당장 손에 쥐는 게 있어야 가능하지요. 어쨌든 언제 한 번 봐. 내가 할아버지를 모시고 갈 테니까.

　도나와의 통화는 도나의 콧방귀로 끝이 났다. 하지만 마디와 해눈을 쳐다보는 도유의 눈에 안도감이 가득하였다.


　하루는 모퉁이 집을 나서던 마디가 그만 도윤을 딱 마주치고 말았다. 도윤의 뒤로는 보람과 팽이 할머니도 함께였다. 5월에 현지마을로 돌아온 팽이할머니는 더 이상은 모퉁이 집에 대해서 아무런 말도 하지 않았다. 새로 건축된 이층집을 보고도 아무런 감흥이 없었다. 하지만 마디는 팽이 할머니를 볼 때마다 아서가 생각이 나서 마음이 시렸다.

　"오늘은 배달을 늦게 왔네."

　보람은 다행히도 마디가 꽃다발 배달을 마치고 돌아가는 길이라고 생각하였다.

　"그렇게 됐어요. 우리 도윤이는 왜 이렇게 늦는 거예요?"

　"으응. 저기, 왕할머니 때문에."

　"엄마! 엄마! 빨리이!"

　말끝을 흐리는 보람을 팽이 할머니가 잡아당겼다. 빨리 가자는 뜻이었다.

　"누나! 누나! 우리 왕할머니 말이야. 리온이도 아니면서 기저귀를 찬다."

　리온이는 태어난 지 1년도 안 된 석이의 동생이었다. 마디는 한숨이 나왔다. 대소변을 가리지 못하는 팽이할머니를 씻기고 입히느라 도윤의 준비가 늦어진 모양이었다.

"그런데 누나는 니은 없는 꽃 삼촌이랑 친구인가 봐. 엄마는 왕할머니 때문에 못 봤지만 나는 누나가 모퉁이 집에서 나오는 걸 봤거든."

"니은 없는 꽃 삼촌?"

"응! 봐봐! 나는 도윤이, 그 삼촌은 도유. 그러니까 우리 둘이는 이름이 니은 차이야. 어린이집에서 다 배웠어. 맞지? 그리고 저번에 내가 말했잖아. 나비들이 다 달라붙은 그 삼촌은 사람이 아니고 꽃이라고."

"하지만 모퉁이 집에는 다른 삼촌도 사는데?"

그러니까 도윤이 저번에 말한 꽃 삼촌이 서휘가 아닌 도유였구나. 당연한 것을 마디는 이제야 깨달았다.

"그냥 예쁜 서휘 삼촌은 이 시간이면 일본 말을 배우러 가는데."

"그건 또 어떻게 알아?"

"그냥 예쁜 서휘 삼촌이 말해 줬지. 그리고 그냥 예쁜 서휘 삼촌은 쌍둥이 누나랑 친구인데 아쟁 누나는 그런 것도 모르나 봐."

"우리 도윤이는 모르는 게 없구나."

"당연하지."

으스대는 도윤은 마냥 귀여운 7살 꼬마였다. 어느 날 제 친삼촌인 아서의 이야기를 알게 돼도 저렇게 상처 없이 자랄 수 있기를 마디는 기도하였다.


도유와 아서가 처음 만난 곳은 진주경찰서 근처의 한식집이었다. 준수, 시현과 함께 자주 가는 곳이라면서 아서가 추천을 하였다. 두 남자의 서로에 대한 느낌은 여전하였지만, 마디의 앞이라서 누구도 내색하지는 않았다.

"15년 전 천녀도에서 우리 마디를 처음 만나 좋아하였고 그때부터 계속 같은 마음이었다고요? 그 어린애를요? 그게 가능합니까?"

아서는 첫마디부터 시비를 걸었다.

"가능이나 불가능을 논할 일은 아니라서요."

"아무것도 아니라고 생각하는 내가 보자고 해서 기분이 불쾌하셨겠네요? 하지만 저랑 마디는 성만 다르다 뿐이지 친남매입니다. 지금까지도 그랬고 앞으로도 당연히, 마디의 어떠한 일이든 저는 관여를 할 자격이 있다는 말이죠."

"마디가 관여할 자격을 주었다면 나는 관여할 생각이 전혀 없습니다."

"우리 마디가 소개팅 한 번을 안 해 봐서 남자를 몰라요. 그래서 내가 똑똑히 지켜보고 있을 겁니다."

"진주경찰서의 정보관이라고 들었어요. 누구보다 잘하겠지요."

"큰 회사의 대표라고 들었는데 우리 마디를 보기 위해 모든 것을 버려두고 왔다는 게 내 상식으로는 이해가 되지 않네요."

"그저 조그만 가족회사일 뿐입니다. 경남 지사를 설립하려는 분명한 의도도 함께 있었기에 내려온 것이고요."

도유는 아서의 시비를 잘 받아쳤다. 물론 5층짜리 빌딩에 직원만 50명이 넘는 ㈜키움은 절대 작은 사업장은 아니었다.

"아서 오빠! 그러지 말고 내 말 잘 들어봐. 신기한 일이 있어. 아서 오빠랑 우리 오빠랑 혈액형 똑같은 것 있지? 몇만 명 중의 한 명꼴로 희귀 혈액형이라는데 정말 신기하지 않아?"

"신기할 것도 많다. 그리고 마디 넌 왜 나는 아서 오빠이고 이 사람은 우리 오빠야?"

"거기까지는 정아서 씨가 관여할 일이 아니죠. 정아서 씨의 의견과는 무관하게 이제 앞으로 우리라고 묶일 사람이 한마디랑 나니까."

두 남자의 사이에서 다시 토르의 번개가 번쩍였다. 마디는 밥이 어디로 들어가는지를 모르겠다. 번갯불에 콩을 구워 먹을 것도 아닌데, 아서의 마음을 위로해 주고 싶어서 마련한 자리인데, 괜히 같이 식사하자고 한 모양이었다.

다음 날, 모퉁이 집의 마당에 돗자리를 깔고 앉았을 때였다.

"그대! 내가 언젠가 그대에게 내 상관은 그대 한 사람으로 족하다고 말했지? 그런데 이제 보니 내 상관은 두 명이나 있는 거였어. 그대와 그 정아서."

도유가 생전 처음으로 앓는 소리를 했다.

"아서 오빠는 어쩔 수 없어요."

"그 어쩔 수 없다는 말은 나한테만 적용하면 안 되는 건가?"

"그건 나도 어쩔 수 없어요."

<맞아. 마디풀이 그렇다면 나도 어쩔 수 없어.>

"어떻게 이 마을은 어쩔 수 없는 것투성이야?"

마디는 투덜대는 도유의 모습이 낯설면서도 한층 정겨워졌다.

<마디풀! 서휘 비서가 말이야, 항상 모 대표를 많이 놀려먹거든. 나는 왜 그러나 싶었는데 다 이유가 있었던 거야. 우리 모 대표, 이제 보니 순 허당이야!>

해눈이 마디에게만 들리게 살짝 속삭였다. 해눈 또한 점점 편안해져 가는 도유가 정겨웠다.

그 모퉁이 집

"맞아, 해눈. 그랬나 봐."

마디는 일부러 해눈의 귀를 제 손으로 표나게 가린 후에 속삭였다.

"뭐야? 둘만의 그 귓속말도 어쩔 수 없는 건가?"

도유의 눈이 가자미 모양으로 변하였다.

"맞아요."

<모 대표는 그걸 인제 알았나 봐.>

"정말 뭐지?"

발끈한 도유 때문에 마디가 제일 먼저 웃음을 터뜨렸다. 그 뒤를 따라서 해눈이 그리고 마지막으로 도유도 크게 웃어버렸다. 그렇게 5월에서 9월은 행복으로 가득 부풀어 올랐다.

지금 자신들이 앉은 마당 아래 깊숙이에 아무도 모르는 비밀이 80년이 가까워지는 긴 잠에 들어 있다는 것을 전혀 알지 못한 채로. 그리고 그 깊은 잠이 자신들과 긴밀하게 연결되어 있다는 것은 더더욱 모르는 채로 말이다.

**은방울꽃의 꽃말은 <반드시 행복해집니다.>**

그 이름은. 조.
(노란 창포꽃)

어느 멋진 날의 10월이었다. 시간은 계절을 잘도 알아서 불어오는 바람은 갈대가 서걱대는 소리를 냈고 흘러가는 구름은 도토리 모양을 닮았다.

가을의 산은 한적하였다. 일부러 사람들이 등산할 시간도 피하였다. 마디와 도유, 해눈 세 사람, 아니, 다른 사람이 보기에는 두 사람은 부지런히 등산로 입구까지 올라갔다. 좀 더 많은 시간을 마디와 도유와 함께 보내고 싶어서 해눈이 제안한 것이었다.

"안녕하세요, 어르신들?"

등산로 초입 언덕길에서 마을 어른들을 만났다. 들녘과 하우스의 가을걷이는 마무리되고 그들은 이제 산자락 텃밭에서 대부분의 시간을 보내는 중이었다.

"마디야, 산에 가는 길이더냐? 우리 도유 총각도 함끼 가네."

도유의 회사에서 현지마을의 공터마다 무화과나무, 앵두나무, 석류나무 등 갖가지 과일나무들을 무상으로 심어 주었다. 마을회관에 최신형 히터 겸용 에어컨을 놓아 준 것도 도유였다. 그래서 어느새 도유도 현지마을의 주민으로 인정을 받고 있었다.

"오늘은 꽃집이 안 나가나?"

골김댁 할아버지는 도유에게 모퉁이 집을 지은 재료에 대해서도 한 번씩 묻기도 하였다.

"이즈음에는 좀 한가해요."

"이것들 드시면서 하세요. 서휘가 챙겨주었습니다."

도유가 옥이 할머니에게 식혜가 든 페트병과 종이컵을 건넸다.

"뭘 이래 번번이 챙기 줘샀노? 받는 사람 미안쿠로."

옥이 할머니는 이제 절대 모퉁이 집을 향해서 눈을 흘기지 않았다.

"바람이 서늘하네요. 너무 오래 계시지 마세요."

"그랴, 그랴. 우리도 돌만 좀 골라내고 그럴 참이여. 우째 올해는 농사가 턱별히 다 찰지게 잘 되었데이. 이 남새(채소)덜도 윤끼 흐르는 거 좀 바라."

그게 다 꽃의 기운을 풍기는 도유와 해눈의 덕분임을 아무도 몰랐다.

"참! 지난여름 폭우에 산길 가로 무너진 디도 많고 나무도 마이 뽑히 가 돌이 그리 많이 굴리 내리온다. 너그들도 산에 올라 가거들랑 조심혀라. 혹시 변고라도 당할라."

지 씨 할아버지는 매사에 조심스러운 성격이었다.

"눈 감고도 오를 수 있는 산인걸요."

"우리 도유 총각이 같이 가는디 먼 걱정이고."

마디 네가 산길 쪽으로 완전히 접어들자 어른들은 식혜를 한 잔씩 따라서 마셨다.

"내는 우리 마디랑 아서가 잘 댈 쭐을 알았더만 저리 굴리온 돌이

박힌 돌을 빼 낼 쭐은 몰랐네."

골김댁 할아버지는 식혜를 다 마신 후에 담배 한 대를 꺼내 물었다.

"마디나 아서나 아무 생각도 없는디 갠히 우리덜끼리 설레발이었제."

"맞따. 머시가 박힌 돌이고? 우리 마디가 예쁜 돌 대신에 더 예쁜 돌을 골랐구만은."

옥이 할머니는 도유의 날렵한 뒷모습에서 눈을 못 떼고 있었다.

"우리 아서만 더 안 댔제. 팽이 아줌씨 그라고 나서 마을을 떠나 몬 돌아오고 있는디 인자 팽이 아줌씨가 떡하니 다시 들어앉았으이."

"그래도 우짤 끼고? 핏줄이고 핼육인디."

"그랴. 그 아줌씨도 정신이 더 오락가락 불쌍터만은. 아한이 댁이랑 뱅원에 가는 거를 몇 번 봤는디 나더러 글씨 잘몬했심더 잘몬했심더 이러믄서 손을 싹싹 빌던디."

"내한티도 그러더라. 그래 열씸히 살았는디 머시가 그리 잘몬한 일이 많다꼬."

"그리 총기가 넘치더만 이래 가 인생무상이라 하는 기라."

"그래도 내사 마 젊은 아아들 우리 마을 다 떠나고 그나마 남아 있던 게 아서랑 아한이, 계성이인데, 계성이는 저리 개차반이고 아서랑 아한이는 앤쓰러버 죽겄고. 보기가 짠혀! 에휴!"

"내 말이!"

세 노인은 동시에 혀를 차며 젊은 날의 팽이 할머니를 떠올렸다. 혼자된 몸으로 아들 하나를 데리고 현지마을에 들어와 억척스럽게 안 해 본 일이 없었다. 그런데 자기 생전에 아들 부부와 손자 부부를 다 먼저 떠나보냈고 증손자인 아서와도 함께 못 살 사이가 되어 버렸다.

산비탈의 발밑으로는 굵은 줄기를 가진 칡넝쿨이 늘어졌고 솔가지에서는 청량한 솔 내음이 풍겼다. 심호흡을 하니 산의 공기가 돌아들어와 온몸에 솔 내음이 스몄다.

"해눈, 정말 괜찮아? 집을 떠나서 너무 멀리 온 것 아니야?"

마디는 도유와 저 사이에서 걷는 해눈의 손을 잡고 있었다.

<아닌데. 오랜만에 산에 와서 그런지 기분이 적이 좋아.>

"힘들면 언제든 말해야 해. 숨기지 말기."

<마디풀이야말로 숨기지 말고 말해. 내 걱정은 할 필요가 없다니까.>

해눈의 하얀 머리카락이 가을 햇살을 받아 무지갯빛으로 반짝였다.

"오빠는 어때요? 매일 달리기만 하는데 힘들지 않아요? 대전에도 등산을 할 만한 산이 있어요?"

"그건 대전을 되게 무시하는 발언인데. 대전에도 산은 많아. 그리고 그대가 괜찮을 줄 알았으면 산에도 자주 올라 올 걸 그랬어."

<모 대표가 나 때문에 무리할 필요 없어.>

"무리가 아니라 유리한 일이지. 이렇게 시간을 낸 마디랑 함께 할 수 있잖아."

<그런가?>

화기애애한 분위기가 가을 단풍처럼 물들어갔다. 어느새 가장 좁은 등산로로 접어들었다. 세 사람이 같이 걷기에는 무리일 만한 넓이라서 마디가 앞서고 도유와 해눈은 뒤에서 따라갔다.

"어! 10월에 범나비가 있네."

대단한 발견이라도 한 것처럼 마디의 음성이 높아졌다. 아닌 게 아니라 등산로의 비탈길에 서 있는 소나무에 남색 범나비 한 마리가 앉아 있었다.

"신기해."

마디가 단번에 비탈길 쪽으로 뛰어갔다.

"마디야, 조심해. 넘어질라."

도유는 마디의 너무 빠른 달리기를 걱정했다.

<마디풀, 조심해. 그렇게 달려가다가는 범나비가 놀라겠어.>

해눈은 마디와 더불어 마디 때문에 놀랄 나비를 걱정하였다. 마디는 비탈길 쪽에서 걸음을 멈추었다. 그런 후에 범나비 쪽으로 손을 내밀었다. 나비를 잡으려는 것은 아니고 그저 가까이에서 나비를 느껴보고 싶었던 것이다. 그걸 모르는 나비는 날개를 팔랑이며 좀 더 바깥쪽 가지로 옮겨 앉았다. 마디의 몸도 따라서 좀 더 앞으로 나갔다.

안타깝게도 그 자리는 딱 작년 여름 폭우에 무너졌던 바로 그 장소였다. 몸을 내민 마디로 인해 무게 중심이 쏠리면서 갑자기 마디의 발 앞이 소리를 내며 무너지기 시작했다. 짧은 비명과 함께 마디의 몸이 앞뒤로 휘청거렸다.

"마디야!"

<마디풀!>

마디의 몸이 이미 반쯤 허공으로 기울어졌다. 도유와 해눈이 동시에 마디를 부르면서 달려왔다. 다음 순간, 도유는 재빨리 마디를 감싸 안았고 동시에 칡넝쿨 쪽으로 손을 휘둘렀다. 칡넝쿨들이 스르르 소리를 내면서 서로 얽히기 시작했다. 타고 나기를 원체 질긴 칡넝쿨

들이 하나로 몸을 꼬아서 마디와 도유 쪽으로 다가왔다. 그리고는 비탈길로 떨어지기 직전의 두 사람의 몸을 단단히 감았다. 칡넝쿨이 등산로 안쪽으로 두 사람을 끌어당겼고 도유는 마디를 안은 채로 바닥으로 나동그라졌다.

해눈은 이 모든 장면을 멀거니 서서 쳐다만 보고 있었다. 아무것도 할 수가 없었다. 달릴 수도 없었고 꽃들이나 나무들에게 부탁을 할 수도 없었다. 집인 백단심 무궁화로부터 너무 멀리 떨어져서 왔고 무엇보다 힘이 극도로 약해져 버렸다. 힘을 잃었다는 충격과 마디를 잃었을 수도 있었다는 공포심으로 해눈의 눈이 크게 벌어졌다. 창백해진 머리카락이 싸늘해진 바람결에 헝클어졌다. 하지만 곧바로 정신을 수습하고 두 사람에게로 달렸다.

<마디풀, 모 대표, 괜찮아?>

"해눈! 난, 난 괜찮아."

마디는 고개를 끄덕이면서 눈을 깜빡였다.

<모 대표? 모 대표는?>

해눈이 아무리 불러도 도유는 일어날 기색이 없었다. 그제야 해눈의 눈에 도유의 찢어진 바지에서 흘러내리는 피가 보였다. 마디를 감싸 안으면서 소나무 등걸 옆의 바위에 다리를 세게 부딪친 모양이었다.

<모 대표, 제발 일어나 봐.>

해눈은 도유를 안아 일으키려고 했다. 하지만 지금의 해눈에게는 그럴 힘조차 없었다.

"도유 오빠는 왜?"

그제야 마디가 벌떡 일어났다. 도유 덕분에 작은 상처 하나도 입지 않았다.

<마디풀, 아무것도 묻지 말고 지금 빨리 주변에 꽃이 있나 살펴봐 줘.>

마디가 무릎걸음으로 도유에게 다가가려는데 해눈의 말이 다급해졌다.

"꽃? 무슨 꽃을?"

이런 상황에서 왜 꽃을 찾는 거야?

<독성만 없다면 아무 꽃이나 괜찮아. 시든 것 말고 싱싱한 걸로 몇 송이만 좀 꺾어 와.>

"나더러 꽃을 꺾으라고?"

그건 마디에게 사람의 목을 꺾으라고 하는 것과 같았다.

<지금은 설명할 시간이 없으니까 빨리.>

"무슨 말이야? 내가 꽃을 어떻게 꺾어?"

<그럼 모 대표가 잘못돼도 좋아?>

"먼저 119를 부를게. 그리고 설명을 제대로 해 줘야 꽃을 꺾든지 말든지 하지."

<마디풀!>

해눈이 이렇게 마디에게 목소리를 높인 것도 처음이었다.

<부탁이야. 꽃부터 찾아 꺾어와 줘. 안 그러면 모 대표가 죽을 수도 있어!!>

마디는 아무것도 이해가 되지 않았다. 하지만 도유의 바지 한쪽이 피로 완전히 젖고 그 아래로는 피 웅덩이마저 생겨나는 모습을 이제야 깨달았다. 얼른 반대쪽으로 달려갔다. 사람들이 밟은 건지 산짐승이 밟은 건지 모르겠지만 줄기가 누운 구절초가 몇 줄기 있었다.

"미안해. 정말 미안."

마디는 용서를 빌면서 구절초꽃을 꺾었다. 이렇게 빨리 달려보기는 처음이었다. 마디는 순식간에 도유와 해눈에게로 돌아갔다.

<모 대표! 꽃이야. 얼른 먹어.>

해눈은 구절초의 꽃잎만을 따내기 시작했다. 그리고는 꽃잎을 도유의 입안으로 넣어 주려고 했다. 도유는 완강히 거부하였다. 해눈이 강제로 도유의 입안에 꽃잎을 밀어 넣었다. 그러자 도유는 꽃잎을 토해내고 말았다.

"해눈! 지, 지금 뭐, 뭐하는 거야? 어, 어떻게 오빠가 꽃을 먹어? 어떻게 이럴 수가?"

마디의 얼굴이 일그러졌고 도유의 눈동자에는 절망감이 까맣게 맴돌았다. 마디는 여전히 제 발 앞이 무너지는 것 같았다. 털썩 엉덩방아를 찧었다. 곧이어 도유도 정신을 잃고 말았다.


진주경찰서는 시내의 차 없는 거리에서 패싸움하다가 잡혀 온 사람들로 가득하였다. 정치적 견해가 다른 두 모임이 차 없는 거리의 양쪽에서 평화시위를 한다고 신고하였다. 하지만 평화로 시작한 시위는 곧 진영 간의 다툼으로 변질이 되었다. 어느 쪽이 먼저 시작했는지도 모르게 극한으로 치달은 감정싸움은 주먹이 오가며 결국 투견판이 되고 말았다. 정치적 신념이라는 것이 이성적인 지식도 인간의 기본 감정도 심지어는 개개인의 신앙마저도 넘어서는 것이 지금의 현실이었다.

대기석에 줄지어 앉은 사람들을 배경으로 아서와 준수 그리고 시현의 앞에 두세 사람이 조서를 작성하는 중이었다. 때때로 수갑을 찬 사람들까지 드나드는 사무실 안의 분위기는 사뭇 살벌하기조차 하였다.

"분명히 저쪽에서 먼저 욕설을 퍼부었습니다. 평화시위에 욕설이 웬 말입니까?"

홈 원피스를 입고 꼿꼿이나 할 것 같은 중년 여인이 거칠게 항의하였다.

"그쪽에서 빈 캔이 날아들지만 않았으면 누가 먼저 욕설을 했겠습니까?"

대꾸를 하는 중년 여인 또한 개량 한복을 입고 올림머리를 해야 할 분위기였다. 어느 시절 우리나라는 상복을 입고 말은 입에 재갈이 물렸어도 두 패로 나누어 싸움을 했다. 그 후손들은 이제 자유복을 입은 나라에서도 두 패로 나누어 싸우는 중이었다.

"그런 하소연은 집에 가서 하시고요. 조서에는 정확한 사건 경위만 진술하시면 됩니다."

아서를 비롯한 세 명의 경장은 똑같은 말을 반복하고 있었다. 언제 끝나나 싶게 대기석에 앉은 이들이 늘어져 있더니 조서를 작성하던 손놀림이 똑같이 멈추었다. 다들 손을 비벼 눈두덩이를 문질렀다. 이런 일은 언제나 진이 빠지는 법이었다.

"오늘 저녁은 소라도 한 마리 잡아야겠어."

준수는 조서를 꾸미면서도 서로의 멱살을 잡는 이들을 말리느라 셔츠가 흐트러졌다.

"한 마리로 되겠냐? 목장에라도 같이 가자고."

시현은 냉수를 연신 들이키는 중이었다.

"소가 됐든 돼지가 됐든 일단 마무리들부터 하자고."

아서도 혼이 반쯤은 나갔다.

"쉬엄쉬엄하자고. 정 경장은 요즘 왜 그렇게 목숨을 떼 놓고 일을 하는 거야? 앵두나무 우물가에 동네 처녀 바람날 시절도 아니잖아."

시현은 미친 듯이 일에 골몰하는 아서가 이해가 되지 않았다. 원래 도 부지런하긴 했지만, 요즘의 아서는 그런 말로는 표현이 되지 않았 다.

"맞아, 맞아. 요즘 정 경장을 보고 있으면 아! 저렇게 과로사가 되 는구나 싶다고."

늘어지게 켜는 준수의 기지개 너머로 10월의 피곤이 나풀거렸다.

"예쁜 한마디 동생 얘기도 한마디도 안 하고."

"꽃집 가면 들고 오던 화분도 통 안 보이고."

"곧 추석인데 보너스는 얼마나 나오려나?"

"보너스 타령만 하지 말고 일들 해."

"난 중앙시장에 또 나가봐야 한다고."

중앙시장 난전 상인들은 준수를 단골처럼 찾았다. 모자를 눌러쓰 고 나가는 준수를 눈으로 배웅하는데 아서의 휴대폰이 울렸다.

– 아서 오빠!

아서를 부르는 마디의 목소리에 눈물기가 섞여 있었다. 마디는 업 무 시간 중에 전화를 걸어오는 법이 없었다.

"마디야. 무슨 일이야? 왜?"

그러니 아서의 목소리에 걱정이 걸린 것은 당연한 일이었다.

– 내가 오빠한테 이런 부탁을 하면 안 되는 것 아는데, 지금 빨리 모퉁이 집으로 좀 와 줘.

"모퉁이 집에는 왜? 너, 모도유 씨랑 무슨 일이라도 생긴 거야?"

단번에 좋지 않은 예감이 들었다.

– 사람의 목숨이 걸린 일이야.

굳이 사람의 목숨이 걸린 일이라고 이야기를 하지 않아도 마디의 눈물기로 아서는 달려갈 준비를 마쳤다. 하지만 모퉁이 집이라니? 모퉁이만 돌아서면 바로 제집이 보이는 모퉁이 집이라니?

"한마디 이야기를 했더니 금세 한마디한테서 전화가 오네."

부서 과장에게 보고하고 사무실을 나서는 아서의 뒤에서 시현이 하트를 그려 보였다.

아서가 모퉁이 집에 도착했을 때, 반쯤 열린 대문 뒤로 마디가 나와 서 있었다. 뭐가 그리 급한지 아서의 얼굴만 확인하자 앞서서 집 안으로 들어갔다. 마디의 걸음이 너무 성급하여서 아서도 아무것도 묻지 않고 따라 걸음을 옮겼다.

아서로서는 처음 들어와 본 모퉁이 집에 처음 들어와 본 도유의 방이었다. 도유는 침대에 누워 있고 그 옆에는 서휘가 불안한 얼굴로 도유를 내려다보고 있었다.

"무슨 일이야? 뭔데?"

"오빠, 미안해. 지금 당장 오빠의 피가 필요해. 수혈해야 한다고."

"설명부터 좀 들어보자."

"우리 오빠가 피를 너무 많이 흘려서 지금 당장 수혈해야 해."

마디는 지금 한마디만 되풀이하는 앵무새였다.

"그럼 병원엘 가야지."

"지금 병원엔 갈 수가 없는 상황이라 그래."

"무슨 소리야? 게다가 수혈한다고 쳐! 이 방에서 누가 수혈을 처치할 건데?"

"제가 특수처치 자격증도 지닌 간호사입니다. 수혈은 제가 진행할 겁니다."

말없이 듣고만 있던 서휘가 그제야 마디와 아서에게로 다가왔다.

"난 수혈을 할 수 있는 특수처치 자격증 같은 건 들어본 적이 없는데요."

아서는 경찰관이었다. 이건 제 신념과는 맞지 않는 행위였다.

"아서 오빠! 제발 아무것도 묻지 말고. 제발! 우리 오빠의 다리에서 피가 멎지를 않아. 나를 구하려다 저렇게 되었단 말이야."

마디가 매달리듯 아서의 팔을 붙들었다. 그제야 아서는 도유의 다리를 쳐다보았다. 분명 붕대를 감아 처치를 했는데도 붕대 밖으로 피가 새어 나오는 중이었다. 게다가 이미 도유의 팔에 꽂혀 있는 링거에서는 정체를 알 수 없는 색의 링거액이 도유의 팔로 흘러 들어가고 있었다. 아서는 더 묻지 않고 침대 옆에 놓인 보조 침대에 몸을 뉘였다. 무슨 남자의 방이 꽃향기로 가득 차서 아서의 전신마저 향긋해졌다.

도유의 얼굴에 핏기가 돌면서 수혈은 끝이 났다. 아서는 서휘에게만 인사를 하고는 방을 나섰고 마디가 그 뒤를 따라 나갔다.

"마디 네 옆에 저 사람이 있으니까 오빠는 요즘 너에게 연락을 하는 것도 너를 만나는 것도 자제했어. 알지?"

"알아."

"그러니까 어떻게 돌아가는 일인지도 궁금해하지 않을 거야. 대신 하나만 묻자. 모도유 씨가 맞고 있던 링거. 그건 정체가 뭐니? 꼭 꽃을 찧어낸 꽃물 같던데. 향기도 나는 것 같고."

아서는 대문을 잡은 채로 상체를 반만 뒤를 돌아 마디를 보았다.

"나도 몰라."

순간 마디는 도유의 입에 꽃을 넣어 주던 해눈을 떠올렸다가 흩어 버렸다.

"알았어. 네가 모른다면 나도 됐다."

"오빠의 마음도 복잡할 텐데 고마워."

속 깊은 아서는 제 고통은 염두에 두지 않고 바로 달려와 주었다. 그리고도 아무것도 묻지 않고 돌아갔다. 마디는 그저 미안하고 감사하였다. 아서는 곧 차를 세워둔 미소가정의학과 주차장 쪽을 향해 뛰다시피 걸었다. 등 뒤로 보이는 제집을 외면하기 위해서였다.

"삼촌! 삼초오오온!"

하지만 아서의 외면은 부질없는 것이 되어버렸다. 하필 시간대가 맞아서 유치원 차에서 내리는 도윤과 보람 그리고 왕할머니를 맞닥뜨리고 말았다.

"삼촌! 삼초온! 나 보러 온 거야? 도윤이 만나러 온 거지?"

도윤은 단번에 아서의 목을 얼싸안았다.

"도련님!"

막 도윤의 가방을 둘러메던 보람의 얼굴은 아까의 도유처럼 창백해졌다. 아서는 도윤을 안아 올리면서 아무런 답이 없었다.

"진짜 집에 다니러 온 거예요?"

"아니에요, 형수. 잠시 업무가 있어서."

"그래도 이왕에 왔으니까 집에서 저녁이라도 먹고 가요."

"다시 들어가 봐야 해요. 정말 잠시 나온 거예요."

"도련님!"

보람이 안타깝게 불렀다.

"삼촌! 오늘은 도윤이랑 자고 가. 나랑 같이 자고 가! 으응?"

도윤이 목에 더 들러붙었지만 아서는 결국 도윤을 내려놓았다. 그러는 내도록 팽이 할머니는 아서를 향해서 "잘몬했심더. 잘몬했심더!" 조아리기를 멈추지 않았다. 텅빈 눈동자는 아서가 누구인지를 아예 알아보지도 못하였다. 아서는 턱 밑이 칼날에 새로 베인 듯이 아렸다. 다시 피가 흘러넘쳤다.

도유의 숨결이 고르게 흩어지자 마디와 서휘는 거실로 나왔다. 해눈은 도유의 곁에 있겠다고 손짓으로 표시를 하여서 남겨 두었다.

"마디 씨, 많이 놀랐죠?"

마디에게 물컵을 건네는 서휘의 손도 가늘게 떨리고 있었다. 마디는 고개를 저었다.

"봤겠네요. 형이 꽃을."

서휘는 저도 물 한 컵을 다 비워내고는 한참 쉼표를 찍었다.

"꽃을 먹는 모습."

마디는 또 고개를 저었다.

"못 봤어요. 도유 오빠가 먹지 않겠다고 거부를 해서."

"이 얘기를 내가 하면 안 되는 것이긴 한데, 형은 피를 흘리면 안 돼요. 그리고 피를 흘릴 때면 꼭 꽃을 먹어야 하고요. 꽃을 찧어 낸 꽃물도."

마디는 이번에는 고개를 끄덕였다.

"형의 병명은 유사 혈우병이에요. 그것도 병원이 겨우 가져다 붙인 어색한 병명. 형은 꽃을 먹지 않으면 피가 멎지 않아요. 그래서 지금 당장 병원에는 갈 수가 없었던 것이고."

"그걸 서휘 씨는 다 이해할 수 있어요? 이상하지 않아요?"

사실 마디는 해눈이 도유의 입 속에 꽃을 집어넣을 때의 충격이 아

그 모퉁이 집

직도 생생하였다.

"오브 코스. 와이 낫? 세상에는 다양한 사람들이 존재해요. 그래서 일반적인 사람이라면 절대 하지 않거나 하지 못할 행동을 하고 그런 성향을 보이는 사람들이 있고. 어떤 사람은 쇠를 씹어 먹고 어떤 사람은 가루 세제만 먹죠. 또 어떤 사람은 잠을 자지 않고 어떤 사람은 물을 전혀 마시지 않아요. 쇠가 몸에 달라붙는 사람이 있고 몸에서 전기를 일으키는 사람도 있지요."

마디에게나 도유에게나 꽃은 친구였다. 그러니 지금 마디가 받았을 충격이 서휘는 충분히 이해가 되었다.

"아! 그리고 애니멀 커뮤니케이터. 그 사람들은 동물의 말을 알아듣고 감정 컨트롤까지 도와준다죠. 그럼 그 사람들은 모두 이해할 수 없는 사람들인가요? 그건 그냥 특별한 거예요, 이상한 게 아니라."

순간 마디의 제가 받은 충격이 부끄러워졌다.

"우리 대표님과 나. 아주 특별하게 만난 인연이에요. 마디 씨가 듣고 싶다면 들려줄게요."

서휘는 금방 화제를 전환했다. 마디는 저도 모르게 고개를 끄덕였다.

"내가 우리 형을 만난 건 고3 여름방학 때였어요. 마디 씨도 잘 알죠? 우리나라의 고3은 정말 사람도 아닌 것처럼 살아야 한다는 것. 대전의 하늘에서는 보이지도 않는 별을 보면서 등교를 하고 하교를 했죠. 그런 일상의 반복이었어요."

개교기념일, 고3도 등교하지 않아도 되는 날이 되었다. 어차피 대학 진학은 불가능한 서휘는 등산 준비를 하였다. 여름답지 않게 날씨도 적당히 따스했고 공기 중의 습도도 높지 않아 불쾌 지수가 최저치였다. 산의 초입에서는 남들이 다 다니는 등산로로 걸었다. 그러다가 서휘가 생각하던 지점까지 갔다. 바로 등산 금지 구역 팻말이 붙어있는 곳이었다. 산세가 깎아지른 데다가 험한 바위투성이의 길이라서 등산이 금지되는 이유가 있는 곳이었다.

서휘는 얼른 주변을 살핀 후에 팻말이 붙어있는 밧줄을 들어 올렸다. 아무도 서휘가 그쪽 길로 들어서는 것을 알지 못했다. 서휘는 고3이 분출해 내는 미친 아드레날린의 이끌림을 받으면서 인적 없는 길을 오르기 시작했다. 아무도 밟지 않은 땅을 개척한다는 근거 없는 자부심이 서휘를 부추겼다.

그런데 한순간, 발을 삐끗하고 말았다. 딱 신발 바닥 넓이인 바위 위에서 중심을 잃고 말았던 것이다. 비명을 지를 사이도 없이 서휘의 몸은 절벽 길로 굴러 내리고 말았다.

"한참을 굴러 내려간 것 같아요. 뭐, 사실 진짜 시간이야 그렇게 길지도 않았겠지만, 최소한 내가 느끼기에는 그랬죠. 그렇게 어느 지점에서 내 몸은 멈췄고 그나마 다행이다 싶었던 것은 내 몸이 멈춘 그 지점이 사람들이 다니는 등산로의 바로 아래쪽이었다는 거예요."

서휘가 이 말을 하는데 마디의 머릿속으로 영상 하나가 지나갔다. 해눈을 잊어버리던 날, 절벽 아래로 굴러떨어지던 어린 저의 모습이었다.

"우습게도 다행이라는 생각은 얼마 가지 못했어요. 내 머리 바로 위로 사람들의 발소리와 말소리가 들리는데도 정작 아무도 내가 거기에 누워 있다는 것은 알아차리지도 못하는 거예요."

서휘는 그 순간을 생각하면 아직까지도 등 뒤가 서늘했다.

"꼼짝없이 죽겠구나 싶었죠. 어느 날인가 내 시체가 발견되면 스트

그 모퉁이 집

레스에 시달리던 고아원 출신 고3 남학생이 더 이상은 견디지를 못하고 투신을 했다고 신문 기사에 실릴까 그런 웃긴 생각도 했던 것 같아요. 그런데 그때."

위쪽에서부터 산 풀 밟히는 소리가 나기 시작했다. 처음에는 제가 잘못 들은 거라고 여겼는데 소리는 점점 더 서휘에게로 가까워지고 있었다.

"그 발소리가 바로 우리 형이었어요. '이봐! 학생! 정신 좀 차려봐.' 이렇게 말을 하면서 내 팔을 붙드는데 이제야 살겠구나! 안심이 되더라고요."

그 순간 희미하게 보였던 도유의 얼굴도 서휘에게는 평생 잊을 수 없는 단상(單相)이었다.

"하지만 당시의 난 피를 너무 많이 흘렸어요. 그리고 나를 당장 등산로 쪽으로 옮길 방법도 없었고. 난 죽을 수밖에 없는 상태였어요. 그래서, 그러니까, 아마도 그래서, 형은 자신의 능력으로 나를 살릴 수밖에 없었다는 생각도 들어요."

도유는 갑자기 떨어져 내린 나무 이파리들을 주워 모으기 시작했다. 가을이 아닌 탓에 낙엽이 아니라 아직도 생생하게 초록 물이 남아 있는 이파리들이었다. 그런 후에 도유는 그 이파리들을 피를 흘리는 서휘의 몸 전체에 덮었다.

"그렇게까지 하고 나자 형은 등산 칼로 자기 오른손을 베어낸 후에 내 가슴에 그 손을 얹었어요. 의식이 희미해져 가던 중이라서 자세히 볼 수는 없었지만 분명하게 느낄 수는 있었죠. 피가 나는 형의 손에서 아주 강력하고 따스한 기운이 흘러나왔고 그것이 내 몸으로까지 흘러 들어오고 있다는 것을."

마디는 해바라기의 밤을 떠올렸다. 도유의 손을 지나 허리가 꺾인 해바라기에게로 건너가던 그 강렬하고도 따스한 눈부신 기운을.

"어떻게 병원으로 옮겨졌는지는 모르겠어요. 내 기억은 거기가 마지막이니까. 그리고 나는, 정말 믿을 수 없게도 나는, 멀쩡하게 살아났어요."

사실 서휘가 정신을 차렸을 때, 응급실의 옆 침대에는 도유가 누워 있었다. 엄청난 양의 지혈제를 맞으며 동시에 수혈을 하고 있었고 오른손은 붕대에 감겨 아예 보이지도 않았다. 일반 사람이라면 손바닥 좀 베였다고 해서 그럴 일은 아니었다. 도유는 지혈이 되지 않는 병이라고 했다. 그러니까 도유는 제 생명을 걸고서 저를 구해 준 것이었다. 그리고 그 후에 서휘에게는 꽃으로 과자를 만들 수 있는 능력이 생겼다.

"형은 내가 거기에 쓰러져 있다는 것을 어떻게 알았을까요? 그리고 형은 나를 어떻게 살려낸 걸까요? 정말 이상했어요. 처음에는 모든 게 다. 하지만 지금은 그 이상한 모든 것이 그냥 내 일상이 되었네요."

"서휘 씨는 참 좋은 사람이에요."

마디는 그 말밖에는 할 말이 없었다.

"마디 씨가 좋은 사람이라서 내가 좋은 사람으로 보이는 거예요."

서휘는 마지막 물 한 모금을 들이켰다. 그리고 순간 방안에서 도유의 기척이 들렸다.

도유가 들려주는 이야기는 10월의 오후처럼 잔잔하였다.

"여름방학을 맞은 우리 가족은 함께 여행을 떠났어."

여름의 초입이라서 싱그럽게 물이 올랐던 가로수길. 차창 위에 방사형으로 퍼져나던 햇살. 아버지와 어머니의 다정한 목소리. 철없이 까불거리던 도나의 웃음. 대전의 하루답지 않게 투명하고 맑은 날이었다.

"공항으로 가던 중 사고가 났어. 앞차의 운전자가 갑자기 급브레이크를 밟았지. 아버지도 따라서 브레이크를 밟았지만, 추돌을 피하지는 못했어. 심하게 부딪친 건 아니라서 다들 놀라고만 있는데 다시 뒤에서 강한 충격이 왔어. 우리 뒤에서 속력을 내고 달리던 대형트럭이 제동을 채 못하고 그대로 우리에게로 와서 부딪친 거야."

몸이 반으로 구부러지던 그 충격과 고통도 생생히 기억이 났다.

"우리는 앞차와 대형트럭 사이에 종잇장처럼 납작하게 눌리고 말았어."

가물가물해지는 의식 속으로 요란한 앰블런스 소리가 들려왔다.

"우리 가족은 모두 병원으로 옮겨졌지. 불행 중 다행인 것은 회장님이신 할아버지는 긴급한 조약이 있어서 회사에 남아계셨다는 거야."

그때 근식은 통곡을 하며 도유의 이름을 불러댔다.

"일주일 만에 정신은 돌아왔는데 문제는 다른 데에 있었어. 뼈를 다친 곳은 없이 크게 찢어진 곳만 세 군데 정도 되었는데 피가 멎지를 않는 거야. 아무리 지혈제를 주사하고 지혈대를 대어 봐도 소용이 없었지. 그래서 상처는 꿰매는 족족 다시 터져버렸어."

혼자서 겪어내야만 했던 집중치료실에서의 끔찍했던 시간들.

"차라리 죽어버렸으면 좋겠다고 생각을 했어."

마디와 해눈이 동시에 도유의 손을 하나씩 잡아 쥐었다.

"하지만 난 내 마음대로 죽을 수도 없었지."

도유는 그날의 고통이 서려 있는 표정이었다.

"까무러치고 또 까무러치고 몇 번을 반복했던 것 같아. 그러다가 어느 날, 정신을 차렸는데 병실 탁자 위에 꽃바구니가 하나 놓여 있더라고. 참 이상한 일이지. 꽃에서 환하게 빛이 나는 듯하더니 그 꽃만 먹으면 살 수 있겠다는 생각이 들었어. 그리면 안 되는데, 정말 그러면 안 되지만, 너무 고통스러웠던 나는 할아버지에게 꽃을 달라고 했어."

도유는 온몸에 붕대를 감고 밥은커녕 죽도 겨우 먹고 있었다. 하지만 근식은 얼른 꽃바구니를 안겨 주었다. 도유와 특별한 인연이 있는 꽃들이 분명 기적을 불러일으킬 수 있을 거라고 믿었다.

"꽃을 베어 먹었지. 하나도 남김없이 다 베어 먹었어. 내게 꽃은 사람과 같은 존재라는 건 그때 당시에는 중요하지도 않았어. 끔찍한 그 고통을 어떻게든 끝내고 싶었으니까."

근식은 도유가 꽃을 다 먹도록 가만히 지켜보았다.

"참 이상하지. 그러고 나서부터 피가 멎기 시작했어. 아무리 주사를 놓고 약을 먹어도 멎지 않던 피가 멎기 시작한 거야. 병원에서는 기적이라고 했어."

근식이 짓던 기쁜 표정은 도유가 처음 보는 것이었다.

"그렇게 회복이 되는구나 싶었지. 하지만 며칠이 지나자 피가 또 새기 시작하는 거야. 할아버지는 망설임도 없이 꽃바구니를 사 오셨지. 그 다음은 알겠지? 그렇게 몇백 송이의 꽃을 먹고 난 겨우 퇴원을 할 수 있었어."

퇴원하기까지 정말 몇 개의 꽃바구니를 먹었는지도 모르겠다.

"퇴원은 하는 나에게 병원에서는 유사 혈우병이라는 진단을 내렸어. 혈우병이라는 건 피가 잘 멎지 않는 병인데 남자는 걸리지 않는 병이야. 그런데 또 나는 혈우병 딱 그 증세만도 아니었던 거지.”

도유는 병명도 없고 약도 없이 그저 꽃을 먹어야 했다.

“어느 정도 정신이 들자, 난 더 이상 꽃을 먹을 수가 없었어. 꽃을 뜯어 먹는 내가 꼭 시체를 뜯어먹는 들개나 하이에나가 된 기분이었으니까.”

도유의 음성이 정말 들개나 하이에나처럼 거칠어졌다. 그가 얼마나 고통스러웠는지 읽어낼 수 있었다. 교통사고의 고통보다는 그 고통이 더 아팠으리라.

“내가 꽃을 먹으려고 하지 않자 할아버지는 애원을 하셨지. 하지만 난 들은 척도 안 했어. 그냥 이대로 죽어버리겠다고 고함을 질렀지. 난 내가 할아버지에게 그렇게 매몰차게 굴 수 있는 인간이라는 것을 그때 처음 알았어.”

거의 무릎을 꿇다시피 애걸하던 근식. 꽃을 내미는 근식을 외면하며 고개를 돌리던 도유. 눈물을 흘리던 근식. 그 눈물조차도 보지 않으려고 했던 도유.

“하지만 난 결국 질 수밖에 없었어.”

도유의 숙인 고개가 거칠게 흔들렸다.

“당시에……”

도유는 숨을 멈추었다.

“당시에 내 부모님은 교통사고 현장에서 즉사를 하셨어. 난 크게 다쳤고 어머니가 품에 안아서 지켜낸 도나만 무사할 수 있었지. 도나는 아직 어린아이였는데 누가 안아줘도 계속 울어대는 거야. 할아버지가 안아도 울고 도우미 이모님들이 안아줘도 그러고. 그런데 그런 도나가 내 앞에만 오면 거짓말같이 웃는 거야. ‘오빠, 오빠, 아직도 아

파? 도나랑은 언제 놀아줄 거야? 도나는 너무 심심해.' 도나는 아무
것도 모르고 내 앞에서 방긋방긋 웃는데……, 할아버지랑 도나한테
는 이제 나쁜인데……."

도유의 목소리에 울음이 섞였다. 마디도 가슴 아래에서부터 날카
로운 아픔이 치밀어 올랐다.

"나도 그러고 싶지는 않았어. 하지만, 할아버지랑 도나한테는 나쁜
인데, 나쁘니까……. 그래서 난 그렇게 매정하게 그럴 수가 없었어.
미안해. 마디야, 정말 미안해."

도유가 눈물을 흘리기 시작했다. 날카로운 눈매와 얄팍한 입술로
감정 없는 말을 잘도 뱉어내었던 남자. 절대 흔들리지 않을 것 같은
견고한 성 같던 남자. 그 남자, 도유가 상체를 수그리고 두 손에 얼굴
을 묻은 채 울기 시작했다. 도유가 뱉어내는 서러운 울음이 방 안 구
석구석에 상처처럼 새겨졌다.

마디도 왈칵 눈물이 쏟아졌다. 나랑 오빠는 꼭 닮은 사람인데. 이
세상에 다른 누구도 없이 오빠와 나만 그런 사람인데.

"오빠! 울어요. 더 울어도 돼요. 해눈이 처음에 나한테 그랬어요.
슬퍼서 우는 것까지는 괜찮지만 괜한 자책은 그만했으면 좋겠다고.
그러니까 오빠도 그랬으면 좋겠어요. 그리고 나야말로 미안해요. 이
런 사정은 하나도 모르고 얼굴만 찡그리던 내가 너무 미안해요."

저를 감싸 안으려다 다친 도유를, 산길에 쓰러져 누웠다가 겨우 일
어난 도유를, 외면하고 싶었던 저를 마디는 사과하였다.

"미안해."

눈물에 젖은 도유가 고개를 들었다. 저와 똑같이 울고 있는 마디를
보았다.

"아니에요. 내가 잘못했어요."

눈물이 그렁그렁 고인 마디의 눈은 꼭 별 부스러기가 반짝이는 듯했다. 고개를 젓자 별 부스러기들이 공기 중에 흩어졌다. 도유는 그 별 부스러기들을 잡으려는 듯이 가만히 마디를 들여다보았다. 그리고는 마디의 목 쪽으로 도유의 손이 올라갔다. 따뜻한 목을 살며시 감싸 안았다. 그 온기가 위로가 되었다. 목덜미에서 올라온 도유의 엄지손가락이 이번에는 마디의 입술을 훑고 지나갔다.

"마디야."

도유가 한숨처럼 불렀다. 마디는 고개 대신 별 부스러기가 가득한 눈동자를 끄덕였다. 도유의 얼굴이 마디에게로 가까이 다가왔다. 천천히 느리게. 마디의 입술에 맞닿은 도유의 숨결에서 꽃향기가 났다. 도유의 눈이 감겼고 마디의 눈이 감겼다.

해눈은 도유가 눈물을 흘리기 시작할 때 이미 방에서 나섰다. 주방에서 도유가 먹을 죽을 끓이는 서휘를 한 번 바라본 후에 마당으로 나왔다. 제집인 백단심 무궁화나무의 밑동을 응시하였다. 여태껏 도유에게 잘도 숨기고는 있지만 나무 밑동은 이미 절반 가까이가 썩어 있었다.

<이제 얼마나 남았을까? 얼마나 더 숨길 수 있을까?>

제게 남은 시간은 정말 얼마 되지 않았다.

<마디풀, 모 대표. 다행이야. 정말 다행이야. 이제 내가 떠나도 두 사람, 조금은 덜 슬퍼할 수 있겠지? 나도 마지막으로……, 아씨의 소식만이라도 알 수 있었으면.>

안 그래도 하얀 해눈의 전신이 표백제라도 들이부은 듯 더 바래졌다.

추석이 내일로 다가왔다. 어쩐 일인지 한옥이 여사가 진주로 찾아왔다. 마디와 마린이 함께 마중을 나갔고 현지마을로 돌아가는 길에 택시는 강변도로를 달렸다. 시외버스 정류장이 있는 시내에서 도동쪽으로 돌아서는데 <신무림 제지(製紙)> 공장의 굴뚝에서 하얀 연기가 솟구치고 있었다. 완제품 종이를 만들기 전 초벌 작업을 하고 있는 모양이었다.

"옴마나! 저 연기는 우째 40년이 지나도 그대로라냐?"

한옥이 여사는 진주에 올 때마다 무림제지의 연기를 보면서 똑같은 말을 했다.

"할머니는 볼 때마다 저 연기가 무서워요?"

"암만, 무섭제. 꼭 너그 왕할아버지 잡으러 오는 순사맹키 무섭다."

일본 제국주의는 총칼을 앞세워서 대한제국의 젊은 청년들을 닥치는 대로 전쟁터와 강제 징용으로 끌고 갔다. 그러던 것이 강점 막바지에 다다라서는 바지만 꿰입은 남자라면 나이를 가리지 않았다. 그건 한옥이 여사의 아버지도 마찬가지여서 일본 순사에게 끌려가는 모습을 본 것이 외할머니의 아버지와의 마지막 기억이었단다.

"썩을 놈들. 육시럴 놈들"

외할머니가 마디풀의 이름을 따서 마디의 이름을 지은 것도 이런 반일 감정 때문이었다. 마디풀은 독도에서도 자생하는 야생화다. 할머니는 마디풀이 늘 독도를 넘보는 일본에 대항하는 정신을 가졌다고 하였다.

"그냐, 안 그냐? 우리 살과 우리 뼈를 발라서 지금 지 놈들이 저렇게 떵떵거리고 사는 것 아녀?"

"맞아요, 할머니. 날마다 자기들이 전쟁 피해자인 것처럼 역사 왜

그 모퉁이 집

곡이나 하고 남의 나라 땅이나 훔쳐 가려는 사람들이죠."

프람 저펜(일본제)을 무조건 선호하는 요즘 20대답지 않게 마디나 마린이 일본에 대한 시선이 정확한 것도 모두 외할머니의 덕분이었다.

이윽고 현지마을의 입구에 다다랐다. 그대로 택시를 타고 골목 안으로 들어서려는데 모퉁이 집 앞에 서 있는 자가용이 보였다.

"할머니, 여기에서 내려도 되겠죠?"

골목길의 넓이가 겨우 차 한 대가 들어갈 만큼이라서 마디는 한옥이 여사에게 양해를 구했다.

"두 다리가 다 튼튼한디 내야 암시렁도 않다."

한옥이 여사가 먼저 택시에서 내렸다. 오랜 바다 일에 거친 손등과 얼굴을 지녔지만, 걸음걸이만큼은 힘이 있었다. 그 뒤를 이어서 마디와 마린이 보따리를 들고 내렸다.

"올히도 구절초가 억수로 피었네."

뒷산 자락에는 연분홍색으로 피어오른 구절초가 만개했다. 한옥이 여사의 시선이 한참을 산자락에 머물러 있었다.

한 편 도유는 모퉁이 집의 대문 앞에서 근식과 도나를 마중하고 있었다. 추석 명절을 맞아 1주일의 말미를 가지고 근식과 도나가 모퉁이 집으로 내려왔다.

"시골이라고 듣긴 했지만 이건 완전 깡촌이네!"

도나가 선글라스를 머리 위로 걸치며 휘파람을 불었다.

"이래 봬도 진주시가 경상남도의 중심 도시라고."

서휘가 어이없다는 표정을 지었다.

"아이고, 그 새 진주 시민이 다 되셨습니다요. 하여간 촌스럽기는!"

도나는 주차하러 가기 위해 다시 차에 타려고 하였다.

"안녕하세요? 어떻게 다들 나와 있네요. 어! 할아버지. 언제 오신 거예요?"

마디와 마린은 뒤돌아 서 있는 사람이 근식인 것을 미처 알지 못하였다. 청년만큼이나 꼿꼿한 몸태 탓이었다. 반갑게 서로 인사를 나누었다.

"아니, 이 집이 워째 이리키 변했다냐?"

한옥이 여사는 하얗게 자리 잡은 모퉁이 집을 보면서 입을 다물지 못했다.

"안녕하세요? 올봄에 저희가 집을 새로 짓고 이사를 들어왔습니다."

도유가 선뜻 앞으로 나서서 살갑게 답을 하였다.

"그랬구만. 잘 혔네. 안 그래도 동네에 흉물스럽구로 버티고 앉아서 마음에 걸렸었는디."

"좀 그랬나요?"

다소 불쾌하게 들릴 수 있는 한옥이 여사의 말을 도유는 아무렇지도 않게 맞장구를 쳤다. 참 많이 변했다, 모도유.

"아니, 이게 누구십니꺼? 우리 회장님 아이십니꺼?"

모퉁이 집을 휘둘러보던 한옥이 여사의 시선이 근식에게서 멎었다. 근식도 한옥이 여사의 얼굴을 확인하자 눈 모양이 변하였다.

"아니, 어르신이 이 동네는 어쩐 일이십니까?"

"예가 우리 딸네 동네입니더. 회장님은 우짠 일이십니꺼?"

"이 모퉁이 집에 새로 들어온 이 아이가 제 손자입니다."

"아이고, 우째 이런 우연이예!"

그 모퉁이 집

근식도 한옥이 여사도 반가움을 감추지 못했다. 도윤이 마디나 천녀도에서의 인연은 이야기한 적이 없으니 두 어른은 당연히 모를 수밖에 없었다. 마디는 그제야 한옥이 여사나 용남이 말하던 회장님이 근식이라는 것을 깨달았다.

그때 앵두나무 집 쪽에서는 보람과 팽이할머니가 내려왔다. 도윤을 마중 나가는 걸음이었다. 모퉁이 집 앞이 소란스럽자 팽이 할머니가 시선을 들었다. 그러더니 초점이 없던 눈동자에 맹렬한 기운이 돌았다. 마디네를 향하여 달려오기는 더 맹렬히 하였다.

"나리!"

팽이 할머니의 비쩍 마른 몸에서 무슨 힘이 그렇게 넘치는지 모르겠다. 100세가 가까운 노구가 바람처럼 날아왔다.

"아씨! 아씨도 같이 오싰어예?"

팽이 할머니는 감격의 눈물마저 그렁그렁 차올랐다.

그날 밤, 마디는 제 방의 불투명 창은 열어젖히고 투명 창만 닫아 놓았다. 그래서 밤하늘의 풍경이 쏟아지듯이 눈에 들어왔다.

"할머니, 아까 팽이 할머니가 왜 그랬을까요?"

마디와 마린과 한옥이 여사는 나란히 편 이부자리 안에서 창 쪽을 함께 바라보고 누웠다.

"낸들 우째 알겠노? 아이고, 그 아지메가 총기(聰氣) 하나는 동네에서도 유명했는디 우짜다가 그리 됐는고 모리겠다. 바깥어른도 없이 혼자 성구 동상 키우믄서 참 어렵구로 살았는디."

아까 팽이 할머니는 눈물을 흘려가며 땅에다가 고개를 조아렸다.

"잘몬했심더. 잘몬했심더. 제가 두 분만 생각허든 여가 탁 맥히서

밥또 안 넘어가고 물또 안 넘어가고 그랬십니더."

팽이 할머니는 명치에 손을 얹고 비비듯이 돌렸었다.

"왕할머니, 왜 이러세요?"

보람이 팽이 할머니의 몸을 붙들어 일으키려 했지만, 어디에서 그런 힘이 나오는지 꼼짝도 안했다.

"죄송합니다. 저희 왕할머니께서 몸이 좀 편치 않으셔서요."

보람은 저도 몸을 굽히면서 대신 사과를 했다.

"괜찮습니다, 어르신. 얼른 일어나세요."

어리둥절한 사람들 속에서 그나마 도유가 팽이 할머니의 몸을 일으켰다.

"용서해 주이소. 지발 용서해 주이소."

마지못해 몸을 일으킨 팽이 할머니의 허리가 꺾어질 듯했다.

"우리는 괜찮으니 그만 어르신을 모시고 가 봐요."

근식은 보람을 애처로운 눈으로 바라보았다.

"모퉁이 집에 오신 손님들 같은데 너무 죄송하게 됐습니다."

"엄마! 그만 가아!"

그러더니 팽이 할머니는 또 언제 그런 일이 있었냐 싶게 보람의 손을 끌고 마을 입구로 가 버렸다.


"그 할머니는 원래부터 우리 동네에서 사셨어요?"

마린은 한옥이 여사의 말라붙은 젖을 만지작대고 있었다.

"아이다. 혼자 몸으로 아들 하나 달랑 달고 우리 마을로 들어왔다 아이가. 예전에 우찌 살았는지는 아무도 몰라도 참말로 험한 세월을 살았다 캤다."

"그렇구나."

"이러이 사람이 나이가 들믄은 아무 짝에도 쓸모없는 고물이 댄다 카는기라."

"할머닌 왜 그런 말씀을 하세요? 난 할머니가 있어서 얼마나 좋은 데."

"그래요. 난 할머니가 우리랑 같이 살았으면 좋겠어요."

"나도, 나도!"

"그려, 그려, 우리 강생이들."

이야기는 밤과 함께 한참을 익어 갔고 어느새 마린은 콧소리를 내 가며 잠에 빠져들었다. 새벽 배달을 나가려면 든든히 자 두어야만 했다.

"근디 강생이 선상아! 니는 참말로 별일이 없는 기제?"

마린이 잠든 것을 확인하고는 갑자기 한옥이 여사의 목소리가 은 근해졌다.

"별일이 뭐가 있겠어요? 꽃집 일도 잘하고 아쟁 연수도 잘 하고 다 좋은데요."

"참말이제? 참말 뭐 특별한 일 같은 거는 없는 기제? 니 엄마가 걱 정할까 바서 내가 일부러 말은 안 혔다만서도 사실은 우리 강생이 선 상이 자꾸 할메 꿈에 보이잖여."

"제가요?"

"암만. 올림머리를 이삐게 하고서는 아쟁 연주를 하는디 이 할메가 꿈에서 깨서 얼마나 마음이 시리던가."

"그런 꿈을 꾸셨어요?"

"세 번을 연속 똑같은 꿈을 뀄제. 해서 걱정이 돼가 할메가 일부러 먼 길을 안 왔나."

"우리 할머니 꿈은 참 용하던데, 이번에는 잘못 꾸셨네."

마디는 제가 해눈과 만난 것을 한옥이 여사가 꿈으로 꾼 모양이라고 여겼다.

"그러지 말고 할머니, 재미난 이야기나 하나 해 주세요."

지금은 내용이 기억나지도 않지만 어린 시절 천녀도에 가면 한옥이 여사는 늘 마디에게 이야기를 들려주었었다.

"재미난 이야기라?"

한옥이 여사는 잠시 생각에 곰곰 잠겼다.

"그라믄 혹시 우리 강생이 선상은 천녀도가 와 천녀도가 댔는지 그거는 기억나나?"

이야기가 떠오른 듯이 한옥이 여사의 눈이 빛났다.

"천녀도 이야기요? 모르겠는데요."

마디는 하나도 기억이 나지 않았다.

"하긴, 너그 할아부지가 아한테 쓸디없는 이야기를 한다꼬 하도 작두리를 해 가 강생이 선상이 좀 자란 이후로는 통 들려주지 않았으니께."

마디가 자꾸 꽃들이 이야기를 하고 꽃들이 웃거나 슬퍼한다고 하자 마디의 외할아버지는 조금이라도 이상한 이야기 같은 건 집에서 한마디도 못하게 했었다. 물론 걱정이 되어서 말을 안 한 건 한옥이 여사도 마찬가지였지만.

"천녀도가 말이라. 원리 이름은 그냥 먼물길 섬이었제. 지금이야 쾌속정을 타믄 30분 길이지만 옛적에는 육지에서 오가기가 맨맨한 길이 아니었으니께."

"먼물길 섬? 그 이름도 천녀도만큼 예쁘네요."

"글체? 근디 말이여, 어느 태풍이 지나간 날에 우리 섬에, 천녀가 내려 왔다는구만."

"천녀요? 혹시 선녀 말씀하시는 거예요?"

선녀야 전설에서는 언제나 단골손님이었다.

"아니여. 그런 선녀 말고 참말로 하늘에 살고 있는 천녀. 그 왜 옛날 사람들이 입던 옷을 입고 말이라."

한옥이 여사는 소매 부분을 길게 늘어뜨리는 시늉을 하였다. 삼국 시대쯤 입던 저고리를 말하는 모양이었다.

"머리 모양도 딱 그렇고."

머리 모양은 반을 묶어 늘어뜨린 모습이었다.

"선녀랑 천녀랑 뭐가 달라요, 할머니?"

"선녀야 우쨌든 사람들이 지어낸 이야기이고 그 천녀님은 참말로 하늘에서 온 사람이었다던디."

마디는 속으로 웃었다. 선녀나 천녀나 마디에게는 '도긴개긴' 전설 이었다.

"그래서 어떻게 됐는데요?"

"우쨌든 그 천녀님은 그대로 마을에 머물게 됐는데, 이 천녀님이 참말 하늘에서 온 사람인 게, 꽃을 피우는 재주를 가지고 있었다누만."

"꽃을 피우는 재주요?"

"암. 그 천녀가 춤을 추거나 노래를 부르믄 그리고 꽃들이 피어났다고 하제."

"환상적이네요."

이 부분에서 마디도 까무룩 잠이 들기 시작했다. 원래 취침 시간이 9시인 마디는 오늘 한옥이 여사와 가족들과 이야기를 나누느라 잠자리에 든 시간이 많이 늦었다.

"그래서 그 천녀는 천녀도에서 오래오래 행복하게 살았대요?"

"아니여. 어느 날 육지에서 온 손님을 따라 천녀도를 떠나버렸다네."

"천녀도를 떠났다고요?"

"그랴. 천녀랑 그 육지 손님이 서로를 은애했다고 하더만은."

"아, 그랬구나."

까무룩, 더 깊은 잠 속으로 떨어지면서 마디의 말이 느려졌다.

"한데 참말로 웃긴 게 뭔지 아나? 우리 강생이의 외증조할아부지가 말이여."

한옥이 여사의 시아버지를 가리키는 말이었다.

"하늘에서 내려온 그 천녀가 우리 집에 잠시 살았다는 말도 하더구만. 이 할메는 처음에 시집을 가서 아주 귀에 못떽까리가 앉도록 그 야그를 들었제. 게다가 울 강생이의 저 아쟁이 말이여. 왜 외갓집에는 저런 악기가 있어요? 하고 울 강생이가 궁금히혔제. 니 외증조할아부지의 말로는 저 아쟁이 바로 그 천녀의 것이라고 하더구만. 천녀가 천녀도를 떠나고 몇 년 후에 그 육지 손님이 와서 갖따 주었다꼬. 아마도 천녀는 죽은 모양이었다고 아까분 사람을 우짜믄 좋으냐고 너그 외증조할아부지가 안타깝게 탄식하고는 했제."

이 부분까지 듣고 마디는 완전히 깊은 잠 속으로 빠져 버렸다. 이제 한옥이 여사도 점점 잠의 영토로 발을 들이기 시작하였다.

"아바님, 우째 그런 얼토당토 말도 안 디는 말을 허셔요? 카고 언젠가 할메가 물었제. 그랬더니 너그 외증조할아부지가 말이여. 벌컥 화를 내면서 그러시더라꼬. 내가 그 천녀의 이름도 아직 기억을 하는디 무신 그런 소리를 하냐꼬? 캐서 내가 그 이름이 먼데요? 캤더만. 머시냐? 이름도 참 예쁘더만은."

한옥이 여사의 말도 서서히 느려지기 시작하였다.

"그 이름이 멋인가 하든 말이여."

한옥이 여사의 눈꺼풀까지 무겁게 내려앉았다.

"은. 조."

두 개의 단어를 내뱉은 후, 한옥이 여사도 두둥실 잠의 나라로 떠나 버렸다.


**노란 창포꽃의 꽃말은 <당신을 믿어요.>**

아! 입으로도 귀로도 다할 수 없는!
(꽃잔디)

그 시간, 모퉁이 집의 거실에서는 도유와 근식이 마주 앉았다. 할아버지와 손자라는 것을 숨길 수 없도록 똑 닮은 두 사람에게 흘러간 세월의 분량만이 달랐다.

　"아까 그 어르신이 너에게 수혈해 준 정아서 경장의 증조할머니라고?"

　"네. 정신이 맑지가 못하세요."

　"고마운 이에게 어려운 사정이 있었구나. 언제 인사라도 하고 싶은데."

　"우리 마을에는 통 들르지 않는 모양이에요."

　"본가가 여기인데 왜?"

　"저도 자세한 사정은 모르겠어요."

　"알았다. 그리고 해눈은 어제부터 뿌리잠에 들었다고?"

　"네. 5일 후에는 일어나겠다고 했어요."

　뿌리잠이란 꽃이 다 지는 겨울, 꽃혼들이 꽃 속에서 웅크려 잠드는 것을 말한다. 마치 동물들의 동면과도 같아서 자신들이 일어나기 전에는 그 누구도 깨울 수가 없었다. 추석에 맞추어 근식과 도나가 온다고 하자 해눈은 갑자기 뿌리잠을 자겠다고 하였다.

"아직 겨울도 아닌데 해눈에게 무슨 일이라도 있는 거냐? 5월에 봤을 때도 낯빛이 그닥 좋지가 않아서 내가 근심이 되었어."

"아니에요. 천녀도에서만 100년 가까이 살다가 적응하는 게 힘든가 봐요. 가을바람이 불면서 잔기침을 하더라고요. 제 생각에도 좋겠다 싶어 그러라고 했어요. 할아버지와 도나는 연휴 동안 머무를 테니 보실 수 있을 거예요."

"그러면 구태여 서휘랑 도나를 온실로 내보내고 할애비와 마주 앉아 긴밀히 할 이야기가 무엇인데?"

저녁 식사가 끝나고 도유가 서휘에게 도나를 데리고 온실 구경을 하라고 시켰다.

"이제는 듣고 싶어서요."

"무얼 말이냐?"

"할아버지께서 제가 여쭈어봐 주기를 오랫동안 기다리셨던 그 말씀이요."

"드디어 들을 준비가 된 것이야?"

근식이 헛기침을 내뱉었다.

"네."

"다 마디 양의 영향인 거지?"

도유는 긍정의 뜻으로 고개를 끄덕였다.

"마디는 너무 의외로 아무렇지도 않게 저와 해눈을 받아들였어요. 오히려 이건 축복이라면서요."

"쉬운 일은 아니었을 텐데."

"그래서 저는 부끄러웠습니다. 이 귀한 능력을 저주로만 생각했던 저의 지난 시간이요."

도유에게 꽃의 능력은 언제나 상처이고 저주였다.

"나에게 꽃의 능력이 나타난 것은 10대 후반이었어."

근식은 일찍 아버지를 여의고 거리에서 구두닦이를 하다가 팔꿈치에 나타난 불타는 붉은 나무 문양을 발견하였다.

"그래도 난 어느 정도 나이가 들었고 너희 증조할아버지에게서 들은 이야기도 있으니까 그리 당황스럽지는 않았다. 하지만 두려움은 어쩔 수 없었지."

근식의 떨림을 느낀 듯이 실내 정원의 순바기 나뭇잎이 파르르 떨렸다.

"내 어머니, 그러니까 너의 증조할머니는 나를 낳고 바로 돌아가셨다고 했어. 그래서 난 기억할 만한 어머니의 얼굴이나 추억 하나도 없구나. 그 당시는 사진이라는 게 흔하던 시절이 아니니까."

최소한 사진 한 장이라도 있었으면 어땠을까?

"어린 시절의 기억은 하나야. 너의 증조할아버지는 늘 말씀하셨지. '그녀는 꽃들과 대화를 나누고 꽃들의 감정을 알아들었어. 사람들은 나에게 미쳤다고 손가락질을 하겠지만 난 네 어미의 모든 것이 진실이었다고 믿는다.' 이 말을 하면서 너희 증조할아버지는 땅만 바라보셨지."

도유는 숨소리도 내지 않고 근식의 이야기를 들었다.

"너도 언젠가 네 어미 같은 능력을 발휘하게 된다면 꽃들에게 좀 물어봐 주겠니? 네 어미가 어떻게 죽어 갔는지를? 아무것도 알 수 없는 이 애비는 죽을 때까지 하늘을 볼 수 없는 죄인이로구나."

근식의 목소리에 담긴 간절함이 도유는 슬펐다.

"내가 6살이 되던 무렵 6·25 전쟁이 일어났지. 너희 증조할아버지는 그 어렵던 피난 시절, 담도 없는 낡은 집의 마당에 산에서 캐 온 창포꽃을 가득 심어두었어. 그리고는 창포꽃이 피어나는 봄날이 오면 늘 생병을 앓으셨단다."

도유가 보기에 근식도 지금 생병을 앓는 것 같았다.

"내 아버지는 또 말씀하셨단다. '근식아, 너희 어미는 창포꽃을 피우는 여인이었다. 그녀가 아쟁 선율을 고를 때면 거기가 어디든 노란 봄 나비가 날아들고 창포꽃이 피어나고는 했지. 사람들은 그녀를 그저 사람을 홀리는 환술사라고 했지만 애비는 안다. 너의 어미가 정말로 꽃을 피우는 하늘의 사람이었다는 것을. 그녀는 정말 이 땅의 사람이 아니었어.' 이런 말을 하면서 눈물을 흘리던 내 아버지가 곧 나를 떠나버릴 듯해서 난 속으로 따라 울고는 했지. 그러니 내가 화훼 관련 사업에 뛰어들게 된 것도 다 너희 증조할아버지의 영향과 내 능력의 덕분이지. 해눈이 살던 땅에서는 우리 같은 사람을 '꽃의 전달자'라고 부른다고 했지?"

물음 아닌 물음에 도유는 고개를 끄덕였다.

"그러니 이름도 모르는 내 어머니 그러니까 너희 증조할머니는 해눈과 같은 땅에서 온 것일 거야. 뭐라도 알 수 있으면 좋을 텐데."

"저도 그랬으면 좋겠어요. 그리고 연휴 마지막 날, 마디가 마을회관에서 아쟁 연주를 해요. 그때 할아버지도 함께 가 보세요."

"그래야겠구나. 어쨌든 해눈도 그때는 일어나는 게 맞는 거지? 내가 아무래도 해눈이 마음에 걸려."

"약속만큼은 철저히 지키는 꽃혼이니까 걱정 마세요."

근식이 손님방으로 들어가자 도유는 온실로 가기 위해서 현관을

나섰다. 마당 제일 안쪽으로 심어놓은 백단심 무궁화 앞에서 한참을
서 있었다.

"이봐, 그대. 편안히 잠들어 있는 거지?"

백단심 무궁화의 뿌리 밑동 근처로는 아직까지 앉은뱅이 백일홍꽃
이 붉은 꽃잎을 밝히고 있었다. 열흘 붉은 꽃이 없다는 속담이 무색
하게 백일이나 붉어서 백일홍이었다.

"나도 그대에게 할 말이 많은데."

제 능력과 핏줄의 근원을 해눈에게 제일 먼저 이야기해 주고 싶었
다.

"그러니까 빨리 일어나라고, 그대."

한 편, 서휘와 도나는 온실 가운데로 깔아놓은 자갈돌 위를 걷고
있었다. 도나는 무심한 척 걸음을 옮기며 진기한 꽃들에 애써 놀라움
을 감추는 중이었다.

"흥! 그래도 모도유가 진주에 내려와서 아주 놀기만 했던 건 아니
네."

도나의 화려한 얼굴은 꽃만큼이나 아름다웠다.

"능력자 대표님이 그럼 시간만 죽였겠어?"

서휘는 저 예쁜 얼굴 속에 숨어 있는 날카로운 혀를 누구보다 잘
알고 있었다.

"맞아. 우리 오빠가 시간만 죽였겠어? 버림받은 내 마음도 같이 죽
였지."

"어리광은! 100년의 기억을 키워내느라고 형이 얼마나 애를 썼는
데."

"그건 됐고! 진주에서 제일 번화가는 어디인데? 설마 연휴 내도록

이런 깡촌에 처박혀 있어야 하는 건 아니지?"

"아까도 말했잖아. 우리 마을이 있는 진주는 경남의 중심 도시라고."

"언제부터 여기가 서휘 오빠의 우리 마을이었대? 그리고 아까 그 꽃집의 한마디라는 사람은 우리 오빠랑 무슨 관계인데?"

도나는 콧방귀를 연속해서 날렸다.

"마디 씨? 우리 마을의 같은 주민. 우리 마을은 대전과는 달라서 서로가 친척처럼 다정히 지내거든."

"거짓말은! 내가 할아버지의 책상에 놓인 서류를 봤거든. 한마디 그 사람의 신상 명세던데."

"아아!"

서휘가 직접 작성해서 근식에게 올린 것이었다.

"무슨 반응이 그래?"

"그게, 마디 씨네 꽃집이 우리 회사랑 거래를 하고 있잖아."

"웃겨! 언제부터 우리 회사가 거래처 꽃집 딸의 신상을 파악했는데? 오빠가 이런 깡촌으로 온다고 할 때부터 내가 이상하다 했어. 한마디 그 사람이랑 관계가 있는 거지?"

"나라고 알겠니?"

서휘는 최대한 시치미를 떼었다. 꽃에 관한 어떤 능력도 없는 도나에게 도유와 마디의 인연을 풀어낼 만한 웅변 실력도 작문 실력도 서휘에게는 없었다.

"우리 오빠랑 암수 한 쌍 다정한 오빠가 모르면 누가 알아? 됐네, 됐어. 또 나한테만 비밀이겠지, 뭐."

"가족끼리 비밀이 어디에 있어?"

"흥!"

그때 마침 도유가 온실 안으로 들어섰다.

"도나야, 다 둘러보았어?"

"흥!"

도나는 콧대를 쳐들면서 도유 앞을 지나가 버렸다.

"왜 저러는데?"

도유는 입 모양만으로 물어보았다. 서휘는 양 손바닥을 뒤집어 들어 올리면서 어깨를 으쓱거렸다.


마디네 가족은 한옥이 여사와 함께 친척 집을 여기저기 방문하였다. 육지 멀미를 해서 뭍으로 나오는 일이 잘 없는 한옥이 여사를 모두가 하나같이 반가워하였다. 핏줄은 그런 것이었다. 명절은 핏줄의 정을 덧입고 알록달록한 색동저고리가 되었다.

"할머니, 내일 제 아쟁 연주까지 듣고 돌아가시면 안 돼요?"

마지막으로 함께 식탁에 둘러앉은 것은 연휴를 하루 남긴 저녁, 박태기나무 집에서였다.

"할메도 그랄라고 캣는디, 육지멀미 땜시 밥이 우찌 넘어가는지를 모리겠다."

"멀미약이라도 드시고 하루만 더 참으시면 되잖아요."

마린이 코맹맹이 소리로 한옥이 여사의 팔에 매달렸다.

"아이다. 할메는 인제 고마 됐다."

"모퉁이 집의 할아버지가 천녀도의 회장님이라면서요? 추석 연휴 끝나면 우리 식구들을 다 초대한다고 했는데."

"해장님이사 천녀도에 오시믄 또 보믄 되제."

"도유 오빠의 인사도 받으셔야죠."

마린은 외할머니를 도저히 놓지 못하겠는 모양이었다.

"인생사 우찌 안다꼬 인제 몇 달 되도 안 한 사이에 인사를 받고 말고 하겠나? 갠히 아이들 마음만 벌거롭제."

"마린아, 그건 할머니의 말씀이 맞아."

용남은 마디와 도유가 좀 더 돈독한 사이가 되기를 원하였다.

"장모님. 그럼 내일 아침 드시고 저희가 선착장까지 모셔다드릴게 요."

"사우! 번거롭거로 머할라꼬? 그냥 시외버스 터미널까지만 보내 주소."

"그래. 울 엄마가 언제 그러는 분이야? 그리고 당신, 농장에 월동 준비는 시작하고 있지?"

"그럼. 미리미리 서둘러야 제대로 대비를 하지."

산자락 자락마다 억새가 흔들리는 저녁이었다.


아서는 차 없는 거리 뒷골목 쪽을 순찰하는 중이었다. 10월 들어 해가 지는 시간이 빨라지기도 했지만, 인적이 끊긴 번화가의 뒷골목 쪽은 벌써부터 분위기가 음산하였다. 추석 연휴이다 보니 더 심하였 다. 명절이나 여름휴가 기간에 순찰을 더 강화하는 것이 그런 이유였 다.

오늘 저녁 마디는 마을회관에서 추석 기념 연주회를 한다고 했다. 하지만 이제 왕할머니까지 와서 앉아 있을 그 자리에 아서는 갈 자신 이 없었다. 심란한 마음을 달랠 겸 일찍 순찰을 나선 것이었다. 그렇 게 아서가 낡은 옛날식 여관이 있는 골목 쪽으로 접어들었을 때였다.

"빨리 비키지 않으면 엄청 후회들 할 텐데."

"이런 예쁜이랑 함께라면 후회를 해도 엄청 해야지."

"맞아. 난 후회를 하다가 죽어도 좋을 것 같은데."

앙칼진 여자의 목소리와 키득대는 남자들의 목소리가 좁은 골목에서 새어 나왔다. 아서의 걸음의 템포가 단번에 16분음표 잇단음이 되었다. 골목 안쪽으로 서 있는 것은 화려한 외양의 여자 한 명과 시시껄렁해 보이는 남자 두 명이었다. 그리고 그 남자 중의 하나는 바로 계성이었다.

"계성이 형! 여기에서 뭐 하는 거야?"

"이야! 내 동생 아서가 또 왔구나!"

계성의 시시껄렁함이 한층 저질스럽게 변하면서 아서를 향해서 손을 들어 보였다.

"뭐야? 둘로 부족해서 패거리도 불렀어?"

여자는 사복 차림의 아서를 계성 네와 한 편으로 본 모양이었다. 그건 계성 옆에 서 있는 다른 남자도 마찬가지였다.

"이 쓰레기 같은 인간들이! 빨리 비키지 못해! 난 분명히 경고했다아!"

예쁜 얼굴에 어울리지 않게 여자의 말은 연속하여 무지막지하였다.

"오마나! 우리를 보고 쓰레기라네?"

"예쁜 얼굴로는 예쁜 말만 해야지!"

계성과 패거리는 웃음을 멈추지 못했다. 그러면서 아예 여자의 손목을 낚아챌 모양새였다.

"그만들 둡니다."

아서가 여자와 계성 네의 사이로 들어가서 차단을 하려고 할 때였다. 여자의 발차기가 정확하게 계성의 얼굴을 가격하였다. 계성은 비명도 내지르지 못한 채 좁은 골목의 벽면에 가서 부딪쳤다.

"쌍! 이 년이!"

계성이 여자를 향해 무분별하게 팔을 내둘렀다. 그 팔을 잡아챈 것은 아서였다.

"그만합니다, 한계성 씨. 지금 당장 성추행 현행범으로 검거를 당할 수 있습니다."

"아서, 너 이 자식!"

"계속 이러시면 경찰공무원 공무집행 방해죄도 추가됩니다."

아서가 계성을 붙들고 있는 손에다 힘을 주었다. 그제야 계성의 패거리는 분위기 파악이 된 모양이었다. 얼굴색이 변하면서 뒷걸음질을 치기 시작하였다. 그리고 술독에 빠져 사는 계성도 각종 무술로 단련된 아서를 이길 리가 만무하였다.

"너, 어디 두고 보자."

이건 아서에게 걸릴 때마다 계성이 뱉어내는 18번 멘트였다.

"괜찮으십니까?"

아서는 바닥에 떨어진 여자의 손가방을 집어 들어서 건넸다.

"혹시 피해를 입으신 것이 있으면 경찰서로 같이 가셔도 됩니다."

"이 깡촌은 분위기가 왜 이래? 이봐요. 아저씨! 경찰 같은데 저 조폭이 아저씨의 형이에요?"

여자는 아서가 건네는 손가방을 낚아채듯이 받아 갔다. 눈빛이 성게 같았다.

"둘이서 짜고 나를 갈취하려다 내 발차기에 작전을 바꾼 건 설마 아니겠죠?"

"대한민국의 합법한 경찰은 선량한 시민을 상대로 범법 행위를 하지 않습니다."

아서는 어이가 없었지만, 경찰 수칙대로 대응을 하였다.

"시민은 선량한 시민이 확실한데 경찰은 합법한지 아닌지 알 게 뭐람?"

"진주 분이 아니신가 본데, 이 구역은 여자분이 혼자 다니기에 적절한 곳이 아닙니다. 원하신다면 대로변까지 임의 동행해 드리겠습니다."

"동행이 될지 동작 그만이 될지 어떻게 알고!"

여자는 아서에게로 가까이 다가와 아서가 벽 쪽으로 밀착하게 만들었다.

"이봐요, 경찰 아저씨! 바쁜 건 알겠지만 선량한 시민 운운하기 전에 선량한 가족부터 선도하시죠."

콧방귀를 날린 후 여자가 도도하게 멀어져 갔다. 남겨놓은 것은 특이한 향기였다. 화학반응으로 만들어 낸 향수의 냄새가 아닌 자연에서 채취해 낸 듯한. 기가 막힌 아서는 한동안 골목을 떠날 수가 없었다.


마디의 연주회에는 현지마을의 주민들 뿐 아니라 명절을 맞이하여서 다니러 온 주민들의 친척들도 몇 자리를 잡았다. 도유는 가장 바깥쪽 제일 구석 자리에 앉아있었다. 옆에 같이 앉은 해눈을 위해서 마디가 일부러 그런 자리를 마련해 주었다.

근식과 도나, 서휘는 아직 오지 않았다. 도나가 시내 구경을 시켜

준다면서 근식에 서휘까지 몰고 나갔다. 서휘는 주객전도네 뭐네 어이없어 하면서도 끌려갔다.

한 자리에는 팽이 할머니와 보람, 도윤, 아한의 모습도 보였다. 팽이 할머니는 어째 '오늘은 매우 맑음'이신 건지 기분 좋은 미소를 지었다. 보람도 아한이 함께 해서인지 오랜만의 밤 외출이 즐거운 모양이었다.

마디는 자수가 놓인 흰색 한복 한 벌을 갖추어 입고 치맛자락을 정리하였다. 아쟁을 들어 당기면서는 도유와 해눈을 바라보았다.

'마디야. 잘 해.'

도유가 눈으로 말을 하였다. 마음을 숨길 수 없어서 더없이 부드럽고 다정한 눈빛이었다.

<마디풀. 내게는 첫 연주네. 오늘, 기대할게.>

해눈도 눈으로 말을 했다. 마음을 숨길 수밖에 없어서 더없이 서늘하고 아린 눈빛이었다.

마디의 손가락과 활이 아쟁의 줄 위에 놓였다. 먼저 몸풀기로 가야금 산조를 연주하였다.

"할머니의 집에 와서 이런 고품격의 연주를 감상하게 될 줄이야!"

"매해 하면 난 매해 다니러 올래."

"국립부산국악원의 단원이라더니 기대 이상이야."

"추석 선물로 무려 무료 A석 티켓을 받았어."

신혼부부인 듯한 젊은 커플이 속삭이는 소리가 들렸다.

산조가 끝난 다음으로는 <사의 찬미> 순서였다. 광막한 황야를 달리는 나그네의 선율이 마을회관을 가득 메웠다. 마디는 두 눈을 감고 제 스스로도 그 선율 속으로 빠져들었다. 도유와 해눈도 마찬가지였다. <사의 찬미> 선율은 세 사람을 모두 그렇게 만들었다.

"안 돼. 내 나!"

갑자기 마을회관 안에 쩌렁쩌렁한 목소리 하나가 울려 퍼졌다. 감았던 마디와 도유와 해눈의 눈이 절로 뜨였다. 다른 사람들의 시선도 모두 마디를 떠나서 소리가 난 쪽으로 몰려갔다. 소리의 주인은 팽이 할머니였다. 얌전히 보람의 손을 잡고 앉아 있다가 몸을 벌떡 일으킨 채로 마디 쪽을 보면서 삿대질을 하는 중이었다.

"안 대! 그건 우리 아씨의 아쟁이잖에."

이번에는 고함과 함께 팽이 할머니의 몸까지 마디 쪽으로 달려 나왔다. 너무 순식간의 일이라서 모두들 어안이 벙벙한 채로 정지해 있었다.

"내 나! 이건 우리 아씨의 아쟁이야."

바싹 곯아서 나뭇등걸 같은 팽이 할머니의 손이 마디의 활을 우악스럽게 거머쥐었다. 저번 날처럼 놀라운 속도였다

"할머니, 왜 그러세요?"

마디는 일단 팽이 할머니의 손을 피하면서 아쟁을 끌어안았다. 그 사이에 사람들 틈에서 도유와 보람, 아한이 뛰어나와서 마디 쪽으로 왔다.

"왕할머니, 또 왜 이러세요? 진정하세요."

"할머니, 저희랑 같이 이만 집으로 가세요."

마디 앞을 막아선 보람과 아한은 진땀이 흐르는 모양이었다.

"할머니, 그렇게 하세요."

도유는 부드러운 말씨로 팽이 할머니의 팔을 잡았다. 해눈은 그저 멀거니 벽 쪽에 붙어 서 있었다. 가만히 서 있는 것. 그것 말고는 해눈

이 할 수 있는 것은 아무것도 없었으니까.

"안 대. 내가 저거를 꼭 찾아가야 한다고. 저거를 찾을라꼬 내가 도로 돌아왔다꼬."

"왕할머니, 이건 마디의 아쟁이에요."

"아이야. 저거는 우리 아씨의 아쟁이여. 내가 인자사 알아봤단 말이라."

"그만 가세요. 왕할머니. 제발요."

옥신각신 난리가 났고 사람들은 영문을 몰라 하나같이 몸을 일으켰다.

"안 댄다꼬. 저거는 참말 모퉁이 집의 우리 은조 아씨 꺼라니까네."

벽 쪽에 붙어 서 있던 해눈의 눈이 움찔거렸다. 팽이 할머니의 입에서 나온 은조라는 이름 때문이었다. 은조 아씨. 제가 100년 가까이 그리워해 온 아씨의 이름.

그리고 그와 동시에 마을회관의 문이 열리면서 근식과 도나와 서휘가 모습을 드러내었다.

"내 가방을 낚아채던 그 손목도 몽땅 부러뜨려 놓았어야 하는 건데. 할아버지랑 오빠가 기다리고 있지만 않았으면 내가 끝장을 보고 말았을 거야."

"한 번만 더 이야기하면 100번이야. 도나야. 쉿! 이제 우리 그만하자."

흥분하여 씩씩거리는 도나를 서휘가 달래면서 들어서는 길이었다. 당연하게도 모두의 눈길이 이번으로 문 쪽으로 향했다. 해눈도 마찬가지였다. 그리고 이번에는 은조라는 이름이 다른 사람의 입을 통해서 흘러나왔다.

그 모퉁이 집

<아씨! 은조 아씨!>

이 이름을 외친 것은 다른 누구도 아닌 해눈이었다. 그러자 목소리를 알아들은 도유와 마디, 근식의 동작이 일순간 정지화면이 되었다. 그 틈을 이용해서 팽이 할머니가 기어이 마디의 아쟁을 빼앗아 들고 안았다. 그러고는 곧장 달아나려는지 몸을 돌렸다. 하지만 순간 마을 회관 입구에 서 있는 근식과 도나를 보게 되었다.

"나리! 아씨! 우리 은조 아씨!"

팽이 할머니의 손에서 아쟁이 미끄러졌다. 격렬한 소리를 내면서 바닥과 마찰을 하였다.


도나와 서휘는 잠의 영토로 떠났다. 두 사람에게는 아까 저녁의 일이 그저 단순한 해프닝이었다. 하지만 도유와 해눈, 근식은 도유의 방에 둘러앉았다. '은조'라는 이름 하나가 세 남자에게는 불면증이 되어 방문하였다.

"그러니까 요약을 하자면, 해눈의 아씨의 이름이 은조이고 앵두나무 집 어르신의 아씨 이름도 은조인데, 우리 도나가 그 은조 아씨랑 똑같이 생겼다는 말인 거지?"

근식은 심장이 지금 두서도 없이 벌렁거리는 중이었다.

"해눈은 그 얼굴을 확신할 수 있어? 지나간 세월이 얼마인데?"

<할아버지, 제 기다림이 한결같아서 제 세월도 제게는 그냥 한순간이었어요.>

"그대의 아씨는 잃어버린 어느 나라로 간다고 하지 않았어?"

<맞아. 잃어버린 나라를 다시 찾으면 돌아오겠다고 약속했으니까. 뿌리잠에 들지만 않았어도 좀 더 빨리 알아보는 건데.>

아! 입으로도 귀로도 다할 수 없는!

"도유야, 앵두나무 집의 그 어르신은 정신이 맑지 못하다 하지 않았니?"

"그래도 할아버지와 도나가 다니러 왔던 첫날도 우리를 향해 아씨, 나리를 외쳤잖아요."

&lt;게다가 오늘은 분명 모퉁이 집의 은조 아가씨라고도 하셨죠.&gt;

"그 은조 아씨는 아쟁을 연주하셨고요."

"이럴 때 사진이라도 한 장 있었으면."

&lt;저라도 그려 보일 수 있었으면 좋았을 텐데.&gt;

"내가 내 어머니의 이름조차도 알지 못하니!"

근식의 탄식이 산자락처럼 차올랐다. 근식의 아버지는 단 한 번도 어머니의 이름을 말해 주지 않았다. 그 이름을 입 밖에 내어서 발음하는 것만으로도 마음이 저며서 도저히 그럴 수 없노라고 말했었다.

"어쩌면 해눈은 이름이 은조인 내 어머니와 함께 천녀도에 왔고 그런 내 어머니를 도와준 사람이 마디 양의 외증조할아버지였고 그래서 지금 마디 양의 아쟁은 어쩌면 내 어머니가 연주하시던 아쟁일지도 모른다는 것이고."

마디는 제 아쟁이 천녀도에 찾아왔던 천녀의 것이라고 확인해 주었다. 그 이름이 은조라고 외할머니 한옥이 여사가 확인해 주었다고까지.

"정말 알 수 있을까? 내 어머니의 마지막과 내 시작에 대해서?"

하지만 팽이 할머니는 치매 환자였다. 모든 말을 전적으로 신뢰할 수는 없는 상황이었다.

"할아버지, 일단 주무시고 밝은 날 다시 이야기해요. 저녁까지 시내에 계시다가 오셨는데 힘드시겠어요."

도유는 근식의 탄식이 걱정스러웠다.

"그래. 78년 동안도 모르고 살아온 이야기인데 하룻밤 정도야 더 기다릴 수 있지."

근식의 얼굴 표정은 그게 아닌데 말만은 이렇게 하였다.

"다들 그만 자도록 하렴. 내일은 정말 바쁜 날이 되겠구나."

근식이 먼저 방을 나갔다. 그러자 방에는 도유와 해눈만이 남았다.

"그대, 내 얼굴을 왜 그렇게 보는 거지?"

어쩐지 해눈의 시선이 내도록 도유의 얼굴에 못 박혀 있었다.

<찾고 있어. 그대의 얼굴 어딘가에 있을 은조 아씨의 흔적을.>

"내 증조할머니일 수도 있는 그분과 내가 닮은 데가 있나?"

<있지. 지금까지는 몰랐는데, 아니 상상조차 하지 않았는데, 모 대표가 웃을 때의 그 입매. 지금의 부드러운 입매도 꼭 은조 아씨를 닮았어.>

해눈의 기억은 80년의 훨씬 전으로 돌아가 있었다.

<알고 있지? 은조 아씨가 내 생명의 은인이라는 것.>

"배가 난파된 후에 바다를 떠돌아다닐 때 그대에게 물을 나누어 주었다는 이야기?"

<그래. 아씨 혼자서 마시고 버티기에도 모자랄 만큼의 물을 내게 몽땅 주셨지. 난 철없이 그 물을 몽땅 받아 마셨어.>

"그대는 어린나무였잖아. 그렇게 함께 살아 천녀도에 닿았어. 그게 중요한 거야."

<만약 은조 아씨가 맞다면, 모 대표의 가족이 나를 두 번이나 살렸군. 난파된 배에서 떠밀려 나온 나를 은조 아씨가, 그리움에 죽어 가던 나를 모 대표가……>

뒤의 말은 작아서 잘 들리지가 않았다.

<혹시 나도 알 수 있을까? 마지막 약속을 남기고 떠난 은조 아씨가 왜 돌아오지 못했는지?>

"날이 밝는 대로 할아버지가 그 어르신을 찾아뵙겠다고 했으니까."

<할아버지의 말처럼 정신이 맑지 않으신 게 걸려.>

"원래 정신이 흐려질수록 옛날의 기억은 더 뚜렷해지는 법이지."

<은조 아씨.>

해눈이 희미하게 부르더니 갑자기 기침을 심하게 하기 시작했다.

"그대, 왜 그래?"

도유가 상체를 기울여서 해눈을 들여다보았다. 그러다가 해눈의 손바닥에 빨갛게 묻어나는 핏자국을 보았다.

"그대. 왜 이런 거야?"

도유가 해눈의 양팔을 잡고 끌어안다시피 했다.

<조용히 해. 식구들이 다 깨겠어.>

"지금 그게 문제야? 도대체 언제부터, 어떻게, 이런 거야?"

<이런, 애써 감춘 보람이 없어져 버렸네.>

해눈의 기침이 간신히 멈추었다.

"제정신이야? 어떻게 나한테 이걸 감출 수가 있지?"

도유는 지금까지 해눈의 상태를 알아차리지 못했다는 것을 믿을 수가 없었다.

"혹시 뿌리잠도 그래서 잤던 거야? 잠시만 기다려. 할아버지를 도로 모시고 올 테니까."

<안 돼.>

해눈이 다급한 도유의 발걸음을 붙들었다.

<그냥 조용히. 부탁이야.>

"무슨 말이야? 그럴 수 없어. 계속 바닷가에서만 살아서 여기에서는 적응할 수가 없었던 거야? 그럼 당장 천녀도로 돌아가."

도유는 지금이라도 백단심 무궁화를 파낼 기세였다.

<아직 은조 아씨의 마지막도 듣지 못했고 여기에서는 모 대표와 마디풀과 내도록 함께 있을 수 있어.>

"꼭 그대의 아씨라는 보장도 없어."

<내가 안 돼서 그래.>

해눈이 도유의 팔을 힘을 주어서 그러쥐었다.

<이제는 내가 안 돼서 안 돼. 마디풀을 여기에 두고 갈 수가 없어서, 내가 안 돼서 그럴 수 없어.>

"마디도 같이 가야지. 그리고 나와 함께 그대를 보러 또 자주 가게 될 거야."

<싫어. 이제 더 이상은 싫어. 그 외로운 숲길에 혼자 앉아서 기다리고 또 기다리고 그러는 거 이제는 내가 더 이상은 싫어.>

"그게 목숨보다 중요해?"

<내게는 더 중요해. 은조 아씨를 100년 넘게 기다렸고 마디풀을 15년을 기다렸어. 이제 난 더 못해. 아니 안 해.>

"그대!"

도유는 언젠가 해눈이 마음 편히 떠날 수 있겠다고 했던 말을 떠올렸다.

<부탁이야. 그냥 이렇게 최고 행복한 채로 그렇게 갈 수 있게 해 줘.>

"가다니? 어딜? 누구 마음대로?"

<모 대표는 꽃의 전달자잖아. 그러니까 꽃혼인 내 부탁은 다 들어줘

야 하는 거야.>

"억지 부리지 마. 내가 할아버지와 마디랑 잘 의논을 하면 분명 그대를 위해서……."

<안 돼.>

해눈이 큰 소리를 버럭 질렀다. 처음 들어보는 목소리로 도유의 말을 잘랐다.

<아무에게도 안 돼. 특히나 마디풀에게는 더욱 더 안 돼. 좋은 기억으로 떠나고 싶어. 모 대표가 나를 도와줘.>

해눈의 격한 감정에 하얀 머리카락이 마구 흔들렸다.

"그럼 나는? 그대는 내 생각은 조금도 안 하나?"

도유의 음성이 흔들렸다. 그의 감정이 흔들리고 있다는 증거였다.

"난 단순히 꽃의 전달자이기만 했던 것 같아? 단순히 꽃혼인 그대의 부탁을 거절할 수 없는 꽃의 전달자라서 천리 길이라는 이 진주까지 내려온 것 같냐고?"

해눈은 답을 못했다.

"혈우병 증세가 심해지자 휴양을 권했던 의사도 그랬어. 바닷가나 산속에나 한적한 곳을 선택해서 가라고. 그래서 처음에 천녀도에도 갔던 거고."

도유의 흔들리는 감정이 울컥울컥 토해졌다.

"그대라서 그랬던 거야. 나랑 말이 통하고 나의 마음을 가장 잘 이해해 줄 수 있는 그대라서. 이 세상에서 유일하게 나의 전부를 다 알수 있는 그대라서. 내 어떤 형편과 사정도 그대는 다 헤아려 주니까. 언젠가 내게 그랬지? 그대만 나를 친구라고 여기는 것 같아서 서운하다고. 그렇지 않아. 성마른 성격 탓에 말로 표현은 못했지만 나에게도 그대 또한 마디와는 또 다른 의미로 유일한 친구라고."

<모 대표!>

"그러니까 '그냥 이렇게 최고 행복한 채로 그렇게 갈 수 있게 해줘.' 이따위의 말은 내 앞에서 두 번 다시 하지 마."

<의외인데. 모 대표의 절절한 사랑 고백을 듣게 될 줄이야.>

"도대체 진지하게 내 말을 듣고 있는 거야?"

<난 지금 그 어느 때보다 더할 나위 없이 진지한데. 그리고, 지금은 일단 할아버지와 은조 아씨의 일을 먼저 해결……>

말을 채 맺지 못하고 해눈은 다시 기침을 하기 시작했다. 이번에는 손으로 다 가리지 못하고 의자 옆으로 피가 튀었다.

"그대!"

해눈은 나무가 쓰러지듯이 책상 옆으로 널브러졌다. 도유는 그런 해눈의 몸을 안아 들었다.

"해눈!"

<어! 드디어 불러줬다. 내 이름!>

처음이었다. 철이 든 이후로 도유가 해눈의 이름을 불러 준 것은. 그렇게만 말해 놓고는 해눈의 고개가 옆으로 꺾여 떨어져 버렸다.

"해눈. 이러지 마. 이러지 말라고."

도유가 조심스럽게 해눈의 몸을 움직여 보았다. 꼼짝도 안했다. 감겨버린 투명한 눈동자는 두 번 다시 열릴 기미가 없었다.

"이건 나한테 정말 잔인한 짓이라고. 정신 차려. 해눈. 제발!"

도유는 해눈을 안아들어 제 침대로 갖다가 눕혔다. 그런 후에 책상으로 다가갔다. 필기구 통에 꽂혀 있는 대형 커터 칼이 눈에 들어왔다. 커터 칼을 들고 침대로 다시 돌아온 도유는 커터 칼의 칼날을 밀어냈다. 쓰륵! 금속성의 소리와 함께 칼날이 튀어나왔다. 도유는 그 칼날을 제 손아귀 안에 잡아 쥐었다. 한 번의 망설임도 없이 잘 벼린 칼날이 도유의 손바닥을 지나갔다. 붉은 피가 왈칵 쏟아졌다. 도유는 해눈의 입을 벌리고 제 손을 갖다 대었다. 손바닥 밑을 타고 흘러내린 도유의 피는 그대로 해눈의 입안으로 흘러 들어갔다.

언제나처럼 도유의 진붉은 피는 멎. 을. 줄. 을. 몰. 랐. 다.

침울한 분위기 속에서 아침이 밝았다. 도유는 침대에 누운 해눈 옆에 앉아서 밤을 지새웠다. 냉장고에 보관해 둔 꽃을 꺼내먹고 밤새 지혈을 한 덕분에 손의 상처는 숨길 수 있었다. 아무 내색 없이 가족들과 아침도 먹었다. 서휘는 일본어 수업에 가고 도나는 진주 시내를 더 둘러보겠다고 나갔다.

"도유야. 다녀오마. 해눈은 왜 내도록 온실에 있는 거야?"

근식은 앵두나무 집으로 갈 준비를 하면서 해눈을 찾았다. 도유가 거짓말을 하였다. 어제저녁부터 해눈은 내도록 온실에 있다고. 아씨를 마지막을 알 수 있다는 생각에 들떠 있는 것 같다고도. 근식은 자신의 머릿속이 복잡해서인지 더 이상 묻지 않았다.

"같이 가 드릴까요?"

제 거짓말을 숨기느라 도유가 일부러 한 말이었다.

"아니다. 구태여 그럴 필요는 없어."

근식이 대문까지 닫고 사라지자 도유는 제 방으로 돌아왔다. 해눈은 여전히 깨어나지 못하고 있었다. 아침에 나가 확인해 본 백단심 무궁화는 뿌리가 반 넘게 썩어 있었다. 100년에 가까운, 그래서, 죽음보다 더한 외로움을 해눈은 더 이상은 견딜 수 없다고 했다. 마디풀과 도유의 곁에서 떠나고 싶다고도 했다.

도유는 후회를 한다. 그냥 천녀도에 해눈을 그대로 두었더라면 어땠을까? 조금만 더 세밀히 해눈을 살펴 주었더라면 어땠을까? 선택하지 않은 수많은 경우의 수가 계산도 되지 않는 채 도유를 괴롭혔다.

"해눈, 제발 눈을 떠. 마디풀이 기다리고 있어. 그리고 나에게도 제대로 기회를 줘야지!"

간절한 기도로 모은 도유의 두 손이 해눈이 누운 침대 옆으로 얹혔다.


근식은 앵두나무 집 앞에서 한참을 망설이고 있었다. 대문도 없는데 선뜻 들어설 수가 없었다. 테니스 장 쪽으로 한쪽만 세운 담장 옆으로는 앵두나무가 키를 늘이고 있었다. 왔다 갔다를 반복하고 있는데 뜻밖에도 보람이 바깥쪽으로 걸어 나왔다.

"어르신!"

단번에 근식을 알아본 보람이 근식에게로 다가왔다.

"어떻게 저희 집 앞에 계세요? 안 그래도 제가 지금 모시러 갈 참이었는데."

"나를요?"

근식과 보람은 일면식도 없는 사이였다.

"죄송한데 저희 왕할머니께서 어르신을 모시고 오라고 밤새 재촉을 하셨어요."

"그러면 내가 잠깐 실례를 해도 되겠어요?"

근식은 손녀뻘밖에 되지 않는 보람에게 깍듯하게 인사를 하였다.

"당연하죠. 이렇게 계신 줄 알았으면 저도 망설이지 않고 바로 나와 보는 건데 그랬습니다."

"다른 가족분들은요?"

"모두 나가고 저와 왕할머니뿐이에요."

앵두나무 집은 쪽마루가 달린 집의 뼈대를 그대로 두고 샤시 문을 새로 해 넣어서 탈바꿈시켜 놓았다. 마당에서 집에 오르는 길은 계단 두 개를 올라서야 했다. 샤시 문을 열자 제일 먼저 눈에 들어온 것은 거실 벽면 곳곳에 걸린 창포꽃 사진이었다.

"아, 창포꽃이요?"

근식의 시선이 창포꽃을 따라가는 것을 보람이 알아차렸다.

"저희 왕할머니가 하도 성화를 하셔서요."

순간 근식의 심장이 더 크게 방망이질을 하였다.

"어르신, 이 방입니다."

보람은 현관에서 제일 가까운 방을 가리켰다.

"왕할머니, 모퉁이 집의 어르신이 오셨어요."

"들어오십사 캐라."

나뭇등걸 같은 노파답지 않게 쟁쟁한 음성이었다. 근식이 방으로 들어서자 미미하지만 좋은 향이 풍겼다. 팽이 할머니는 숱도 얼마 없이 온통 하얀 머리를 깔끔하게 넘겨 빗어서 비녀를 꽂고 개량한 생활한복을 갖춰 입었다.

"아침부터 목욕시켜 드리느라 부산했어요. 아끼시던 새 옷도 꺼내 입으시고. 어르신이 오신다는 것이 그렇게 반가우셨던 건지."

근식이 찾아온 이유는 모르지만, 보람은 팽이 할머니가 그런 것들을 다 챙긴 것이 기분이 좋은 모양이었다. 이렇게 정신이 온전하게 맑은 것도 집으로 돌아오고 나서 처음이었다. 근식으로서도 다행이었다. 치매를 앓는 팽이 할머니에게서 뭔가를 알아낼 수나 있을까 반

신반의하는 마음으로 온 걸음이었으니까.

"아가야, 니는 얼렁 차 한 잔 들이고 나가 있어레이."

근식은 팽이 할머니의 앞에 놓인 방석에 앉았다. 두 사람 사이의 침묵은 보람이 차를 끓여서 들어왔다가 나갈 때까지 이어졌다.

"나리를 참말로 마이 닮으셨네예. 부친의 함자가 모, 구 자, 헌 자 맞으시지예?"

팽이 할머니가 내뱉은 첫 마디였다.

"맞습니다."

그 첫마디부터 단추가 제대로 채워지고 있었다.

"모친의 함자는 강, 은자, 조자 되시고예?"

"죄송합니다. 제가 어머니에 대해서는 아무것도 들은 말씀이 없습니다."

풍랑을 만나서 난파된 배에서 해눈과 함께 떠 내려와 천녀도에 왔던 아씨의 이름 은조. 하지만 근식이 구헌에게서는 한 번도 들어본 적이 없는 이름이었다.

"지한티 사진이 한 장 있십니더."

팽이 할머니는 내도록 손에 쥐고 있던 사진 한 장을 들어 보였다. 근식은 떨리는 눈으로 그 사진을 들여다보았다. 구식 혼례식 사진, 어머니야 모르겠지만 젊은 날의 아버지 구헌이 그 안에 서 있었다.

"아! 아버지!"

"우리 은조 아씨도 참말로 손녀 아가씨하고 닮았지예?"

그러고 보니 사진 속 은조 아씨의 얼굴의 전체적인 생김생김이 도나랑 쏙 빼닮았다.

"아씨! 지를 보세예. 아씨는 여전히 이라고 고우신디 옥이는 벌써로 백수를 바라보는 호호할망구가 되었십니더."

그랬다. 팽이 할머니가 바로 1945년 은조의 시중을 들던 그 어린 옥이였다.

"나리는 혹여 모퉁이 집의 사연에 대해서도 아무 말도 들으신 것이 없십니꺼?"

백수를 바라보는 옥이의 눈에서 굵은 눈물방울이 뚝뚝 떨어져 내렸다. 사진 속 은조의 얼굴에 눈물 얼룩을 그렸다.

"이번에 온 걸음이 초행입니다."

"그런데 우찌 모퉁이 집으로 오신 것입니꺼?"

"이 마을에 이사를 들어올 집을 구하다 비어있는 모퉁이 집을 계약하게 되었습니다."

"이라이 인생은 돌아 돌아 다시 그 자리로 오는 벱인가 봅니더. 나리의 시작이 바로 여기 모퉁이 집이니께예."

"왜 저를 나리라고 부르십니까?"

근식이 손을 내저었다.

"지한테는 나리이시지예."

"그리 부르지 마십시오. 그리고 말씀도 편안히 놓아 하시고요."

"아입니더. 무신 그런 황송한 말씀을. 팽생을 지나도 지한테는 그저 나리이십니더."

지금 옥이는 근식과 구헌을 혼동하고 있는 것도 아닌데 끝까지 고집을 피웠다.

"나리, 일단 제 절부터 받으시지요."

"아닙니다. 왜 이러십니까?"

근식이 팔을 붙들어 가면서까지 말렸는데도 옥이는 기어이 큰절을 올렸다.

"지금부텀은 긴 이야기가 댈 꺼입니더. 들어 주시겠십니꺼?"

절을 마친 후 긴 숨을 내쉰 옥이의 눈빛이 반짝였다. 꼭 그 시절 소녀의 눈빛이었다.

"뭐든 좋습니다."

"지송합니더. 지한테도 정말 짓눌러 죽을 만한 짐이었습니더."

"편히 다 말씀하세요."

"나리께는 참말로 죽을죄를 지었습니더. 제 머리를 다 뽑아 가 신을 삼아드려도 씨끌 길은 없지만서도 그래도 이 모진 목숨 끊어지기 전에 모든 것을 훌훌 털고 가 돼 가 감사합니더."

근식은 아버지 구헌의 이름을 들었을 때 이미 옥이의 평생을 목 졸라 온 시간의 이야기를 모두 들을 준비가 되었다.

"지는 그 띠, 모퉁이 집의 하녀로 일을 하고 있었십니더. 본가는 따로 살믄서 세경을 받아 일을 하는 외가(外家 : 본집이 따로 있는)하녀였지예."

옥이의 긴 이야기가 시작되었다. 옥이는 때로는 한숨을 지으면서, 때로는 꿈꾸는 듯한 목소리로, 때로는 외사랑에 고뇌하는 변민의 눈빛으로, 때로는 잔인한 열망에 움찔거리는 어깨로, 때로는 피할 수 없었던 폭력에 치를 떠는 몸짓으로, 이야기를 이어 나갔다. 그렇게 끊임없이 이어 나가던 이야기는 드디어 총을 맞은 은조를 데리고 모퉁이 집의 지하실로 내려간 데까지 다다르게 되었다.

"모퉁이 집에 있는 지하실의 존재는 나리와 은조 아씨, 그리고 간악한 그 악귀 놈과 악귀 못지않은 운전기사 놈, 그리고 저만이 알고 있었십니더."

옥이는 윤송이라고 불렸던 다이스케를 악귀 놈이라고 칭하였다.

"그 악귀 못지않은 운전기사 놈도 결국은 대한제국 사람으로 둔갑
한 일본놈이라는 것은 나중에 해방이 되고 나서야 알았십니더. 그놈
또한 철저하게 위장을 했던 거이지예."

옥이는 개량 한복의 치마를 구겼다.

"우쨌든 악귀 놈은 죽어 나자빠졌고 악귀보다 더한 운전기사 놈은
갱성으로 간 상황이라서 은조 아씨는 무사히 지하실에서 나리를 해
산하셨십니더. 모퉁이 집에서 친일 사업가로 이름난 악귀 놈이 죽었
기에 주밴의 감시는 삼엄했지예. 하지만 그 악귀 놈이 지하실에서 모
퉁이 집 안으로 통해 다니던 또 다른 길을 통해서 지는 은조 아씨의
산(産)구완을 하였십니더. 그란디……"


은조와 옥이는 무사히 아이가 태어나자 한숨을 돌렸다. 하지만
문제는 그다음이었다. 아무리 해도 은조의 하혈이 멎지가 않았다.
밤새 은조는 피를 쏟았다. 은조 또한 피가 멎지 않는 병이 있었다.

"옥이야."

새벽 무렵, 은조가 힘이 없는 목소리로 불렀다. 옥이는 비몽사몽
앉아서 졸다가 무릎걸음으로 은조의 곁으로 갔다.

"내 아쟁을 좀 안겨 주련?"

은조는 오른팔에 아들을 안고서 왼팔을 내밀었다. 옥이는 은조
의 왼팔을 다시 침대 바닥에 놓은 후에 그 위에 조심스럽게 아쟁
을 얹어주었다.

"옥이야."

은조의 부름에 옥이의 눈에 눈물이 고였다. 모두 제 잘못이었다.


　　　　　　　　　　　　　　　그 모퉁이 집

곱디곱던 아씨가, 꼭 하늘의 사람 같았던 아씨가, 까맣게 꺼져가는 모습이 전신이 사무치게 아렸다. 이건 모두가 제 어리석음 탓이었다.

"아기는, 아기는 무사한 게지?"

제 옆에 아들을 눕혀 놓았는데도 은조는 그렇게 물었다.

"야. 미음 잘 드시고 잠에 드셨어예."

불을 피울 수가 없어서 옥이가 입으로 씹어서 먹인 쌀알을 먹고도 아기는 새근새근 잠들어 있었다.

"내 아기를 보고 싶구나."

"안아서 뵈어 드릴까예?"

옥이는 은조가 고개를 돌려서 아들을 볼 힘조차 없는 모양이라고 생각했다.

"아니, 옥이야."

은조가 처연하게 고개를 저었다. 동작이 너무 작아서 표도 나지 않았다.

"눈이, 내 눈이 보이지가 않는구나."

"야? 지끔 머라 하셨십니꺼?"

놀란 옥이의 말끝이 세 갈래, 네 갈래로 갈라졌다.

"뭘 그리 놀라니? 아마도 내 마지막이 다가오는 모양인 거야."

"아씨. 와 그리 말을 하세예? 옥이는 무섭십니더."

그렁그렁 고였던 옥이의 눈물이 기어이 눈 밖으로 넘치고 말았다. 그대로 방울져 떨어지면서 은조의 뺨으로 흘러내렸는데 은조는 그것마저도 느끼지 못하는 모양이었다.

"옥이야, 이 아쟁은 말이다. 구헌 씨가 나를 위해 만들어 준 것이란다."

총명하던 은조의 눈빛마저 흐려지기 시작했다. 은조가 쏟아내는 핏물이 아쟁을 붉게 물들였다.

"이 아쟁 말이라예?"

은조의 마지막을 붙들려고 옥이는 다급하게 물었다.

"그래. 목숨이 다한 귀하고 귀한 오동나무를 골라서 구헌 씨가 찾은 장인에게 부탁하여 깎아낸 아쟁, 내 목숨과도 같은 소중한 아쟁이란다."

은조가 아쟁을 안고 사랑스럽게 쓰다듬던 이유를 인제야 알겠다.

"구헌 씨는 지금쯤 어디에 있을까?"

"아씨, 힘내세예. 나리가 꼭 아씨를 다시 찾아오겠다 카셨잖아예."

"그이도 총을 맞았잖니. 허나, 무사하겠지?"

구헌을 걱정하는 은조의 눈빛이 아까보다 더 흐려졌다.

"암예. 당연하지예. 아씨를 몇 번이나 몇 번이나 돌아보시믄서 멀어져 가신는걸예. 곧 다시 오실 끼라예. 근께 힘을 내세예."

"옥이야. 아픔도 아프다 말할 수 없고 눈물도 눈물이라고 말할 수 없는 시절이잖니. 아마도 그이는 바로 나를 찾아오지 못할 게야. 그게 바로 나라를 잃은 제국민의 삶이고 시간이란다."

"지는 그런 건 잘 몰라예. 그저 아씨가 굳건히 기다리고 계시믄 나리가 꼭 다시 돌아오실 거라는 거. 그거이 지가 아는 하나라예."

"잃어버린 이 나라가 자유로워지는 모습을 꼭 보고자 약속했는데."

"보실 거라예. 보실 거니께 힘내시이소."

"그리고 또 약속했었다. 이 나라가 자유로워지면 꼭 다시 만나러 가겠다고."

"누구를예?"

"기다릴 터인데. 많이 기다릴 터인데. 이제 나 떠나면 기약도 없는 그 오랜 기다림이 가여워서 어찌할꼬? 아무 약속도 지키지 못하고 가는 나는 참말 못난 사람이구나."

은조는 알 수 없는 말을 하면서 고개를 저었다.

"회복하시믄, 그리고 나믄 다 지키시믄 돼예."

"옥이야. 내 죽거들랑 이 지하실을 나가서 내 아기와 아쟁은 잘 지켰다가 꼭 그이에게 전해 주려무나."

"그런 말씀 마세예. 안 들을 끼라예."

"운전기사가 언제 돌아올지 모를 일이야. 여기에 계속 있으면 너도 위험해."

정구가 돌아오면 당연히 제일 먼저 지하실부터 수색을 할 터였다.

"그렇다 캐서 아씨를 두고 지 혼자 나가지는 않아예."

"내 마지막 부탁이란다. 내 아기를, 그리고 내 아쟁을 꼭 그이에게 무사히 ……."

이제 은조는 말조차 잘 잇지를 못했다.

"옥이야, 정말 고마워. 너같이 곱고 착한 아이가 내 옆에 있어 줘서 난 이 모퉁이 집에서 숨을 쉬며 살 수가 있었단다."

"아이라예. 아씨. 그런 말 마세예."

옥이는 숨을 죽여가면서 울어갔다. 욕탕에서 은조의 등을 밀 때면 그 가는 목덜미를 쥐어 꺾는 상상을 했던 저가, 구헌과 나란히 선 은조를 보면서 죽어버렸으면 좋겠다고 주문을 외우듯 했던 저가, 한없이 죄스럽고 또 끝없이 저주스러웠다.

"옥이야, 부탁이야. 알았지. 바로 이 지하실을 나가야 한다. 꼭, 꼭."

그 짧은 말을 하는 동안 은조는 열 번도 넘게 숨을 멈추었다.

"그리고 이것."

은조가 치마 안으로 차고 있던 주머니에서 팽이 하나를 내밀었다.

"너 주려고 내가 깎아 놓은 거야. 모퉁이 집을 떠나면서 주려고 했는데."

은조는 그걸 살뜰히 챙기고 있었나 보았다. 옥이의 죄책감이 더 커졌다.

"왜 이곳에는 꽃 한 송이도 없을까? 옥이야. 창포꽃이, 창포꽃이 보고 싶구나."

은조는 팽이를 손에 든 채 열에 들뜬 것처럼 중얼거렸다.

"창포꽃이예? 아씨. 창포꽃이 보고 싶으세예?"

옥이는 벌떡 몸을 일으켰다. 은조의 눈이 이미 보이지 않는다는 것은 중요하지 않았다.

"잠시만 기다리세예. 꺾지 않고 뿌리째 파 가 얼렁 한 송이 가져다 드릴께예."

은조가 뭐라고 말을 했다. 이제는 아예 들리지 않았다.

"금방 갔다 올 끼라예."

옥이는 비밀 통로 쪽으로 몸을 돌렸다. 은조는 힘없는 손을 들어

그 모퉁이 집

올려서 옥이에게 가지 말라고 몸짓을 했다. 하지만 이미 몸을 돌린 옥이가 그것을 알 리가 없었다.

옥이가 지하실을 나갔다. 그러자 은조의 가는 손목이 힘없이 툭 떨어졌다. 피 묻은 팽이가 떨어져 내리더니 저 혼자 핑그르르 돌았다.

옥이는 텅 빈 모퉁이 집의 실내를 지나 마당으로 나와서 창포꽃 한 송이를 파내기 시작했다. 막 시작되려는 새벽이라서 꽃송이가 반쯤 벌어져 있었다. 흙으로 든든하게 뿌리를 감싼 후에 급히 지하실로 돌아왔다.

"은조 아씨."

은조의 얼굴은 희미한 촛불 빛을 따라서 일렁이고 있었다.

"보세예. 창포꽃이라예. 아침이 시작되려는 시간이라 막 피어나고 있더라꼬예. 그리니께 아씨도 이 창포꽃 보시고 창포꽃처럼 일어나세예."

옥이는 창포꽃을 은조에게 내밀었다. 하지만 은조는 아무런 미동도 없었다.

"은조 아씨."

옥이는 덜컥 겁이 났다. 그제야 아들을 감싸고 있던 팔도, 아쟁을 감싸고 있던 팔도, 힘없이 늘어져 있는 것이 눈에 들어왔다.

"은조 아씨."

가만히 은조의 몸을 흔들어 보았다. 옥이가 흔드는 대로 흔들렸다.

"아니지예? 은조 아씨. 아니지예?"

옥이의 목소리가 비명처럼 높아갔다. 때를 맞추어서 아이가 울

어대기 시작하였다. 잠에서 깨어나 배가 고픈 모양이었다. 통곡을
하면서도 옥이는 아이를 들어 안았다. 옆에 놓아둔 놋그릇 속의 쌀
알을 한 움큼 쥐어서 제 입에 넣었다. 미음이 된 쌀알이 흘러나와
서 아이의 입안으로 들어갔다.

"아침이 다 새기 전이 나리를 안고 모퉁이 집의 지하실을 나왔십
니더. 하지만 나리를 안고 은조 아씨의 아쟁까지 들고 지가 갈 수 있
는 곳은 아무 데도 없었십니더. 해서 항상 은조 아씨와 나리가 만나
던 산으로 올라갔지예."
호호백발 옥이는 근식과 구헌을 똑같이 나리라고 불렀다.

그곳에서 옥이는 새로 돋아난 이파리들과 나뭇가지로 얼기설기
요람 같은 집을 지었다. 그리고 그 안에다가 아이를 눕혔다. 은조
의 아쟁도 밖으로는 표가 나지 않게 나뭇가지와 나뭇잎으로 덮었
다.
"아기 씨, 지송해예. 지가 얼릉 내려갔다가 또 금방 찾아올께
예."
옥이는 아이를 산속에 눕혀두고 몇 번이나 뒤를 돌아보면서 산
길을 내려갔다. 마치 마지막 날의 구헌처럼.

"하지만 지는 약속을 지키지 못했십니더. 아침이 되자마자 집으로
쳐들어온 경찰들에게 묶여서 갱성까지 끌려갔으니까예."
옥이는 그곳에서 당한 모진 고문과 매질 그리고 사람으로서 당할
수 없는 갖은 포악은 말하지 않았다.

"한데 어찌 나리가 혼자 살아남으셨십니꺼?"

근식은 할 말이 없었다. 그렇게 남겨진 저와 아쟁을 구헌이 어떻게 찾아서 돌아온 건지 전혀 아는 게 없으니까.

"거의 여섯 달포(6달) 만에 현지마을로 돌아왔십니다. 그러고는 온 산을 미친 듯이 헤매고 다녔지예. 하지만 나리와 은조 아씨의 아쟁은 찾지 못했십니다. 그래도 언젠가는 혹시나 나리가 다시 찾아올지도 모른다는 생각으로 이 마을에 다시 돌아와서 살았십니다."

"감사합니다. 어르신이 제 생명의 은인이셨네요."

근식은 옥이의 손을 꼭 잡아주었다.

"아입니더. 지는 나리께 목숨을 끊어 바쳐야 할 죄인입니더. 그래도 우짜믄 죄값은 쪼끔은 치렀십니더. 지가, 이 한 많은 목숨이, 아들 내외, 손자 내외 다 먼저 잡아묵고 이리 추악하게 혼자 늙었십니더."

"그리 말씀하시 마세요. 저 또한 아들 내외를 한날한시에 사고로 잃었습니다. 그걸 어찌 누군가의 죗값이라고 하겠습니까? 그저 인생의 우거진 수풀 속에 놓여 있던 덫에 걸렸던 것뿐이지요."

"아입니더. 지는 직접 제 손으로 사람 목심 하나도 끊어 놓았십니더."

그러면서 옥이는 누군가에 대한 이야기를 하였다.

"그것 뿐이겠십니꺼? 하늘같이 귀한 내 새끼헌티는 만고에 씻지 못할 상처도 안겼지예."

그러면서 옥이는 또 누군가에 대한 이야기를 하였다. 근식은 옥이의 손을 잡아 주었다.

"하면 제 어머니는요? 혹시 그 후에 어머니가 어떻게 되셨는지는 모르십니까?"

옥이의 얼굴이 찡그려졌다.

"나리!"

곧 근식의 팔 위로 옥이의 상체가 쏠리듯 쓰러졌다.

"죽은 죄를 지었십니다. 제가 갱성에 잡혀 가 있는 동안 악귀보다 더한 그자가 모든 흔적을 감추기 위해서 집을 불태워 버렸십니다."

옥이의 눈물이 근식의 손등을 적셨다. 78년 전 은조의 뺨을 적셨 던 것처럼.

"지가 돌아왔을 띠는 모든 거이 잿더미였십니다. 그래서 아무런 힘도 없는 지는 아씨를 찾아낼 방법이 없었십니다."

"그 말씀은 혹시?"

근식의 손에 힘이 풀리면서 눈마저 멍하게 열렸다.

"야. 은조 아씨는 한 맺힌 모습 그대로 여전히 모퉁이 집의 지하실에 계십니다."

으흐흐흥! 옥이의 울음이 상처 입은 호랑이의 울부짖음처럼 터졌다. 78년을 감추어 온 비밀이 울음으로 터져 버렸다. 결국 근식은 옥이의 손을 놓고 할 말을 잃었다.


**꽃잔디의 꽃말은 <희생>**


그 모퉁이 집

그리고, 3년의 약속
(안개꽃)

연휴가 지나고 다 풀지 못한 나른함이 있는 오후였다. 하지만 진주 경찰서 사무실 안은 그 어느 때보다도 분주하게 돌아가는 중이었다. 연휴를 마치고 회귀하던 차량들의 고속도로 10중 추돌 사고 때문이었다. 한참 경위서를 작성하고 있는데 아서의 휴대폰이 울렸다. 뜻밖에도 보람에게서 걸려 온 전화였고 더 뜻밖에도 보람은 현재 진주경찰서 앞에 와 있다고 했다. 아서는 한달음에 달려 나갔다. 어쩐 일이냐는 물음에 보람은 전화로는 안 될 것 같아서 직접 찾아온 걸음이라고 하였다. 어제저녁 마을 회관에서 있었던 일을 전해 들었다.

"그리고 아침나절에 모퉁이 집의 그 어른신이 다녀가셨어요. 왕할머니가 정신이 맑으셔서 한참 이야기를 나누고 돌아가셨죠. 점심을 드시고 나시더니 이번에는 도련님을 찾았어요. 봄에 돌아오시고도 도련님 이야기는 단 한 마디도 안 꺼내셨었는데."

"형수, 나는 안 가요."

그날 밤, 제 왕할머니가 제게 퍼부었던 서슬 퍼런 말들.

"도련님, 나중에 후회할 일은 만들지 말고 퇴근 후에 집으로 와요."

"미안해요."

"도련님, 내 말 잘 들어봐요. 왕할머니는 아마도 마지막이신 것 같아요. 도련님도 그런 이야기 들어봤죠? 정신이 맑지 못하던 사람도 임종 직전에는 다시 정신이 돌아온다는 것."

내도록 땅만 보고 있던 아서의 고개가 들렸다.

"깨끗이 목욕시켜 달라 하시더니 아끼던 새 옷까지 꺼내 입으셨어요. 나는 아무래도 예감이 그래요. 형님한테도 전화를 했어요. 그러니까 오늘은 꼭 돌아와요. 내가 부탁할게요."

몇 번이나 당부를 하고 돌아가는 보람의 뒷모습을 아서는 한참이나 바라보았다.

*"그 더러븐 악귀 놈의 핏줄! 이 추악한 핏줄! 죽어 없어져야 할 더러븐 핏줄아!"*

그날 밤, 왕할머니가 아서를 내리치면서 미친 듯이 내뱉었던 말이었다.

일찍 부모님을 여의고 형 아한은 아서를 위해서 많은 희생을 하였다. 아무리 복지가 좋아졌다고는 하나 늙은 왕할머니를 모시고 동생 아서까지 거느린 채 집안을 이끌어 가야 하는 소년가장 아한의 어깨는 언제나 아틀라스였다. 그런데 알고 보니 저는 형과 같은 핏줄도 아니었다. 어째 어릴 때부터 집안 누구와도 닮지 않았다는 말을 들었었다. 그러니 아서는 두 번 다시 앵두나무 제집으로 돌아갈 수가 없었다.

도유의 전화를 받은 마디는 이른 퇴근을 하였다. 바로 모퉁이 집으

그 모퉁이 집

로 와 달라고 했지만 바로 가지 않고 제집에 가서 아쟁을 챙겼다. 아쟁까지 메고 모퉁이 집으로 갔을 때 마당에는 도유와 해눈이 이미 나와 있었다.

"왜 아쟁까지 메고 왔어?"

도유는 사실 그 부탁을 하고 싶었다.

"주인한테 돌려주려고요. 천녀도의 할머니가 이번에 오셨을 때 제게 천녀도 얘기를 해 주셨어요. 원래는 먼물길 섬이었던 이름이 어떻게 천녀도로 바뀌게 되었는지."

마디는 한옥이 여사에게 들은 이야기를 도유에게 전해 주었다.

"그때 천녀의 이름도 이야기하신 것 같은데 내가 깜빡 잠이 들었었거든요. 그래서 어제 바로 외할머니와도 통화를 했던 거예요."

"이런 인연으로 우리가 얽혀 있을 줄을 정말 몰랐어."

"할아버지에게도, 오빠에게도 그리고 해눈에게도 너무 잘된 일이에요. 해눈이 앞으로 정말 해눈처럼 더 많이 웃게 되겠죠. 해눈! 너무너무 좋지? 뿌리잠을 잔다기에 걱정했었는데 자고 일어났더니 다 좋은 일만 생겼어."

<맞아. 모두 도유와 마디풀 덕분이야.>

"어! 해눈이 오빠의 이름을 부르는 건 처음 들었어."

<이제 그러기로 했어. 맞지, 도유?>

해눈이 눈이 부시도록 화사하게 웃었다.

"그래. 해눈."

도유는 차마 해눈도 마디도 쳐다보지 못하였다.


아서는 경찰서 앞 식당에서 저녁까지 먹고 늦게 앵두나무 집으로 왔다. 몇 년 만에 발을 들인 제집은 제집이 아닌 듯 낯설었다. 보람과 아한은 아무 말 없이 아서를 한 번씩 안아 준 후에 왕할머니의 방으로 이끌어 갔다. 도윤은 일찍 잠이 들어 얼굴도 보이지 않았다. 낯설고도 포근한 왕할머니의 방에서는 좋은 향이 풍기고 있었다. 추억의 향이고 그리움의 향이었다.

"아가! 이리로, 이리로 온나."

방문에 붙어버린 듯 서 있는 아서를 왕할머니가 손짓해서 불렀다. 아서는 마지못해 다가가 고개를 외면하고 앉았다. 죽음 앞에서 용서하지 못할 일은 없다지만 간혹 용납하지 못할 일들은 있는 법이었다.

"아가! 내가 길고 긴 이야기를 하나 할 끼다. 끝까지 들어줄 끼제?"

그렇게 아서와 왕할머니가 앉은 방은 1945년으로 회귀해 돌아갔다.

이야기가 끝나자 아서는 눈물을 흘렸다. 이건 아서가 용서나 용납을 말할 수 있는 영역이 아니었다. 왕할머니의 주름진 손이 양푼이 하나를 아서 앞으로 내밀었다. 올여름, 손수 따 놓은 앵두가 한가득이었다. 신기하게도 단 할 알도 썩지 않았다. 붉은 앵두 알 위에 아서의 눈물이 투명한 앵두 알이 되어 함께 쌓였다.


그 시간, 모퉁이 집에서는 은밀한 작업이 이루어졌다. 엄청난 돈을 들여서 구한 입 무거운 인부들이 모퉁이 집의 한쪽 마당을 파내고 있었다. 오늘의 일에 대해서 아무것도 묻지 않고 단 한 마디도 흘리지 않겠다는 조건으로 평소의 세 배가 넘는 비싼 임금을 주고 고용한 일꾼들이었다.

근식, 도유, 해눈, 아무도 말이 없었다. 아무런 말을 힐 수가 없다는 표현이 맞을 것이다. 모두의 시선과 마음이 오직 원래 창고가 있었던 자리에 못 박혀 있었다. 서휘와 도나는 깊이 잠이 들었다. 도유와 근식이 함께 쳐 놓은 꽃의 결계 때문에 현재 공사를 하고 있는 곳은 그 누구에게도 보이지도 들리지도 않았다.

인부들의 삽질이 계속될수록 흙무더기는 점점 더 쌓여갔다. 어느 순간까지 파 내려가자 '탁' 삽 끝에 뭔가 걸리는 소리가 났다.

"미안하지만, 조금만 더 서둘러 주시겠어요?"

근식이 두 손을 모아 쥐면서 정중하게 재촉을 했다. 인부들의 손길이 아까보다 조금 더 빨라졌다. 땅이 더 빨리 파헤쳐졌고 드디어 나무문 같은 것이 드러났다. 지상에서 지하로 들어갈 수 있도록 바닥에 붙은 나무문이었다.

"어떻게 이렇게 깊은 땅속에 이런 문이 있는 거죠?"

인부 중의 한 사람이 의아하다는 듯이 물었다. 그러자 옆의 인부가 그 사람의 팔을 세게 쳤다. 말을 한 인부도 황급히 입을 다물었다.

오랜 세월이 지나면서 나무문은 거의 땅과 하나가 되어 버렸다. 썩지 않은 것이 희한할 노릇이었다. 인부들이 힘을 합쳐 계속 나무문을 들썩이자 요란한 소리와 함께 나무문이 움직였다.

"되었습니다. 이제부터는 저희가 할 테니 그만 돌아가셔도 좋습니다."

도유가 나무문을 열어젖히려는 인부들을 만류했다.

"수고비는 입금하였습니다."

"네. 다 확인했습니다."

인부들 중 제일 상급자로 보이는 사람이 답을 했다. 오늘 그가 내뱉은 유일한 말이었다. 들어올 때와 마찬가지로 조용히 기구들이 치워지고 인부들은 밤안개처럼 흔적도 없이 모퉁이 집을 빠져나갔다.

도유와 해눈은 근식과 시선을 교환했다. 그런 후에 세 사람은 동시에 지하로 통하는 나무문을 들어 젖혔다. 옆에 놓아두었던 대용량 랜턴을 도유가 하나, 근식이 하나 집어 들었다. 마디에게서 전해 받은 아쟁은 해눈이 들었다.

랜턴으로 비춰본 지하실은 크게 변한 것이 없었다. 벽에 걸린 일왕의 사진은 세월에 녹아 없어졌지만, 사진틀은 남았다. 다이스케가 옥이를 유린할 때마다 밝혀 두던 초도 촛농을 몸 밑에 붙인 채로 그대로였다. 은조가 열어보았던 서랍장도 한쪽이 내려앉긴 했지만 제 자리에 있었다. 제일 안쪽에 놓인 침대도 마찬가지였다.

도유와 근식이 동시에 침대를 비추었다. 그리고는 해눈과 더불어 셋 다 숨을 멈추고 말았다. 들이마신 숨을 아무도 내쉬지 못했다. 침대 위에는 은조가 누워있었다. 호흡이 멎었기에 가슴이 오르내리지 않는 것만 빼고는 살아생전의 모습 그대로인 은조가 몸을 누이고 있었다. 아무것도 모른 채로 그냥 들어와서 발견했다면 잠이라도 자는 줄 착각할 만큼이었다. 먼저 근식이 느리게 다가갔다.

"어, 머, 니?"

근식은 믿기지 않아서, 믿을 수가 없어서, 띄엄띄엄 불렀다. 태어나서 처음 불러보는 어머니라는 단어였다. 은조는 사진 속의 모습과 똑같은 얼굴을 하고 있었다.

"어, 머, 니? 어머니!"

근식이 애타게 부르면서 울음을 터뜨리고 말았다. 생사도 몰랐던 어머니를 이렇게 만나게 되었다. 그 아픈 시절을 살아낸 어머니의 이야기를 이렇게 알게 되었다.

그 모퉁이 집

"어머니!"

청년처럼 꼿꼿하던 근식의 허리가 일순간에 구부정하게 휘었다. 딱 78세의 노인처럼 순식간에 쇠약해져 버리는 모습이었다. 근식의 몸이 침대 옆으로 주저앉았다.

다음으로 다가간 것은 도유였다. 도유는 먼저 근식의 등을 감싸 안았다.

"증조할머니, 인사드릴게요. 저, 증손자 도유입니다."

존재조차 몰랐기에 사실 그리울 것도 없는 은조였다. 하지만 도유도 눈물을 흘리고 말았다. 은조가 살아내었을 그 시절의 아픔이 한스러웠다. 이 집에서 사랑하는 아내의 모습을 마지막으로 본 후에 영원히 헤어져 버린 구헌의 그 남아있었던 세월도 너무 가엾다. 한스럽고 가여워서 그것이 도유는 아팠다.

그렇게 그 오랜 아픈 시간을 떠올리면서 근식과 도유는 한참을 껴안고 울었다.

얼마나 시간이 지났을까? 근식이 먼저 몸을 일으켰다. 도유가 그 뒤를 따라 일어섰다. 근식이 해눈에게 손짓을 했다. 가까이 오라는 뜻이었다. 뒤를 이어 도유가 해눈이 지나갈 길을 열어 주었다. 해눈은 천천히 은조에게로 다가갔다. 2, 3초도 되지 않는 시간이었지만 해눈은 은조와의 옛날을 떠올렸다.

*"넌 참 어린나무로구나. 어쩌다가 여기에까지 밀려오게 된 것이냐?"*

은조가 파도가 몰아대는 대로 흔들리던 저를 건져 준 후 제일 먼저

한 말이었다.

＜아씨는 제가 보이셔요?＞
"그럼. 나는 꽃의 전달자란다. 어린아이가 참으로 목이 마르겠구
나."

은조가 가죽 부대를 기울여서 물을 마시게 해 주었다. 오랜만에 마
시는 맑은 물에 해눈은 전신이 개운해지는 기분이었다. 두 사람은 함
께 나뭇등걸을 붙들고 바다를 떠돌았다. 지나가는 나룻배 한 조각도
보이지 않았다. 은조는 해눈이 목이 마를 때마다 물을 마시게 해 주
었다.

＜아씨, 아씨는 왜 물을 마시지 않는 것이에요?＞

은조는 한 번도 물을 마시지 않았다.

"난 목이 마르지 않구나."
＜하지만 벌써 몇 날이 지났는데요?＞
"괜찮아. 너는 아직 어린나무이지만 난 어엿한 여인이란다."

그때 해눈은 몰랐다. 자신과 같은 또래의 은조가 저를 위해서 죽을
듯한 갈증을 참고 있다는 것을. 그렇게 파도에 떠밀려 천녀도에 도착
하기 전까지 몇 날을 은조는 갈증과 싸웠다는 것을.
＜은조 아씨!＞

해눈이 은조의 앞에 무릎을 꿇고 앉았다.

<저입니다, 백단심 무궁화의 꽃혼!>

해눈의 목소리에 축축한 물기가 섞였다.

<아씨 덕분에 살아서 전 이만큼이나 목숨을 이어 왔어요.>

은조의 얼굴에 대고 속삭였다.

<아씨가 이렇게 계시는 것도 모르고, 이렇게 가까이에 계셨는데. 모르시죠, 제가 아씨를 100년 가까이 기다렸다는 것을요?>

해눈을 바라보는 근식과 도유의 눈에도 다시 눈물이 고이기 시작했다.

<다시 돌아와서 저랑 함께 살겠다고 하셨잖아요. 그런데 아무리 기다려도 안 오셨어요. 그래도 전 한 번도 아씨를 원망하지 않았어요. 그저 그립기만 했죠.>

해눈이 조심스럽게 은조의 손을 쥐었다. 은조의 손은 차갑게 냉기가 돌았는데 그건 해눈의 손도 마찬가지였다.

<송구합니다. 이렇게 계실 줄 알았으면 조금만 더 빨리 아씨를 찾아보는 건데.>

하지만 혼자 힘으로는 절대 그럴 수가 없었던 해눈이었다.

<아씨, 저의 처음은 아씨와 함께였어요. 참 행복했어요. 그러니까 마지막도 아씨와 함께라면 행복하겠죠?>

이번에 해눈이 한 말의 뜻을 도유는 알아들었고 근식은 못 알아들었다.

<아씨의 아쟁이에요.>

해눈은 제가 메고 있던 아쟁을 은조의 몸 옆으로 놓아주었다.

<아씨.>

해눈의 눈에서 눈물이 굴러떨어졌다. 눈물은 은조가 입고 있던 개량식 한복의 옷깃에 떨어졌다. 그러자 놀라운 일이 일어났다. 은조의 몸이 위에서부터 시작하여 흙으로 변해 녹아내리기 시작한 것이었다. 해눈이 몸을 일으켰고 도유와 근식은 은조 가까이 다가왔다. 세 남자는 빙 둘러서서 그렇게 흙으로 변해가는 은조를 지켜보았다.

구헌을 꼭 닮은 아들인 근식을 만났고 제 피를 이어받아서 '꽃의 전달자'인 손자 도유를 만났고 천녀도로 떠내려갔던 시작을 함께 한 해눈을 만났고 구헌을 떠올리면서 타곤 하던 아쟁을 품에 안았다. 은조의 오랜 기다림은 그렇게 끝이 났고 은조의 몸은 이제 편안히 지상을 떠나는 중이었다.

이윽고 은조는 완전히 사라졌다. 세 남자의 앞에는 바닷모래처럼 곱게 빛나는 한 줌의 흙만이 남았다. 그 옆에서 아쟁의 현 하나가 티링 소리를 내면서 울었다.


그리고 바로 그 시간 팽이 할머니, 옥이도 모질게 짓밟혔던 삶의 끈을 놓았다. 머리맡에는 은조가 깎아 준 팽이를 놓아둔 채로. 그토록 그리웠던 증손자 아서를 옆에 앉혀 두고서 말이다.


그다음 날, 모퉁이 집의 시간은 경건하게 지나갔다. 실내 정원 앞에는 추모단이 차려졌고 은조의 흙을 넣은 유골함은 그 위에 놓였다. 근식이 간직하고 있던 사진을 확대하여서 영정 사진도 하나 놓아두었다.

그리고 마디가 다니는 <진주광림교회>의 담임 임지창 목사를 초빙하여서 3번이 장례 예배를 드렸다. 첫째 날, 세상을 막 떠난 이의 마지막 숨결을 기억하는 임종 예배. 둘째 날, 고인을 입관하면서 마지막으로 그 모습을 지켜보는 입관 예배. 그리고 셋째 날, 고인의 육신을 영원히 떠나보내면서 가는 그 길을 기리는 발인 예배. 유골함만 있는 장례 예배 절차를 임 목사는 아무것도 묻지 않고 하루 만에 세 번을 열과 성을 다해 주관해 주었다. 그리고 저녁이 되었을 때였다.

"다들 앵두나무 집으로 가자꾸나. 내일이 발인일 터인데 그분께도 마지막 인사를 드리고 밥 한 끼는 나눠 먹고 와야지."

내도록 감겨 있던 근식의 눈이 열리면서 한 말이었다. 근식에게서 어리고 아렸던 옥이의 이야기를 전해 들은 가족들은 그 누구도 반대하지 않았다.


대문도 없는 앵두나무 집 앞에는 긴 장대에 번데기처럼 주름이 잡힌 근조등(謹弔燈)이 걸렸다. 넓지 않은 마당에 하얀색 천막을 쳐서 손님을 맞았고 활짝 열린 현관문 안의 거실에도 손님 접대가 한창이었다.

아서는 아한과 함께 조문객들을 맞고 있었다. 팽이 할머니의 유언이었다. 힘들겠지만 꼭 자신을 앵두나무 집에서 보내 달라는 것이.

"언니! 팽이 할머니는 이제 좀 편해졌을까? 어른들 말씀이 참 불쌍한 삶을 사셨다고 하던데."

"편해지셔야지. 충분히 그러셔야지."

마디와 마린도 손님 자리에 있었다. 오늘은 저녁도 여기에서 먹고 늦은 밤까지 함께 있을 생각이었다. 용남과 동우도 좀 일찍 꽃집 문을 닫고 합류하겠다고 했다.

"그런데 언니의 아쟁은 어떻게 했어? 아쟁 교습하는 날도 아닌데 집에 안 보이던데.”

“주인에게 돌려줬지.”

“주인이라니? 설마 외가댁에 왔었다는 그 천녀?”

“맞아. 그분은 정말 하늘에서 온 사람이었으니까.”

“지금 무슨 소리를 하는 거야?”

마디는 마린의 가난한 글솜씨를 통해서라도 언젠가 이 이야기를 많은 사람들이 알게 되었으면 싶었다.

“아쟁 누나, 쌍둥이 누나, 있잖아. 이제 왕할머니는 다시 우리 집에는 못 온대.”

마린이 고개를 갸웃거리고 있는데 도윤이 그들 사이에 끼어들었다.

“삼촌은 생전 집에 오지도 않고 아빠도 집에 잘 없고 엄마랑만 둘이 지내다가 할머니가 있어서 도윤이는 너무 좋았어. 그런데 이제 왕할머니도 못 오신대.”

어린 도윤에게 상주의 완장은 너무 커 보였다.

“이리 와 봐.”

마디가 손을 벌려 도윤을 안아 주었다.

“걱정 마, 이제 삼촌이 와서 도윤이랑 같이 살 거니까.”

“정말?”

“그럼.”

“누나가 그걸 어떻게 알아?”

“도윤이는 뭐든 다 안다고 했지?”

“그럼.”

“누나는 다른 건 모르는데 그것 하나만큼은 알아.”

그 모퉁이 집

80년 가까이 짓눌려왔던 비밀을 근식에게 토해낸 후 팽이 할머니는 안식을 찾았다.

아서 또한 앵두처럼 떨어져 내리던 핏물의 그날 밤을 내려놓고 편해지기를 마디는 간절히 기도하였다.

"어! 니은 없는 꽃삼촌이랑 예쁜 서휘 삼촌이다아!"

마디의 무릎에 앉아있던 도윤이 갑자기 벌떡 일어섰다. 그 말의 시선을 따라가 보니 정말 상조등 바로 옆으로 근식과 도유, 도나와 서휘가 들어서고 있었다.

상 두 개를 붙여서 마디와 마린, 근식과 도유, 도나와 서휘가 빙 둘러앉았다. 쇠고기 국밥을 날라주러 왔던 아서도 아한과 보람의 권유로 합석을 하였다. 자리가 자리이니만큼 별말 없이 식사가 끝이 났다.

"내가 말이라, 그날의 일은 참말 어제 일처럼 눈앞에 한하다니께는."

그릇들을 치우려고 하는데 뒤쪽에서 지 씨 할아버지의 음성이 날아들었다.

"또 그 이야기라? 인제 고마해라. 하루종일 떠들고 있더만은."

골김댁 할아버지는 마디 네의 눈치를 살폈다.

"저 냥반이 문상을 오니까 또 생각이 나서 그라제. 팽이 아줌씨가 저 냥반이랑 손녀를 나리 나리 아씨 아씨 그라고 안 불렀나?"

"그라니께 더 하지 말란 말이제. 7살 띠 일이라 벌씨로 80년이 다 지나가는 이야기구만은."

옥이 할머니도 퉁박을 주었다.

"아니요. 괜찮습니다. 무슨 말인지는 모르지만 하십시오."

혹시 내 어머니에 대한 이야기일까? 근식은 지금 어떤 이야기든 한 자락이라도 더 듣고 싶었다.

"맞아요. 할아버지, 우리도 궁금해요."

마린이까지 거들고 나섰다.

"그럼 들어볼 텨? 있잖여. 일제 강점기 마지막 해 그 띠, 일본 앞잡이라고 욕하는 사람들도 있었지만, 사실은 독립군들도 돕고 좋은 일도 많이 했던 모퉁이 집의 나리가 총에 맞은 일이 있었제. 그 나리 덕에 우리가 일본문물 덕도 많이 보고 그랬는디."

근식의 짐작이 맞았다. 근식은 몸을 아예 뒤쪽으로 돌려 앉았다.

"하여튼 그 일로 갱찰들이 마을을 쑥대밭으로 만들어 놓고 모퉁이 집은 불까지 나서 한참을 뒤숭숭허니 흉흉했쩨. 그 집에서 외가로 일하던 누님 하나도 잡히 가고."

지 씨 할아버지는 아이를 낳은 후에 다시 들어온 팽이 할머니가 그 누님이라는 것은 지금까지도 모르고 있었다. 그건 다른 사람들도 마찬가지였다.

"그라다 매칠 후 새백이었제. 내 소피가 마려버서 뒷간에 가려고 새벽녘에 그만 눈이 떠져 버렸다 아이가. 모퉁이 집에서 총 맞은 귀신이 나온다고 하도 소문이 흉흉해서 무서버 죽겠는디. 아! 머 다 옛날 일이니께 지금은 신경 쓸 필요가 전혀 엄꼬."

지 씨 할아버지는 말실수를 했나 싶어 잠시 말을 쉬었다.

"글케도 옷에다가 오줌을 눌 수는 없어서 바지춤을 꿰어 잡고 뒷간엘 가려고 밖으로 나왔제."

일본 경찰들마저 물밀듯이 쓸려나간 모퉁이 집 앞에 한 남자가 서 있더라다. 그 남자는 오른쪽 어깨에 붕대를 감고서는 넋이 나간 듯한 표정이더란다. 그런데 잠시 후에 산길 쪽에서 한 무더기의 나비 떼가 날아오더란다. 노란 봄 나비가 마치 여인의 치맛자락처럼 펄럭이면서.

"에이, 내 말했제? 그 신새백에 무신 나비가 날아온단 말이고? 해도 안즉 안 떴는디."

옥이 할머니가 김빠지는 소리를 냈다.

"참말이라카이. 내가 팽이 아줌씨 빈소 앞에서 헛소리를 카겠나?"

"할아버지 괜찮아요. 계속 이야기해 주세요. 그래서 어떻게 됐는데요?"

마린의 눈빛이 밤을 이기면서 빛을 발했다. 아예 그쪽 자리로 옮겨 앉기까지 했다.

"그라고 나더니 그 나비 떼가 그 남자의 옷자락에 다다닥 달라 붙는기라. 그라고는 남자를 산길 쪽으로 막 끌고 가데."

"나비 떼가 사람을 끌고 갔다고요?"

마린의 입이 상조등만큼 길게 벌어졌다.

"암만. 내가 똑똑히 봤다니께. 그라고 말이여, 그게 다가 아니고, 아직 봉오리도 피지 않은 꽃들은 다 산길 쪽으로 고갯짓을 하더라니께."

"꽃들이 고갯짓을요?"

"하모(그래). 꽃들이 일제히 산길 쪽으로 고개를 수그리드라(숙이더라) 아이가."

마린의 침 넘어가는 소리가 요란하였다.

"내가 요래 넋이 나가 가 멍하니 서 있는디 한참만에 그 남자가 산길에서 도로 내려오데. 한데 말이라, 이번에는 혼자가 아니었다니께."

"혼자가 아니면요?"

"산길에서 돌아온 남자는 말이라, 한 손에는 갓난아를 안고 한 손에는 그 왜 마디 니가 캐는 아쟁 있제. 그런 악기를 들고 있더라니께."

마디 덕분에 현지마을 사람들 중, 아쟁을 모르는 아무도 사람은 없었다.

"그라믄서 그 남자는 여전히 넋이 나간 얼굴로 우리 집 앞을 지나갔다꼬. 내가 싸리 울타리 뒤에 숨어서 다 지켜봤다 아이가. 근디 또 신기한 기 말이라. 그 갓난아 입가에 나비들이 조랑조랑 모여 앉아서 그 갓난아 입에다가 꿀을 먹이고 있더라니께."

"에이! 할아버지. 완전히 꿈이네요, 꿈."

흥미를 품고 있던 마린의 목소리가 이 부분에서는 실망한 기색이 역력했다.

"와? 내 말이 안 믿기나?"

지 씨 할아버지의 목소리가 높아졌다.

"고마해라, 마. 내 뭐라 카더노? 괜히 실없는 이야기를 해 갖꼬 체면만 떨어진다 아이가."

"그랑께는 1절만 하라고 하는 기다."

옥이 할머니와 골김댁 할아버지는 혀를 찼다.

"내사 답답해 미치겠꼬만."

지 씨 할아버지는 가슴을 쳤다.

순간 도유와 마디의 눈이 마주쳤다. 이것이 바로 근식이 그 산에서 살아 내려온 내막이었다.

　　　　　　　　　　　　　그 모퉁이 집

"너도 언젠가 네 어미 같은 능력을 발휘하게 된다면 꽃들에게 좀 물어봐 주겠니? 네 어미가 어떻게 죽어 갔는지를? 아무것도 알 수 없는 이 애비는 죽을 때까지 하늘을 볼 수 없는 죄인이로구나."

아서는 서로를 바라보는 도유와 마디를 응시했다. 왕할머니가 그랬다.

"내는 그 악귀의 아를 낳았다. 그기 니 할베였고 그 피를 타고 니 아베랑 니 형 그라고 마지막으로 니가 태어났제. 금쪽같은 니였는데, 세상과도 못 바꿀 니였는데, 갈수록 그 악귀 놈을 닮아가는 니를 보믄서 할메는 죗값에 눌리서 올매나 힘들었는지 모리겠다. 캐서 그 밤에 내는 니한테 칼을 휘두른 기 아이고 내 죗값에다가 칼을 날린 거였다. 고마 다 끊어내고 싶어서. 내가 미쳤던 거제? 글케도, 니가 모퉁이 집 나리의 손자분한티 피를 나누어 주었다믄서? 고맙데이. 내가 흘린 핏 값을, 그 죗값을, 니가 대신 갚아주었데이. 참말 고맙데이. 참말 감사하데이. 캐서 이 할메는 인제 팬안히 눈을 깜을 수 있겠데이."

그러고 나서 감긴 왕할머니의 눈은 두 번 다시 뜨이지 않았었다.
도나는 문득 아서를 보았다. 처음 상갓집에 들어섰을 때부터 왠지 낯익은 얼굴이라고 생각은 했었다. 그러다가 경찰이 나오는 이야기를 듣다가 방금 깨달았다. 아서는 바로 범죄자 패밀리인 얼마 전의 그 비리 경찰이었다.
"머시고? 저거 개성이 아이가? 저 노마가 또 여기는 와 오노?"

갑자기 사람들 사이에서 웅성거림이 일었다. 계성이 상가로 들어서는 중이었다. 벌써 술에 취한 걸음이었다.

"개성이 니, 벌씨로 일잔 했구만은 집에 가서 잘 일이제."

"할배가 먼 상관인데요?"

계성은 상 위에 놓인 막걸리 통의 뚜껑을 거칠게 쥐어뜯었다.

근식은 아무 말 없이 이 모든 풍경을 지켜보았다.

78년 전, 헌지마을에는 아생을 타는 은조 아씨가 있었다. 그녀를 사랑하는 진주경찰서 형사부장 모구헌이 있었다. 나리의 탈을 쓴 악귀 다이스케가 있었고 그를 돕는 역시나 일본인인 정구가 있었다. 그 사이에서 상처받고 통곡하던 옥이도 있었다.

2023년 현재 헌지마을에, 은조 아씨의 아쟁을 타는 마디가 있다. 구헌과 은조의 손자 손녀인 도유와 도나가 있다. 옥이와 악귀 다이스케 사이의 증손자인 아서와 아한이 있다. 정구 또한 핏줄을 남겼다. 바로 계성이 정구의 손자였다. 옥이는 그걸 알아차린 순간 그 집에 불을 놓았단다. 누구를 죽이겠다는 생각은 절대 아니었다고 했다. 그저 저의 고통을 방조하고 모퉁이 집에 불을 놓은 정구에게 똑같이 되갚아 주고 싶었을 뿐이었단다. 하지만 정구의 아들이자 계성의 아버지인 일관은 그 불 속에서 빠져나오지 못하고 목숨을 잃었다. 그날 처음으로 옥이는 정신을 놓았단다.

시절은 흐른다. 시간은 혼자서도 잘 날아간다. 그러니 모두는 이제 현재를 살아야만 한다. 과거는 과거를 살았던 이들의 몫으로 남겨주어야 한다. 그렇다면 이 모든 이야기는 제 혼자 다 안고 가도 괜찮으리라! 근식은 먼 데 산을 우러러보았다.

그 모퉁이 집

밤사이 건들장마(내렸다 그쳤다 하는 가을장마)가 시작되었다. 억세지도 못한 억새의 머리칼이 제대로 말리지도 못한 채 젖고 또 젖어들었다. 그 위를 지나는 소슬바람에 소스라치게 놀라기도 하였다.

<할아버지, 제가 절 한 번 올려도 될까요?>

해눈은 거실의 소파에 근식을 앉으라 하고서는 두 손을 모아 쥐었다.

"이른 아침부터 웬 절을?"

<아씨를 일부러 그 먼 천녀도에 모셔 주시는 게 감사해서요.>

은조의 유골은 천녀도의 뒷산에 수목장으로 치르기로 하였다.

"이 땅에서 내 어머니의 시작이 천녀도였으니 마지막도 당연히 그곳이어야지."

<할아버지께는 내도록 신세만 졌어요.>

이윽고 절을 올리는 해눈의 등으로도 소슬바람이 지나갔다.

"신세라니 그게 무슨 말이니? 해눈이 아니었으면 우리야말로 모퉁이 집으로 올 일도 없었을 텐데. 그랬다면 이 모든 이야기들을 우리가 어찌 알 수 있었을까? 신세를 따져 보자면 우리가 해눈에게서 신세를 입었어."

<덕분에 마디풀을 만났고 아씨의 마지막도 함께 할 수 있었어요. 다 감사한 일뿐이네요.>

"어째 꼭 멀리 떠날 것처럼 말을 하는구나."

해눈은 답이 없었다. 대신 내도록 말 한마디 없이 앉아있던 도유의 인상이 찡그려졌다.

"너희들, 나 모르게 무슨 일이 있는 게지?"

세월은 사람의 눈에 지혜를 넣어주는 법이다. 내도록 해눈에 대한 걱정을 하였던 근식은 금방 이상한 낌새를 알아차렸다.

"으응? 왜 답이 없어?"

근식답지 않게 닦달하듯 되물었다.

"할아버지, 죄송해요. 해눈의 백단심 무궁화 뿌리가 반 넘게 썩어 버렸어요."

"무슨 소리냐?"

"제가 제 마음에만 바빠서 해눈을 제대로 살펴 주지를 못했어요. 죄송합니다."

근식은 당장 마당으로 나가서 백단심 무궁화를 보았다. 아닌 게 아니라 해눈의 발등은 반이 넘게 본래의 색을 잃어버렸다.

"어쩌자고 저 지경이 되도록 아무런 말도 하지 않았어?"

다시 돌아온 근식은 해눈의 옆으로 와서 주저앉았다.

<천녀도에서부터 이미 그랬어요. 그래서 도유에게 억지를 부려 여기까지 오자고 한 것이고요. 이번에 뿌리잠도 그래서 잤던 거예요. 아무래도 할아버지는 제 상태를 금방 눈치채실 것 같아서.>

"이 어리석은 아이야."

<어제도 말씀드렸죠? 저는 다 감사한 일뿐이라고요. 해서 더 이상의 바람은 제게 없어요.>

"그 바람이 어디 너의 언덕에만 불고 있었더냐? 나는? 도유는? 마디 양은? 우리의 언덕에서는 여전히 그치지 않은 이 바람은 이제 누구를 향해 불어야 하는 건데?"

<할아버지, 저는 이 땅에 사는 내도록 기다리기만 했어요. 어느 날 할아버지도 도유도 마디풀도 다 떠나고 나면 나는 또 누구를 얼마나 기다려야 해요?>

그 모퉁이 집

"그건 먼 후일의 일이야. 지금 당장 해눈이 걱정할 필요는 없어. 도유야. 당장 잘 드는 칼을 하나 내 오너라. 내 피를 해눈에게 먹일 것이야."

"이미, 이미, 제 피를 먹였어요, 할아버지. 그런데⋯⋯."

도유가 소파에서 내려와 바닥에 무릎을 꿇었다.

"그런데⋯⋯, 아무 소용이 없었어요. 이제 어떡하죠, 할아버지?"

말끝에 도유가 바닥을 내리쳤다. 그런 도유를 해눈이 다가와서 감싸 안았다. 곧 해바라기의 밤과 같은 밝고 따스한 기운이 도유와 해눈 주변으로 흘러넘쳤다.

"지금 뭘 하는 거야?"

도유가 몸을 비켜나려고 했지만 해눈은 놓아주지를 않았다.

<도유, 내 마지막 꽃의 기운을 너에게 남겼어. 그러니 이제 더 이상은 꽃을 먹지 않아도 될 거야.>

"필요 없어. 누가 이런 걸 원한다고!"

결국 도유는 눈물을 쏟고 말았다.

<할아버지, 죄송해요. 하지만 이제 그만 편히 쉬고 싶어요. 부디 아씨와 제 나무를 함께 묻어 주세요.>

소슬바람 스치던 해눈의 등이 바닥에 납작 엎드렸다.

마디가 꽃다발 배달을 왔을 때, 도유는 함께 집으로 들어가자고 하였다. 해눈은 말갛게 웃으면서 마디를 맞이하였다. 하지만 도유의 표정은 한겨울밤 3시 즈음이었다.

"도나 씨는요?"

"회사에 일이 있어서 새벽 나절 서휘랑 함께 대전으로 올려보냈어."

"그럼 할아버지도 같이 가셨어요? 인사도 제대로 못 드렸는데."

"아니. 할아버지는 지금 방에 계셔."

"인사부터 드려야죠."

"그건 좀 있다가."

짧은 도유의 답도 까맣게 날이 저물어 있었다.

<마디풀! 내가 마디풀을 한 번 안아 봐도 돼?>

"갑자기 왜 그리는지는 모르겠지만 당연한 일이지."

마디는 소파에 앉자마자 영문도 모르고 해눈과 포옹을 하였다.

<마디풀, 생각나? 우리가 천녀도에서 처음 만났던 날, 그때 내가 울고 있었잖아.>

포옹을 푼 해눈은 마디의 앞에 한쪽 무릎을 세우고 앉았다.

"맞아. 보고 싶다, 보고 싶다, 심심해, 심심해라는 소리를 듣고 숲길로 들어갔는데 해눈이 울고 있었어."

<그때 마디풀을 만난 이후로는 난 그렇게는 울지 않았어. 마디풀이 나를 그렇게 만들어 주었거든.>

"이제 앞으로는 더 많이 웃기만 해야지."

<맞아, 그러니까 마디풀도 있지, 항상 웃어야 해. 폭풍우가 치고 파도가 넘쳐나도 마디풀은 웃고 있어야 예쁘잖아.>

"해눈이 있으면 그럴 수 있어."

이 부분에서 마디는 이상한 느낌이 드는 것을 막을 수가 없었다.

<그래. 마디풀이랑 우는 거랑은 절대 어울리지 않으니까. 그러니까 울지 마. 약속하는 거야.>

해눈은 영원한 작별을 앞두고 마디에게 절대 울지 말라고 다짐을 주었다.

　　　　　　　　　　　　　　　　　그 모퉁이 집

<마디풀의 옆에 도유가 있어서 다행이야. 도유가 마디풀을 잘 돌봐 줄 테니까.>

"해눈, 왜 그래? 꼭 어디 먼 데라도 가는 사람처럼. 나, 겁나. 그만 해."

<있지, 전에 했던 말 기억나? 떠난 간 사람을 너무 오래 아프게 기억 하는 건 남은 사람에게도 떠난 사람에게도 좋지 않다는 말. 그러니까 마디풀의 기억 속에서 나는 언제나 그 숲길의 어린 소년이었으면 좋겠 어.>

"그때 해눈이 나한테 해눈은 꽃혼이라고 그랬잖아."

<기억하는구나. 그러니까 그렇게만 날 기억해. 알지?>

순간 해눈의 얼굴이 투명하게 없어졌다가 다시 나타났다. 도유는 직감했다. 지금이 저와 마디와 해눈, 4분의 3박자처럼 화음이 완벽했 던 그들의 마지막 순간이라는 것을.

"해눈, 뿌리잠까지 잘 자고 일어나서 왜 이래? 왜 이러는 거냐고?"

하지만 마디는 그저 어리둥절하기만 하였다.

<원래 뿌리잠이라는 게 내년 봄이 되면 깨어나는 건데 이번의 뿌리 잠은 몇 번의 봄날이 지나야 깨어날 수 있을지 모르겠어.>

"해눈!"

<마디풀! 난 마디풀도 다시 만나고 아씨의 마지막도 함께 했어. 이제 내게 남은 기다림은 없어. 그러니까 이제 나는 가도 되는 거야.>

"무슨 말이야? 싫……어……. 안…… 돼. 누구…… 마음대로!"

투명해졌던 해눈의 몸이 한참만에야 나타났다. 이제 마디도 해눈 과의 작별을 짐작할 수 있었다.

<마디풀, 웃으면서 나를 보내 줘. 그리고 금방 나를 잊어버려.>

꽃혼에게는 3년의 시간에 따른 약속이 있었다. 그 약속을 지키면 죽었던 꽃혼도 다시 부활할 수가 있었다. 하지만 해눈은 그 약속을 지키라고 할 수가 없었다.

"이러지 마. 말 한마디 않다가 이러는 법이 어디에 있어?"

결국 마디는 눈물을 터뜨리고 말았다.

<약속해 줘. 나를 잊겠다고.>

"해눈, 난……, 싫어."

마디는 고개를 세차게 저었다.

"싫어, 싫어, 난 싫어. 아무것도 약속하지 않을 거야."

눈물에 목이 메어서 마디의 목소리가 제대로 나오지 않았다. 해눈의 목을 와락 끌어안았다.

"난 아무것도 약속 안 해. 그러니까 제발. 해눈은 날 만나러 여기까지 왔잖아."

<난 천녀도에서 이미 내 마지막을 예감하고 있었어. 혼자만 떠날 그런 상황이었는데 너무 감사하게도 이 모퉁이 집으로 와서 마디풀을 만났고 또 은조 아씨도 만났어. 더 이상의 욕심은 죄가 될 거야.>

해눈이 마디의 등을 토닥였다. 그 손이 또 투명하게 없어졌다가 나타났다.

"그런 게 죄라면 난 해눈이 더 많이 죄를 지으라고 기도할 거야."

<난 아무런 미련도 없이 가. 그러니까 꼭 기억해야 해. 난 마디풀에게 언제나 천녀도 숲길의 그 어렸던 사내아이라는 걸.>

"안 돼!"

외마디 비명처럼 마디가 외쳤다.

<안녕, 내 인생 단 하나의 소녀, 나의 마디풀!>

해눈의 몸은 이제 완전히 투명해지기 시작했다. 마치 점멸하는 등불처럼 반짝이더니 이윽고 유리로 만든 사람처럼 변하였다. 마디는 유리처럼 변한 해눈을 제 온 힘을 다해 끌어안았다.

"해눈, 안 돼! 가지 마!"

하지만 해눈은 곧 완전히 사라져 버렸다. 마치 처음부터 이 세상에 없었던 존재처럼. 해눈을 안고 있던 마디의 품은 애벌레가 빠져나간 고치처럼 텅 비어 버렸다.

"해눈! 싫어!"

마디의 울음이 통곡처럼 커지고 마디의 등 뒤로 다가앉은 도유는 해눈의 마지막 흔적을 움켜쥐려는 듯 마디의 너머를 끌어안았다. 하나로 합해진 두 개의 눈물이 나뭇잎처럼 후두두 떨어져 내렸다.

그때, 모퉁이 집 앞으로 화려한 창포꽃 장식을 한 옥이의 상여가 지나갔다. 애달픈 상여 노래가 하늘 가득 울려 퍼졌다.


가네 가네 나는 가네 어야 어이야
북망산천 돌아갈 제 어찌 할꼬 험한 길을 어야 어이야
애달고도 슬픈지고 절통하고 통분하다 어야 어이야
인간의 이 공도를 뉘가 능히 막을소냐 어야 어이야


건들장마의 빗줄기가 다시 내리기 시작했다. 상여 노래를 부르는 이들과 그 뒤를 따르는 이들과 모퉁이 집의 누군가를 위해서 대신 울어주기라도 하듯이.

하지만 끝없는 보랏빛 안개와 거친 바다 소용돌이가 지키는 비밀의 땅에는, 널리 알려지지는 않았지만, 이런 약속의 전설이 있더란다.

　　헛되이 죽지 않은 꽃혼을,

　　그 꽃혼을 기억하는 누군가가,

　　그 마음이 우정이든, 사랑이든, 무엇이든지 간에,

　　변치 않고 3년간을 찾아 준다면

　　다시 온전한 몸으로 부활할 수 있다는…….

**안개꽃의 꽃말은 <약속>**

　　　　　　　　　　　　　　　　　　　그 모퉁이 집